Jan Beinßen

DER WINTER MORD CLUB

Kriminalroman

PIPER

Mehr über unsere Autorinnen, Autoren und Bücher:
www.piper.de

Wenn Ihnen dieser Kriminalroman gefallen hat, schreiben Sie uns unter Nennung des Titels »Der Wintermordclub« an *empfehlungen@piper.de*, und wir empfehlen Ihnen gerne vergleichbare Bücher.

Von Jan Beinßen liegen im Piper Verlag vor:
Mord im Santa-Express
Der Wintermordclub

Unser Versprechen für mehr Nachhaltigkeit
• Klimaneutrales Produkt
• FSC®-zertifiziertes Papier
• Hergestellt in Europa

FSC www.fsc.org
MIX
Paper from responsible sources
FSC® C021394

Originalausgabe
ISBN 978-3-492-31826-6
1. Auflage Oktober 2022
2. Auflage Oktober 2022

Redaktion: Uta Rupprecht
Umschlaggestaltung: FAVORITBUERO, München
Umschlagabbildung: Bilder unter Lizenzierung von Shutterstock.com genutzt
Satz: Fotosatz Amann, Memmingen
Gesetzt aus der Kepler
Gedruckt von ScandBook in Litauen
Printed in the EU

Ägäisches Meer, 15 Seemeilen vor der türkischen Küste

Die Gischt schoss kaskadenförmig auf. Karl-Wilhelm Becker, den alle nur »Kim« nannten, spürte jeden Wellenschlag, der gegen den Rumpf knallte. Der Kriminaloberrat des Bundeskriminalamtes war mit einem Gurt gesichert, wie auch die französische Interpolagentin Louanne Chevalier, die neben ihm saß. Alexandros Dimitriadis, Kommandeur der griechischen Küstenwache, stand breitbeinig vor ihnen und wies den Steuermann des Speedbootes an, mit voller Geschwindigkeit weiterzufahren. Nur so hatten sie eine Chance, die Jacht des berüchtigten Drogenbosses Marcello Ferraro abzufangen, bevor sie das türkische Hoheitsgebiet erreichte. Ihr Boot schaffte mit seinem pfeilspitzenschmalen Bug und den sechshundert PS mehr als hundertzwanzig Stundenkilometer. Viel schneller als die Fregatte, die zeitgleich mit ihnen den Hafen von Rhodos verlassen hatte, inzwischen jedoch weit hinter ihnen lag. Wenn jemand diesen Verbrecher stoppen konnte, dann waren sie es mit ihrem Speedboot!

Mit beiden Händen hielt sich Kim an der Kante seines Sitzes fest, als der nächste Brecher seine Wassermassen über das Deck ergoss. Trotz des Overalls und der dicht geschnürten Schuhe fühlte er die Nässe auf jedem Quadratzentimeter seiner Haut. Hinzu kam der ohrenbetäubende Lärm des Motors und der mannshohen Wogen.

»Mehr Tempo!«, hörte er Alexandros brüllen, während er besorgt den Kurs der Nobeljacht verfolgte, die etwa eine Seemeile voraus auf den Wellenkämmen schaukelte. Dahinter lag, zum Greifen nahe, das ockergelbe Band der türkischen Küste. Sollte es Ferraro gelingen, sich und seine Fracht über die unsichtbare Grenzlinie zu bringen, welche die europäischen Gewässer von denen der Türkei trennte, mussten sie ihre Jagd abblasen. Nicht einen Fuß weiter durften sie fahren, wenn sie nicht Gefahr laufen wollten, einen internationalen Grenzkonflikt auszulösen oder – schlimmer noch – von der türkischen Seite unter Beschuss genommen zu werden. Die Türken hatten es nämlich gar nicht gern, wenn ein griechisches Boot ihnen zu nahe kam.

Deshalb waren sie fest entschlossen, alles zu geben. Alles! Das waren sie nicht nur sich selbst, sondern auch den anderen schuldig. Vor allem Mastermind Geraldine Walker. Die Kriminologieprofessorin der London Metropolitan University und Beraterin von New Scotland Yard hatte jeden Schritt von Supergauner Ferraro exakt vorausberechnet. Und Europol-Offizier Ruben van Dijk hatte auf undurchsichtigen Wegen Wind bekommen von der Ladung, die Ferraro an Bord genommen hatte. Eine Ladung, die dem Gangster das Genick brechen würde: dreieinhalb Millionen Euro an Drogengeldern. Zudem würden sie im Frachtraum vermutlich noch Spuren des Rohopiums finden, das im Tausch gegen das Geld nach Europa geschmuggelt worden war. Ruben hatte es nicht rechtzeitig geschafft herzukommen, was ihn sicherlich maßlos ärgerte. Geraldine dagegen zog es vor, die Krönung ihrer gemeinsamen Mission in sicherer Entfernung von London aus mitzuverfolgen. Die *action* überließ sie gern anderen.

Ihr Plan ließ keine Kompromisse zu: Sie würden das Luxusboot aufbringen, zur Umkehr zwingen und anschließend bis auf die letzte Niete auseinandernehmen. Dann besäßen sie die Beweismittel, nach denen sie suchten. Selbst wenn das Geld inzwischen über Bord geworfen worden wäre und Ferraro leugnete, würde der Fund der Drogenspuren ausreichen, um einen Haftbefehl gegen ihn zu erwirken.

Die Distanz zu ihrem Ziel verkürzte sich. Kim setzte ein Fernglas vor die Augen und beobachtete das auf- und abschaukelnde Heck der Jacht. Angesichts des schweren Seegangs würde es kein Kinderspiel werden, das Schiff zu entern. Das war bestimmt auch Alexandros klar, andererseits war er darin geschult, mit fast jeder denkbaren Situation auf offener See umzugehen. Auch wenn Ferraro und seine Leute sich wahrscheinlich zur Wehr setzen und erbitterten Widerstand leisten würden. Und sie waren nicht zimperlich in der Wahl ihrer Mittel. Kim tippte auf Schnellfeuerwaffen.

Deshalb trugen er und die anderen an Bord schusssichere Westen unter dem Ölzeug. Außerdem waren sie selbst gut gerüstet und imstande, Ferraro so lange in Schach zu halten, bis die Fregatte eintraf. Vor deren Bordgeschützen musste Ferraro kapitulieren. Es sei denn, er hatte vor, sich und seine Mannschaft zu opfern. Eine Möglichkeit, die Kim nicht ernsthaft in Erwägung zog. Dazu war Ferraro zu feige und hing laut Geraldines Prognose viel zu sehr am Leben. Ein Leben, das sich bald hinter Gittern abspielen würde.

Ein befriedigtes Schmunzeln trat auf Kims windumtostes Gesicht, während er dem so lange gesuchten Oberschurken gedanklich bereits Handschellen anlegte. Der heutige Tag würde mit einem Triumph enden! Höhepunkt einer monatelangen Hetzjagd quer über den Kontinent, angetrieben in erster Linie von Ruben van Dijk und seiner Europol. Ruben – ja, er hätte sicherlich gern an Alexandros' Stelle am Bug des Bootes gestanden und der stürmischen See getrotzt. Seinen Lebenstraum, einen der meistgesuchten Schurken der Welt dingfest zu machen, würden sich an seiner Stelle nun die anderen erfüllen: Kim, Louanne und Alexandros …

Ein dumpfer Knall unterbrach seinen Gedankenfluss, gleich darauf verlor ihr Boot an Fahrt. Was war geschehen?

Alexandros warf dem Steuermann einen irritierten Blick zu. Dieser wischte mit der flachen Hand über die Armaturen, um sie vom Wasserfilm zu befreien. Auf der Suche nach einer Erklärung starrte er auf die Instrumententafel und die Kontrollleuchten.

Kim merkte, wie seine Vorfreude auf die bevorstehende Verhaftung der Nervosität wich. Hatten sie die Grenze etwa schon erreicht? Wurde gar auf sie geschossen?

Sehr bald erkannte er seinen Irrtum. Nein, der Motor musste ausgefallen sein. Eine Verpuffung, Kolbenfresser, oder war etwa das Benzin ausgegangen? Was auch immer zum Ausfall der Maschine geführt hatte, sie kamen nicht mehr von der Stelle. Steuerlos dümpelte das Speedboot einer Nussschale gleich auf den Wellen. Kim musste hilflos zusehen, wie Ferraros Jacht sich immer weiter entfernte, kleiner wurde und schließlich am Horizont verschwand.

Die Drogenspuren und das viele Geld waren außer Reichweite. Und damit auch Supergangster Ferraro.

DER ERSTE TAG

GERALDINE

Wie hatte sie diesen Ausblick vermisst! Von der Terrasse des *Le Petit Hôtel* bot sich, begünstigt durch die Lage auf einer kleinen Bergkuppe, eine grandiose Sicht auf die Küste mit ihren weißen Sandstränden, die sich mit schroffen, bis in die Brandung reichenden Felsvorsprüngen abwechselten. Pinien, Zypressen, Kakteengewächse und vereinzelte Palmen ergänzten das tiefe Blau des Meeres und das Zinnoberrot des Gesteins um ein sattes Dunkelgrün. Es war Geraldine Walkers Lieblingsfarbe, was sich in ihrer Kleiderwahl ebenso widerspiegelte wie im Lack ihres Mini Cooper, der zu Hause am Eaton Square auf sie wartete: *Racing Green*. Was für ein schönes Fleckchen Erde!, ging es ihr durch den Kopf. Le Lavandou, du Perle der Côte d'Azur!

Sogar jetzt, mitten im Winter, versprühte die Landschaft trotz der niedrigen Temperaturen einen frühlingshaften Charme und schien nur darauf zu warten, erneut wachgeküsst zu werden und sich dem turbulenten Treiben der Sommermonate hinzugeben. Wo jetzt auf den Wellen nur einige kleine, bunte Fischerboote dümpelten, würden dann wieder die protzigen Schiffe der Schönen und Reichen um die besten Liegeplätze wetteifern, Segelschulen mit ihren Mini-Katamaranen ausschwärmen und angehende Stand-up-Paddler zu weit von der Küste abtreiben, in Seenot geraten und die Rettungsschwimmer auf den Plan rufen. Vom Pudersand der Strände war dann nichts mehr zu sehen, denn dicht an dicht lagen die Badetücher, über die gefährlich tief Frisbee-Scheiben und Gummibälle flogen. Die Strandcafés waren schon am Morgen überfüllt, und die Promenade wurde von kläffenden Hunden und ihren knurrenden Besitzern in Beschlag genommen.

Nein, dachte Geraldine, während sie am Geländer lehnte und den Blick schweifen ließ, ihr war die Nebensaison wesentlich lieber. Im Dezember gehörte das Hotel ihr und ihren Freunden und früheren Kollegen, wie auch fast der ganze Ort. Die »Rentner-Gang« aus ehemaligen Ermittlern konnte sich ausbreiten, und kein lästiger Tourist kam ihnen in die Quere. Da störte es kaum, dass das typische Azurblau des Himmels meist von Wolken verdeckt blieb und nur die wenigsten Geschäfte und Lokale geöffnet hatten.

Auch die Unterbringung entsprach ganz ihrem Geschmack. Das kleine Hotel mit seinen drei Etagen schmiegte sich an den Hügel, auf dem es stand. Im Erdgeschoss befanden sich die Empfangshalle, die Küche, ein winziger Fitnessraum und die Privaträume des Hotelier-Ehepaares. Im ersten Stock gab es einen Salon oder Speisesaal mit Zugang zu der großen Terrasse, auf der sie sich gerade aufhielt, einen Wintergarten und eine kleine Bibliothek mit Kamin. In der obersten Etage folgten dann die Hotelzimmer, darunter auch ihres. Und dann war da noch der in den Felsen gehauene Keller mit Vorräten und Wein. Alles in allem kein Luxustempel, dafür gerade richtig für ihre Bedürfnisse – und nicht so sündhaft teuer wie manch anderes Etablissement hier in Südfrankreich.

Es fiel ihr nicht leicht, sich vom Blick aufs Meer zu lösen

und den anderen Gästen zuzuwenden, die nach und nach eingetroffen waren und nun Salon und Terrasse bevölkerten. Am liebsten hätte sie die entspannte Ruhe und die liebliche Landschaft noch länger genossen, bevor sie sich ins Gesellschaftsleben stürzte. Denn – das kannte Geraldine ja aus den vergangenen Jahren – selbst der Small Talk stellte in dieser sehr speziellen Runde eine Herausforderung dar. Je älter sie wurden und je mehr Gebrechen es zu kaschieren galt, desto strapaziöser wurden die Gespräche. Auf jedes Wort musste man achten, wenn man keine Schwäche zeigen wollte – und das vermieden sie alle.

Sie waren seit vielen Jahren Freunde, zusammengeschweißt durch lang währende gemeinsame Polizeiarbeit und frühere Ermittlungserfolge. Mehr noch aber waren sie Konkurrenten, die jedes Jahr aufs Neue den Wettbewerb suchten.

»Also dann!«, feuerte sie sich an. Mit dem Champagnerglas, das ihr die neue Angestellte Marisa, eine zierliche Frau mit scheuen Rehaugen, in die Hand gedrückt hatte, drehte sie sich um. Geraldine zeigte ein freudiges, aber nicht übertriebenes Lächeln, als sie sich an denjenigen wandte, der ihr am Nächsten stand.

»*Cheers*«, sagte sie und ließ den Kelch an das Glas von Karl-Wilhelm »Kim« Becker klirren.

»Zum Wohl!« Der kräftige Mann deutete eine Verbeugung an. »Gut siehst du aus! Nahezu unverändert. Wie macht ihr englischen Ladys das nur?«

»Ich kann schwerlich für über dreißig Millionen Britinnen sprechen, mich persönlich halten die Enkelkinder jung.« Sie tätschelte ihm den Arm. »Danke für das Kompliment, mein Lieber. Du hast dich auch gut gehalten.«

Vor allem hast du noch mal ganz schön zugelegt! Geraldine musste sich beherrschen, um nicht auf das viel zu enge Karohemd und den bis zum letzten Loch geweiteten Gürtel zu starren. Wie viele zusätzliche Pfunde mochte Kim sich seit dem letzten Treffen vor einem Jahr angefressen haben? Fünf? Eher sieben oder acht. Und sein Schnauzbart war längst nicht mehr so akkurat gestutzt wie in alten Zeiten. Kein Zweifel: Seit dem Tod seiner Frau achtete er noch weniger auf sein Äußeres, als er es früher getan hatte.

»Zufrieden mit der Unterbringung?«, fragte sie. »Ich habe das gleiche Zimmer wie immer. Es ist, als würde man nach Hause kommen.«

»Wie bitte?«

Kim, der Geraldine um fast zwei Köpfe überragte, beugte sich zu ihr herunter. Sein Hörgerät gab unangenehme Pfeifgeräusche von sich.

Sie kam nicht dazu, den Satz zu wiederholen. Zwei zärtlich-fordernde Arme schlangen sich ihr von hinten um den Leib, begleitet von einer Parfümwolke.

»Geraldine! *Ma chère amie!*«, rief Louanne Chevalier und gab ihr Küsschen auf beide Wangen. »Was für einen hübschen Hut du wieder trägst! Extravagant und absolut ladylike.« Flugs zog sie Geraldine von Kim weg und erklärte laut und völlig unbefangen: »Es wird immer schwieriger, sich mit ihm zu verständigen. Der Apparat in seinem Ohr ist falsch justiert, das habe ich ihm schon beim letzten Mal gesagt. Aber er meint, für seine Zwecke würde es reichen, er wolle all den Unsinn, den die anderen verzapfen, gar nicht immer mitbekommen.«

»Heidrun wäre von dieser Haltung ganz bestimmt nicht begeistert gewesen«, meinte Geraldine. »Wie lange ist es jetzt her, dass seine Frau gestorben ist? Zwei Jahre? Oder sind es schon drei?«

»Ich weiß es nicht, die Zeit fliegt.« Louanne tauschte ihr leeres Glas gegen ein frisches. *»Santé!«*

Geraldine stieß mit ihr an und bemerkte, wie sorgsam sich Louanne geschminkt hatte. Lidschatten, Wimperntusche, Rouge und Lippenstift – sie hatte es wieder einmal zur Perfektion getrieben, und trotzdem gelang es auch ihr nicht, die verräterischen Runzeln auf der Stirn und die Krähenfüße um die Augen zu kaschieren. Die Falten vollständig verbergen konnte sie nur am Hals, um den sie ein Seidentuch geschlungen hatte. Außerdem trug sie einen elegant geschnittenen Mantel, unter dem das samtene Rot eines Kleides hervorlugte.

»Du siehst bezaubernd aus, *sweetheart*«, sagte Geraldine, »wirklich bezaubernd.«

Louanne schien das Kompliment gar nicht wahrzunehmen. »Hast du ihn eigentlich schon gesehen?«, erkundigte sie sich stattdessen und kniff beim Umherschauen angestrengt die Augen zusammen. »Angeblich soll er sich schon seit ein paar Tagen in Südfrankreich aufhalten. Hat wohl einen Zwischenhalt bei Menton eingelegt.«

Louanne brauchte Ruben van Dijks Namen nicht auszusprechen, Geraldine wusste sofort, wen sie meinte. Und ja: Längst hatte sie ihn erspäht. Was nicht schwer war bei seiner stattlichen Erscheinung. Groß, breit, blond (nun ja, von der Originalfarbe war auch bei ihm nicht mehr viel übrig) – und laut. In diesem Moment saß der Niederländer breitbeinig in einem Loungesessel ganz am Rande der Balustrade und plauderte mit Kasimir Nowak, einer einstigen Koryphäe der Rechtsmedizin. Vielleicht hatte ihn Louanne deshalb noch nicht entdeckt. Aber zum Teufel, dann sollte sie eben endlich ihre Eitelkeit überwinden und eine Brille benutzen, anstatt die Welt um sich lediglich im Nebel wahrzunehmen.

»Dort drüben.« Sie schob Louanne so in Position, dass sie genau in Rubens Richtung blickte. »Wenn du ihn nicht sehen kannst, müsstest du ihn wenigstens hören. Das ist unverkennbar seine Lache, *isn't it?*«

»O ja, kein Zweifel.«

Louanne streckte den schmalen Rücken durch. Um ihre kleinen Brüste größer wirken zu lassen? Als ob darauf noch jemand achten würde. Du bist einundsiebzig, Schätzchen!, spottete Geraldine im Stillen. Es kommt die Zeit, da springen die Männer nicht mehr darauf an.

»Ich will ihm *bonjour* sagen, begleitest du mich?«, fragte Louanne.

»Später vielleicht«, antwortete Geraldine mit kühlem Lächeln. »Kasimir und Ruben sind wahrscheinlich eifrig dabei, sich eine Taktik zu überlegen. Geschickt von Ruben, sich ausgerechnet Kasimir zu krallen. Er selbst ist ja nur ein mittelmäßig begabter Spieler und ein ausgesprochen schlechter Verlierer, aber er weiß genau, an wen er sich wenden muss, wenn er besser abschneiden will. Unser polnischer Professor ist eine kluge Wahl.«

»Noch wissen wir ja nicht einmal, ob es diesmal überhaupt ein Spiel geben wird«, entgegnete Louanne und strich sich über das kinnlange rabenschwarze Haar.

Es war natürlich gefärbt. Zwar war bei Louanne niemals ein grauer Haaransatz zu erkennen, doch Geraldine war felsenfest davon überzeugt, dass ihre Freundin sehr viel Geld bei ihrem Friseur in Lyon ließ.

»Es wird *the game* geben«, erklärte sie überzeugt. »Das ist so sicher wie das Amen in der Kirche.« Claire und Hugo Martin, die beiden Hoteliers, kannten schließlich die Vorlieben ihrer Stammkunden und wussten, dass es nicht reichte, genügend Teebeutel in ihrem Zimmer zu hinterlegen und die Minibars der Männer mit Hochprozentigem aufzufüllen, um die Gäste bei Laune zu halten. Die Dezembergesellschaft verlangte mehr – und sie bekam es Jahr für Jahr.

Louanne, die auf ihren Pfennigabsätzen leicht schwankte, genehmigte sich auf dem kurzen Weg zu den beiden Freunden einen weiteren Champagner. Offenbar hatte sie es nötig, mal wieder die Sau rauszulassen. Warum wohl? Vielleicht bekam ihr das Landleben weniger gut, als sie stets behauptete.

Geraldine hatte sich ohnehin gewundert, dass ausgerechnet die umtriebige und quirlige Louanne, die das Stadtleben liebte, gerne ausging und an fast keiner Boutique vorbeikam, ohne dort ein kleines Vermögen zu lassen, zusammen mit ihrem Mann und zwei Hunden in ein winziges Nest irgendwo im Département Rhône gezogen war. Die beiden hatten ja nicht einmal Kinder, die sie gelegentlich besuchen konnten, um dem ländlichen Dasein zu entfliehen, geschweige denn Enkel. Und die nächste größere Stadt war weit entfernt. Wozu brauchte Louanne noch all ihre Kleider und die vielen schönen Schuhe, wenn sie die elegante Garderobe nirgends ausführen konnte?

Mittlerweile war sie bei Ruben angekommen, ganz so blind schien Louanne also doch nicht sein. Geraldine beobachtete aus sicherer Entfernung, wie sich die beiden begrüßten. Die vielen Küsschen, ganz auf französische Art. Ruben ließ sich das gern gefallen. Für Kasimir dagegen hatte

Louanne bloß eine nahezu berührungslose Umarmung übrig. Darauf konnte sich Geraldine ihren Reim machen, selbst nach so vielen Jahren hatte sich nichts verändert.

»Yamas!« Wie aus dem Nichts erschien neben ihr Alexandros Dimitriadis, um mit Geraldine anzustoßen. »Wie schön, dich zu sehen!«

Auch Geraldine war ehrlich erfreut, dem alten Freund wiederzubegegnen. Wie eh und je sportlich schlank und durchtrainiert, mit gewitzten dunklen Augen im wettergegerbten Gesicht und kleinen schwarzen Locken über der Stirn. Wenn sie ihm sagen würde, er habe sich seit ihrer ersten Begegnung vor über zwanzig Jahren kaum verändert, müsste sie nicht einmal lügen. Ganz anders als bei Kim.

Alexandros' Mund näherte sich ihrem rechten Ohr bis auf wenige Zentimeter, als er sehr leise und mit seinem unverkennbaren, harten Akzent sagte: »Die Teams formieren sich bereits. Wie sieht es aus? Ich könnte gut jemanden mit ausgeprägten analytischen Fähigkeiten an meiner Seite gebrauchen.«

Geraldine antwortete mit einem Zwinkern: »Und ich jemanden, von dem ich weiß, dass er zur Stelle ist, wenn es hart auf hart kommt.«

Alexandros hob die Augenbrauen. »Wird es denn hart auf hart kommen?«

Geraldine zuckte mit den Schultern. »Kann ich hellsehen?«

Konnte sie nicht. Dennoch ahnte sie, dass es diesmal anders laufen würde als gewohnt.

Es lag etwas in der Luft.

KIM

Ihr britischer Snobismus stand ihm schon jetzt bis zum Hals. Kim tauschte sein Champagnerglas, an dem er nur genippt hatte, bei Claire Martin gegen ein Bier ein und ließ seinem Ärger über die Begegnung mit Geraldine freien Lauf. Unverschämt, wie »Maggie« ihn gemustert hatte, mit einem Blick wie ein Arzt, der einem eine strenge Diät verordnen möchte. Maggie. So nannte er sie insgeheim, weil sie eine verdammt große Wesensverwandtschaft mit der ehemaligen Regierungschefin Margaret Thatcher aufwies und mindestens genauso viele Haare auf den Zähnen hatte. Auch die Martins sprachen heimlich von der »Eisernen Lady«. Da musste etwas dran sein, denn warum wohl hatte damals ihr Ehemann Reißaus genommen und sie mit den drei Kindern sitzen lassen? Die Kinder waren inzwischen längst erwachsen und hatten selbst für Nachwuchs gesorgt, doch Maggie alias Geraldine saß noch immer allein in ihrem angestaubten Londoner Apartment, die Familie machte sich nämlich rar. Nach außen hin kehrte sie die zufriedene Pensionärin heraus, aber innerlich dürfte sie ziemlich frustriert sein. Die größte Freude bereitete es ihr wahrscheinlich, wenn sie sich mal wieder einen dieser verrückten kleinen Hüte leistete, die einfach nur lächerlich aussahen. Wie der, den sie heute trug: ein halbierter grüner Ball mit jeder Menge Tüll drum herum.

Trotzdem, und auch wenn er sich hin und wieder über sie ärgerte, schätzte er vieles an Geraldine, sogar die steife Art, mit der sie sich oftmals selbst im Weg stand. Man wusste bei ihr, woran man war. Da gab es keine bösen Überraschungen. Dazu kam noch ihre Cleverness. Mit Geraldine als Partnerin würden seine Chancen gut stehen, das Krimispiel diesmal für sich zu entscheiden.

Die Martins organisierten jedes Jahr ein Krimidinner für sie mit Mordfällen, die es in sich hatten. Daran sollten sich die Gäste die Zähne ausbeißen – sofern sie noch welche besaßen. Überaus unterhaltsam, aber eben auch anspruchsvoll. Dass es allein kaum zu schaffen war, hatte er beim letzten Mal gemerkt: Die vom Ehepaar Martin engagierte Theatertruppe hatte sich wirklich ins Zeug gelegt und sie bis zum Schluss an der Nase herumgeführt. Ein listig konstruierter Fall, den ein Einzelner kaum imstande war zu lösen. Und dazu die hervorragenden Effekte: Die Leiche, die sie auf der Veranda entdeckt hatten, schwamm geradezu in Blut, und die tiefe Halswunde hatte dermaßen echt ausgesehen, dass Kasimir der Schauspielerin sicherheitshalber den Puls gemessen hatte. Ja, diese feinen, ausgefeilten Kabinettstückchen, die ihnen Jahr für Jahr geboten wurden, stellten echte Herausforderungen dar. Wenn er die Nuss diesmal knacken wollte, was ihm zuletzt vor sieben Jahren gelungen war, brauchte er zur Unterstützung jemanden wie Geraldine. Ob er seine Verstimmung beiseiteschieben und sie fragen sollte?

Wahrscheinlich war es noch zu früh, um Bündnisse zu schmieden. Die meisten von ihnen waren ja gerade erst angekommen und mussten sich noch akklimatisieren. Wie auch Geraldine. Vorhin hatte er sie dabei beobachtet, wie sie völlig entrückt an der Brüstung lehnte und aufs Meer starrte. Ja, es war schon verdammt schön hier. Auch Kim schätzte den Zauber dieser Gegend, die sich so stark von seiner Heimat in Deutschland unterschied. Wiesbaden im Winter konnte man sich schenken. Während zu Hause seit Tagen klirrende Kälte herrschte, roch die milde Luft hier selbst kurz vor Weihnachten noch mediterran. Jeder Atemzug schmeckte würzig wie das Meer. Gerade eben meinte er, eine Prise Wildkräuter und den Hauch von getrocknetem Lavendel zu schnuppern. Vielleicht nahm er die Düfte nach dem Sekt und dem Bier auch einfach stärker wahr. Alkohol schärfte angeblich den Geruchssinn.

Beim nächsten Schluck dachte Kim darüber nach, weshalb ihm diese eine Woche an der Côte d'Azur so viel wichtiger war als die übrigen einundfünfzig im Kalender. Weil er sich seit der Pensionierung und mehr noch nach Heidruns Tod daheim langweilte? Sein üblicher Zeitvertreib bestand aus dem Lösen von Sudoku-Rätseln, übermäßigem Fernsehkonsum und seit einiger Zeit vor allem aus Tippspielen. Und sonst? Donnerstags trafen sie sich im *Roten Ochsen*. Er und zwei alte Bekannte. Sie spielten Skat und tranken zwei oder drei Bier. Ganz nett, aber mittlerweile auch immer dasselbe.

Heidrun. Noch einmal dachte er an seine Frau. Drei Jahre war sie jetzt tot, doch was hieß das schon, wenn man fünfzig Jahre verheiratet war? Hin und wieder wachte er aus wirren Träumen auf und wollte ihr davon erzählen. Aber sie war nun mal nicht mehr da, und was man nicht ändern konnte, damit musste man sich abfinden, dachte Kim.

Vielleicht ödete ihn sein Alltag auch deshalb so an, weil sich in seinem Dunstkreis fast alles um Altersbeschwerden drehte. Bei seinen Bekannten genauso wie bei ihm selbst. Dazu zählten die Gewichtsprobleme und die daher rührende Kurzatmigkeit, vom ständigen Ärger mit dem Hörgerät ganz zu schweigen. Und jetzt noch die leidige Prostatageschichte. Letztes Jahr hatten sie bei ihm Krebs diagnostiziert, dem man nun mit Spritzen zu Leibe rückte. Sein Urologe gab sich zuversichtlich, dass sich das Wachstum des Geschwürs damit so lange hinauszögern ließ, bis er jenseits der achtzig war. Mindestens. Die Alternative, eine Operation, hatte Kim abgelehnt, vor allem, weil ihm ein Freund anvertraut hatte, dass er seitdem inkontinent war. Wollte Kim den Rest seiner Tage mit einer Windel herumlaufen? Ganz bestimmt nicht!

Diese eine Woche Frankreich bot ihm die Gelegenheit, aus der Seniorentristesse auszubrechen und sich abzulenken. Denn es herrschte ein stillschweigendes Übereinkommen zwischen ihm und den anderen, dass sie über alles redeten, bloß nicht über Krankengeschichten. So wusste Kim zwar ganz genau um die zunehmende Schwerhörigkeit von Ruben (ja, auch an ihm ging dieser Kelch nicht vorüber!), um Geraldines Arthritis, und auch aus Kasimirs häufigem Nachfragen zog er seine Schlüsse. Vielleicht handelte es sich bloß um eine neue Marotte von ihm, eine schlechte Angewohnheit. Es könnte aber auch ein Anzeichen für das Schreckgespenst schlechthin sein: Vergesslichkeit, Zerstreutheit, Desorientierung – Vorboten einer Demenz.

Längst hatte jeder von ihnen sein Päckchen zu tragen, aber ihre Unterhaltungen kreisten gottlob nicht um Gehhilfen, Dioptrien oder Diäten. Die unausgesprochene goldene Regel für diese Woche im Dezember lautete: Behaltet eure Leidensgeschichten für euch! Und das wusste Kim sehr zu schätzen.

HUGO

Die Stimmung draußen auf der Terrasse könnte besser nicht sein. Die alten Leute amüsierten sich, ihr Lachen war bis nach unten in die Küche zu hören. Claire und Marisa hatten den Service im Griff und trugen eine Champagnerflasche nach der anderen die Treppen hinauf, während der neue Koch Gustave emsig Kanapees auf Silbertabletts verteilte. Ein gelungener Auftakt, sollte man meinen. Dennoch konnte Hugo Martin sich nicht entspannen, weil die Vorbereitungen für die Besuchergruppe ihn einfach schlauchten.

Da war zum Beispiel die Sache mit dem Schnee, an der Côte d'Azur mit ihrem milden Klima eine absolute Rarität. Die Wettervorhersage hatte zwar für die nächsten Tage ein paar Flocken angekündigt, aber die würden wahrscheinlich wegschmelzen, bevor sie am Boden ankamen. Weil die Gäste – oder zumindest einige von ihnen – trotzdem auf weiße Vorweihnachtstage hofften, sorgte Hugo üblicherweise für Kunstschnee. Die letzten Male hatte er glitzernde Dekoflocken bestellt und im Foyer, dem Treppenhaus und im großen Salon verteilt, in der wetterfesten Version sogar am Dachsims. Doch das ging ins Geld: Pro Kilo musste er fast zwanzig Euro auf den Tisch legen.

Kunstschnee! Was tat man nicht alles für seine Gäste … Eigentlich hatte die Provence ja ihre ganz eigenen Weihnachtstraditionen, auf die man sehr stolz war. Am 4. Dezember, dem Tag der heiligen Barbara, wurden nach alter Sitte Weizenkörner auf gewässerte Wattebäusche ausgesät und bis Weihnachten an einem warmen Ort aufbewahrt. Sie standen für eine gute Ernte im neuen Jahr, *Le Blé de Sainte-Barbe*. Etwas ganz Besonderes waren auch die wunderschönen provenzalischen Krippen, die aus frisch gesammeltem Moos, mit Thymianzweigen als Miniatur-Olivenbäumen und Haushaltsfolie für Bäche und Teiche gebastelt wurden. Hier, in seiner geliebten Heimat, pflegten sie Weihnachtsbräuche, die vom christlichen Glauben, aber eben auch von der regionalen Identität geprägt waren. Doch das kam bei den ausländischen Besuchern nicht besonders gut an, zumindest nicht bei den Winterstammgästen, die mehr Wert auf die ihnen vertrauten Strohsterne, Christbäume und Girlanden legten – und eben auf den unvermeidlichen Schnee. Trotzdem hatte Claire es sich nicht nehmen lassen, wenigstens ein paar lokale Akzente zu setzen und an verschiedenen Stellen einige Santons zu platzieren: Tonfiguren, ursprünglich Krippenfiguren, die inzwischen auch traditionelle Handwerker der ländlichen Provence darstellten. Man bekam sie auf den Santons-Märkten, den typischen Weihnachtsbasaren der Provence. Aber die Gäste würden sie wahrscheinlich überhaupt nicht zur Kenntnis nehmen.

Und nun eine weitere Herausforderung: Seit einer geschlagenen Stunde telefonierte Hugo herum, ohne dass er etwas erreicht hatte. Sein Ohr war schon ganz heiß.

»Merde!«

Die Schauspieltruppe *Cercle de spectacle*, die im Vorjahr so hervorragend performt hatte, fiel aus. Die kurzfristige

Absage hatte Hugo kalt erwischt. Angeblich waren die Hauptdarsteller erkrankt, doch in Hugos Ohren hörte sich das nach einer Ausrede an. Wahrscheinlich hatte jemand anderes mehr für den Auftritt geboten. Das war höchst ärgerlich. Dabei sollte das *dîner criminel* schon morgen Abend stattfinden. Wie, zum Teufel, sollte er so schnell Ersatz beschaffen?

Freischaffende Schauspieler und andere Kleinkünstler gab es hier an der Küste zwar genug. Sie tingelten von Campingplatz zu Campingplatz oder sorgten als Animateure für die Unterhaltung der Gäste in den großen Clubanlagen. Hugo brauchte aber Qualität! Keinen billigen Touristenrummel, sondern eine Aufführung mit gehobenem Anspruch.

Dargebracht werden musste ein durchdachtes, wendungsreiches Spiel, in dessen Verlauf die Gäste Gelegenheit bekamen, sich an der Lösung des Krimistücks zu beteiligen. Wobei der »Fall« nicht lapidar und leicht zu enträtseln sein durfte. Die Damen und Herren wünschten sich einen komplexen Tathergang, mehrere glaubhafte Motive und mindestens ebenso viele Verdächtige sowie jede Menge falsche Fährten. Das kam nicht von ungefähr, denn sie waren ja Profis. Alt gewordene Profis, aber dennoch Berufspolizisten, Ermittler, Kriminologen und Rechtsmediziner. Sozusagen ein Club der Detektive. Um ihre kleinen grauen Zellen wachzuhalten, gönnten sie sich das kriminalistische Vergnügen im freundlichen Ambiente der winterlichen Côte d'Azur. Und sie waren gut zahlende Kunden, höchst willkommen in der umsatzschwachen Nachsaison. Sie kamen Jahr für Jahr, weil sie darauf vertrauten, dass Hugo sie nie enttäuschte. Treu und zuverlässig. Und jetzt das: die Absage von *Cercle de spectacle*!

»Putain!«

Für seine wählerische Klientel wäre der Ausfall des Kriminalrätsels wie ein Schlag ins Gesicht. Allein ihre weite Anreise! Diese herbe Enttäuschung würden sie ihm schwer verübeln. Nervös trat Hugo von einem Bein aufs andere. Nein, nein, dachte er, das konnte er den alten Leuten nicht antun. Wer weiß, für die eine oder den anderen von ihnen war es vielleicht das letzte Mal, dass sie an diesem Treffen teilnahmen, ihnen blieben ja nicht mehr allzu viele Jahre. Umso wichtiger erschien es Hugo, dass es bei ihrer jährlichen Vergnügungsreise keine bösen Überraschungen gab. Deswegen versuchte er es erneut und wählte eine weitere der Telefonnummern, die er zuvor gegoogelt hatte. Wobei bei den meisten um diese Uhrzeit niemand mehr abnahm. Wahrscheinlich wäre es sinnvoller, es am nächsten Morgen zu versuchen, wenn die Büros der Künstleragenturen wieder besetzt waren.

Er war bereits im Begriff aufzugeben, da meldete sich doch noch jemand. Eine kleine Agentur aus Bormes-les-Mimosas, nur ein paar Kilometer entfernt.

»Sie wünschen?«, fragte ein Mann, der sich als Monsieur Besoin vorstellte.

Nie von ihm gehört, aber egal. Hugo machte deutlich, dass es sich um einen Notfall handelte und er dringend ein kleines, agiles Ensemble für ein Krimidinner suchte.

»Keine Laien, meine Gäste sind verwöhnt und erwarten hohe Standards«, betonte er.

»Soso. Für wann genau?«, fragte der Theateragent, und Hugo hörte das Blättern von Papier.

»Schon morgen!«, platzte es aus Hugo heraus. »Morgen Abend.«

»Welches Stück?«, erkundigte sich Besoin bedachtsam und blätterte weiter.

»Kein bestimmtes. Die Truppe, die das bisher für uns gemacht hat, hat jedes Mal eine neue Idee mitgebracht.«

»Also Improvisation«, folgerte der Agent. »Ich denke, ich kann Ihnen helfen. Ich schicke Ihnen ein junges Team, zwei Frauen, ein Mann. Frisch von der Schauspielschule, sie dürsten nach Erfahrung. Aber es wird nicht billig.«

Hugo atmete auf. »Die drei sind morgen verfügbar? Dann nehme ich sie, auch wenn es etwas teurer ist.«

»Siebzehnhundert«, sagte Besoin gelassen.

»Bitte, was?« Augenblicklich kehrten Hugos Beklemmungen zurück. »Sie verlangen eintausendsiebenhundert Euro für einen einzigen Abend?«

»Dafür bekommen Sie drei aufstrebende Nachwuchstalente, vielleicht die Stars von morgen.«

»Für dieses Geld kriege ich ja richtige Schauspieler!«

»Ich bitte Sie, Monsieur, in meiner Kartei führe ich ausschließlich richtige Schauspieler. Außerdem vergessen Sie nicht: So kurzfristig finden Sie keine andere Truppe.«

Vieles ging Hugo jetzt durch den Kopf. Er sah die ihm angepriesenen Jungschauspieler bildlich vor sich, ihr ungelenkes Auftreten, ihr stümperhaftes Rezitieren. Seine Gäste würden das falsche Spiel sehr bald durchschauen und enttäuscht sein. Er dachte aber auch an das Gesicht von Claire, die Mischung aus Vorwurf und Sorge, mit der sie ihn ansehen würde, wenn er ihr gestand, dass die Theateraufführung nicht stattfinden konnte. Selbstverständlich würde sie sofort erkennen, welche Konsequenzen das hatte: die umgehende Abreise ihrer Stammgäste und das Ende ihrer jährlichen Wiederkehr. Ein schwerer Schlag, denn *Le Petit*

Hôtel war finanziell nicht auf Rosen gebettet. Gerade im Herbst und Winter waren sie auf jeden einzelnen Gast dringend angewiesen.

Was also tun?

»Sind Sie noch am Apparat?«, fragte Besoin und unterbrach damit Hugos Gedankenfluss. »Sie können es sich ja überlegen, und wir telefonieren morgen wieder. Ich kann allerdings nicht garantieren, dass Olga, Valerie und Sergej dann noch frei sind.«

Hugo biss sich auf die Lippen. Sein Blick wanderte durch die Küche und blieb am breiten Rücken von Gustave hängen. Dieser stand über eine Anrichte gebeugt und bereitete das Dessert für den heutigen Willkommensabend vor: *mousse au chocolat*. Er war ein guter Koch. Kein Meister seines Fachs, aber ein solider und zuverlässiger Arbeiter, der sich mit einem moderaten Gehalt zufriedengab. Wenn er ihn und auch das neue Zimmermädchen Marisa halten wollte, musste er für die nötigen Einnahmen sorgen. Und das gelang nur, wenn stets zahlende Gäste im Haus waren.

»Also? Wollen Sie eine Nacht darüber schlafen?«, erkundigte sich der Agent mit der Geduld desjenigen, der den Sieg schon in der Tasche hatte.

»Ich nehme die drei«, entschied Hugo, auch wenn ihn diese Lösung nicht überzeugte.

»*D'accord*. Dann ist es ausgemacht. Es wäre gut, wenn Sie das Honorar in bar bereithalten. Ich werde die Darsteller selbst bei Ihnen abliefern und das Geld entgegennehmen. Die siebzehnhundert plus Fahrtkosten plus Notfallzuschlag.«

»Notfallzuschlag?«

»Nun ja, es handelt sich doch um einen Notfall, nicht

wahr? Jeder Installateur, jeder Schlüsseldienst verlangt in solchen Fällen ebenfalls eine Zulage. Das werden Sie sicher verstehen.«

CLAIRE

Die Stunden vergingen wie im Flug, der Konsum an Champagner, Cognac, Bier und Häppchen war beachtlich und die Stimmung ausgelassen. Nachdem Claire Martin die Gäste überzeugt hatte, die inzwischen abendlich kühle Terrasse gegen den Salon einzutauschen, setzten die alten Herrschaften dort ihr munteres Geplauder fort. Der große Raum mit gefliestem Boden, hohen Fenstern und mintgrünen gusseisernen Pfeilern diente wahlweise als Speisesaal, Konferenzraum oder für Familienfeste und Firmenevents. Für heute hatten sie Stehtische aufgestellt, aber nun fragte sie sich, ob Sitzgelegenheiten nicht besser wären, einige ihrer Gäste waren ziemlich wacklig auf den Beinen.

Doch niemand beschwerte sich, alle schienen zufrieden. Wozu auch Marisa ihren Beitrag leistete, emsig und patent sorgte sie stets für Nachschub und gefüllte Gläser. Da hatten sie bei der Personalwahl wohl einen Glücksgriff getan. Genau wie mit dem neuen Koch Gustave. Ein etwas grobschlächtiger Kerl, dessen Manieren zu wünschen übrig ließen, wie Claire fand, dafür kochte er durchaus passabel und gab nebenbei einen brauchbaren Konditor ab. Was wollte man mehr? Zumal wenn man nicht so gut zahlen konnte wie andere Häuser.

Ja, alles lief reibungslos. Wenn es morgen auch mit dem

Theaterstück klappte, würden sie den Rest der Woche glückliche und zufriedene Gäste haben. Sie hoffte nur, dass Hugo das hinbekam, denn beiläufig hatte sie etwas von Problemen mit der Buchung aufgeschnappt. Hugo schien ziemlich am Rudern zu sein. Aber das war seine Aufgabe, er musste sich allein darum kümmern. Claire hatte weiß Gott genug um die Ohren, sie erledigte ohnehin das Gros der Arbeit, die im Hotel anfiel. Also sollte Hugo die Sache mit dem Theater nur ja nicht verbocken.

Claire half beim Servieren von belegten Baguettescheiben und Käse, nahm weitere Getränkebestellungen auf und wechselte einige Worte mit ihren Gästen. Manche bemühten sich wieder einmal, Französisch mit ihr zu sprechen, wobei sie ihnen meist auf Englisch antwortete, um die bescheidenen Sprachkenntnisse nicht zu überfordern.

Während sie sich mit den Senioren unterhielt, merkte sie, dass das vergangene Jahr bei allen seine Spuren hinterlassen hatte. Weil Claire die Gruppe nur alle zwölf Monate sah, fielen ihr die Veränderungen besonders auf: Sie bauten ab, die einen mehr, andere weniger. Aber die Unterschiede zu ihrer früheren Fasson ließen sich kaum leugnen, was Claire ein wenig schmerzte. Nicht, dass sie diesen Gästen besonders nahestand, außer in dieser einen Woche hielt sie keinerlei Kontakt zu ihnen. Trotzdem bestand eine Verbundenheit zwischen ihnen, weil sie *Le Petit Hôtel* schon so lange die Treue hielten.

Und dann gab es da noch dieses besondere Ereignis, eine eindrückliche Erfahrung, die sie miteinander geteilt hatten. An einem Tag, den Claire niemals vergessen würde, auch wenn er schon so lange zurücklag.

GUSTAVE

Das Schaffen im Akkord machte Gustave nichts aus. Wer wie er in einer Pariser Großküche gelernt hatte, war es gewohnt, an mehreren Gerichten gleichzeitig zu arbeiten, ohne den Überblick zu verlieren. Gustave sah sich als Herr über die Töpfe und Pfannen und schaffte es mühelos, eine mittelgroße Gesellschaft ganz ohne Gehilfen zu bekochen. Weil er wusste, was er tat, und jeder Handgriff saß.

Der heutige Abend war deshalb keine große Herausforderung für ihn. Die Handvoll Gäste konnte er mühelos verköstigen, gar kein Problem. Da blieb sogar Zeit für die eine oder andere zusätzliche Verzierung, denn das Auge isst bekanntlich mit.

Der neue Job sagte ihm zu, die Küche war sein Reich, und niemand redete ihm rein. Die Chefs, Claire und Hugo Martin, schienen in Ordnung zu sein. Auch Marisa, Zimmermädchen und Hilfskellnerin in einer Person, war okay. Und ziemlich hübsch. Ganz seine Kragenweite, allerdings zehn Jahre oder noch mehr jünger als er. Außerdem ziemlich zugeknöpft, von ihr würde er besser die Finger lassen. Vorläufig jedenfalls. Nicht auszuschließen, dass sich später mal was ergeben konnte.

Insgesamt also ein ordentlicher Start. Trotzdem fühlte sich Gustave nicht recht wohl in seiner Haut. Das hatte allerdings nichts mit der etwas in die Jahre gekommenen Ausstattung der Hotelküche zu tun, die er an seinem ersten Tag erst einmal auf Vordermann gebracht und gründlich geputzt hatte. Jetzt glänzte wieder alles, die Messer waren frisch geschliffen. Nein, sein Unbehagen hatte andere Gründe. Es lag an den Gästen. Claire, die Chefin, hatte ihm eine Rentnergruppe angekündigt, woraufhin er sich Gedanken über den Speiseplan gemacht und darauf geachtet hatte, beim Einkauf auf dem Großmarkt nichts Blähendes zu erstehen. Damit die dritten Zähne und Brücken heil blieben, verzichtete er außerdem auf allzu Festes und Krosses. Zu fettig durften die Zutaten ebenfalls nicht sein, um Herz und Kreislauf zu schonen, obwohl er da auch Ausnahmen machen musste, damit es keine Beschwerden gab, denn Fett war ein wichtiger Geschmacksträger.

Doch all diese Überlegungen waren in den Hintergrund getreten, als er mitbekam, dass diese Gäste keine gewöhnlichen Besucher waren. Es gab etwas, was sie gemeinsam hatten: ihren Beruf. Oder wohl eher den Beruf, den sie einst ausgeübt hatten, denn arbeiten musste die Ü-70-Truppe bestimmt schon eine ganze Weile nicht mehr.

Angeblich hatten die alten Frauen und Männer früher etwas mit der Polizei zu tun gehabt. Was genau sie gemacht hatten, wusste Gustave nicht, aber allein die Vorstellung, es mit einem halben Dutzend ehemaliger *flics* zu tun zu bekommen, behagte ihm ganz und gar nicht.

Der Instinkt sagte ihm, dass er auf der Hut sein musste. Diese Leute mochten alt sein, aber man wusste ja nie, wen sie so kannten und welchen Einfluss sie noch besaßen. Daher nahm er sich vor, in Deckung zu bleiben. Er würde ihnen allerhöchstens etwas übers Essen erzählen, wenn sie danach fragten. Harmlose Dinge, nichts, was sie stutzig machen könnte. Und sonst: den Kopf einziehen und sich zurückhalten, bis sie wieder abreisten.

Es war ja bloß eine Woche, das musste doch zu schaffen sein.

DER ZWEITE TAG

LOUANNE

Das Frühstücksbüfett fiel für französische Verhältnisse sehr reichhaltig aus. Louannes Blick glitt von einem Korb voller Baguettes, Croissants und Toast über gläserne Tiegel mit diversen Konfitüren bis zu einer stattlichen Auswahl an Pasteten, Wurstaufschnitt und Käse. Hinzu kamen Warmhalteschalen mit Spiegelei, *Baked Beans* und *Sausages.* Letzteres war in erster Linie für Geraldine bestimmt.

Doch Louanne beobachtete, dass sich auch Kim darüber hermachte. Er verschlang die fettigen kleinen Würstchen voller Hingabe, obwohl das seinem Cholesterinspiegel sicher nicht guttat. Ganz zu schweigen von seiner Figur. Ein richtiges Pummelchen, was Louanne auch mangelnder Bewegung zuschrieb: Er war so langsam wie ein altes Walross, und bei jeder kleinen Anstrengung bildeten sich Schweißflecken unter seinen Achseln. Trotzdem redete er, als ob er fit wäre wie ein Turnschuh. Warum wohl? Sich nur ja nicht anmerken lassen, wie der Zahn der Zeit an einem nagt. Schon gar nicht in der erlauchten Runde einer ehemaligen Ermittler-Elite von europäischem Rang! Kasimir, der auch nicht mehr gut zu Fuß war, machte es ja genauso. Männer und ihre Eitelkeiten!

Nur Männer? Auch Louanne konnte ein Lied davon singen, ihr ging es ja nicht viel anders. Im kleinen Bad ihres

Hotelzimmers brauchte sie vor dem Spiegel morgens doppelt so lange wie zu Hause, um sich so herzurichten, dass sie sich vor die Tür wagte. Fältchen wurden gnadenlos weggeschminkt, erst recht die verräterischen Altersflecken. Am Tag vor ihrer Abreise aus Lyon hatte sie sich die Haartönung auffrischen lassen und peinlich genau darauf geachtet, dass kein grauer Ansatz zu erkennen war. Zweck der Übung: Gemeinsam mit Alexandros gehörte sie mit gerade mal einundsiebzig zu den Jüngsten ihres Clubs, sie waren quasi die Küken. Das wollte sie den anderen auch rein äußerlich vor Augen führen. Sollten sie daraus ruhig ihre Schlüsse auf ihre geistige Agilität ziehen. Sie sollten wissen, dass Louanne es noch draufhatte und beim diesjährigen Krimispiel abräumen würde. Sie wollte dieses Mal als Siegerin vom Platz gehen und sich wieder jung fühlen. So jung wie in jener legendären Ära, als sie gemeinsam Jagd auf »das Phantom« gemacht hatten, wie Drogenbaron Marcello Ferraro auch genannt worden war. Fast zwanzig Jahre lag das alles zurück – im Nachhinein die beste Zeit ihres Lebens. Oder zumindest die aufregendste.

Das beschrieb allerdings nur die halbe Wahrheit. Der zweite, traurige Grund, warum sie sich so viel Mühe gab, gut auszusehen, war, dass Louanne nicht sicher sein konnte, nächstes Jahr wieder dabei zu sein. François, ihr Mann, war seit einem Schlaganfall sehr eingeschränkt. Noch kam er halbwegs zurecht, wenn Louanne ihn für ein paar Tage allein ließ. Da reichte es, wenn zweimal am Tag der mobile Pflegedienst nach dem Rechten sah. Die Hunde brachten sie solange auf dem benachbarten Hof unter. Doch wie würde sich François' Zustand weiterentwickeln?

Ihr Liebster baute ab, Woche für Woche ein bisschen

mehr. Sollte er eines Tages vollends pflegebedürftig sein, würde sie sich um ihn kümmern. Das stand für sie fest. Ein Heim kam nicht infrage. Sie wollte selbst für ihn da sein. Das war sie François schuldig.

Schuldig? Ja, sie fühlte sich ihm verpflichtet. Aus Zuneigung und Mitmenschlichkeit und auch, weil sie ein schlechtes Gewissen hatte, schon seit vielen Jahren. Seit ihrem Fehltritt, den sie François bis heute verschwiegen hatte und der ihre Emotionen noch immer aufkochen ließ, sobald sie daran zurückdachte.

»Ein Gläschen Champagner?«

Plötzlich stand Ruben van Dijk neben ihr. Eindrucksvoll wie eh und je, das restblonde Haar aufgekämmt, das breite Gesicht straff und mit dem gleichen unerschrocken-entschlossenen Blick, der ihr damals so imponiert hatte. Seine großen Schuhe wirkten auf dem eleganten Mosaikfußboden des Speisesaals fehl am Platz, auch sonst passte dieser wuchtige Mann nicht in den lichten Salon mit seinen schmalen Stühlen, dem Silberbesteck auf akkurat gefalteten Servietten und dem femininen Blumenschmuck.

In Ruben, dem Draufgänger, loderte mit dreiundsiebzig noch das Feuer, das ihn als Chefermittler bei Europol in Den Haag angetrieben hatte. Alles an ihm drückte den Willen zum Erfolg aus, und schlagartig wurde Louanne bewusst, dass das Rennen um die imaginäre Trophäe des begabtesten Detektivs längst nicht gelaufen war. Mit einem Mal schwand ihre Siegessicherheit.

Ruben. Was löste dieser Mann noch immer in ihr aus?

Gestern, nach ihrer Ankunft, war sie aktiv auf ihn zugegangen, um den Erstkontakt gleich hinter sich zu bringen, und hatte sich mit ihm unterhalten. »Erstkontakt«, so nannte sie den Auftakt des jährlichen Wiedersehens mit ihm, immer verbunden mit Herzklopfen und geröteten Wangen. Sie konnte nichts dagegen tun, obwohl sie doch genau wusste, dass ihm das nicht verborgen blieb – und wie er diese Zeichen deuten musste. Die Flucht nach vorn war leider kein Erfolg gewesen, denn trotz des Gesprächs am Vorabend merkte sie, wie nervös sie auch heute wieder war.

Mon dieu, ich fühle mich wie ein verknallter Teenager!

»Normalerweise bin ich ja kein Frühstücksmensch, aber dir zuliebe breche ich mit meinen Gewohnheiten und stehe eher auf.« Ein bewunderndes Lächeln trat in Rubens Miene. »Du bist hübsch und anmutig wie immer, *ma tulipe.*«

Louanne entzog sich seiner Hand, die er gerade auf ihren Unterarm legen wollte. »›Tulpe‹ kannst du deine Freundinnen in Holland nennen, aber ganz gewiss nicht mich«, wies sie ihn brüsk zurück, doch es klang weniger energisch als erhofft.

Ruben log ihr schamlos ins Gesicht. Natürlich hatte die Zeit auch bei ihr Spuren hinterlassen. Damals, als Ruben und sie einander das erste Mal begegnet waren, hatte sie längst nicht so viel Zeit vor dem Schminkspiegel verbracht wie heute. Inzwischen war sie eine alte Frau. Chic gekleidet und hübsch zurechtgemacht, aber dennoch über siebzig. Weiß der Himmel, was Ruben sich von seinen Avancen versprach. Aus dem Alter, ihre Liaison von damals noch einmal aufleben zu lassen, waren sie doch wohl heraus. Oder etwa nicht?

Begleitet von einem kreischenden Miauen schoss Hauskatze Bambou zwischen ihren Beinen hindurch und verschwand hinter dem Büfett. Louanne erschrak, was Ruben sich augenblicklich zunutze machte. Denn nun schaffte er es doch, ihren Arm zu fassen. »Was glaubst du, was uns heute Abend Nettes erwartet, *ma chérie?*«, hauchte er ihr ins Ohr.

»Du sprichst von dem Krimispiel?« Louanne war sich ganz und gar nicht sicher, worauf Ruben abzielte.

»Aber natürlich! Was dachtest du denn?«

Abermals spürte Louanne hitzige Röte in sich aufsteigen. Verdammt, diesem Kerl gelang es immer wieder, sie aus der Fassung zu bringen.

»Letztes Jahr waren sie ziemlich gut«, redete Ruben weiter. »Klasse Schauspieler. Ich habe lange gebraucht, bis ich wusste, wer der Täter ist. Aber am Ende habe ich ihn natürlich doch geschnappt.«

»Hat nicht Kasimir den Fall gelöst?«, wunderte sich Louanne über Rubens abweichende Erinnerung.

Dieser winkte ab. »Ich habe ihm den Vortritt gegeben und ihn die Sache aufklären lassen, weil er ja sonst so selten Glück hat. In Wahrheit war ich ihm weit voraus. Aber mein Motto lautet: Man muss auch gönnen können.«

Nicht zum ersten Mal fragte sich Louanne, was sie dazu getrieben hatte, sich ausgerechnet mit diesem Angeber in eine Affäre zu stürzen.

Dabei kannte sie die Antwort ganz genau: Es war die pure Lust gewesen. Gier aufs Leben und der Wunsch, wenigstens ein Mal aus dem Käfig ihrer braven Ehe auszubrechen.

ALEXANDROS

Alexandros nahm sich einen Apfel aus der Obstschale, dem Rest des Frühstücksbüfetts schenkte er keine Beachtung. Er hatte kaum Hunger. Dafür war er viel zu angespannt.

Immer wieder glitten seine Blicke über die langjährigen Wegbegleiter, die er fast so gut kannte wie Geschwister. Die jährlichen Treffen: Familienfeste! Die gegenseitige Sympathie: groß. Der Spaßfaktor: noch größer.

Diesmal aber war es anders. Bildete er sich das nur ein, oder wurde aus dem Spiel allmählich Ernst?

Sehnlichst wünschte sich Alexandros, dass alles so blieb, wie es immer gewesen war: heiter und unbeschwert und fern von den Lasten des Alltags. Eine Woche Auszeit mit der Garantie auf gute Unterhaltung und unverfängliche Gespräche. Ja, das wünschte er sich! Dabei versuchte er, den Gedanken daran zu verdrängen, dass ihre Freundschaft auf einer Lüge beruhte. Überstrahlt vom gemeinsamen Erfolg, aber dennoch eine Lüge. Wenn die Wahrheit einmal ans Licht kam, würde es ein böses Erwachen geben. Dann war der Moment der Abrechnung gekommen, und es war Schluss mit lustig.

Wollte Alexandros das? Viele, viele Jahre lang hätte seine Antwort Nein gelautet. Heute war er sich nicht mehr sicher, weil sich das ewige Verdrängen zu einer Belastung auswuchs. Mit jedem neuen Lebensjahr fiel es ihm schwerer, diese Bürde zu tragen, und er war nicht länger dazu bereit, nur der guten Laune wegen alles beiseitezuschieben.

Alexandros biss in den Apfel. Seine Zähne mahlten beim Kauen, und er fragte sich, warum er überhaupt so lange geschwiegen hatte. Ganz sicher nicht, weil er konfliktscheu war, im Gegenteil: Kontroversen war Alexandros zeitlebens nie ausgewichen, selbst dann, wenn sie mit Körpereinsatz verbunden waren. Für einen Faustkampf war er jederzeit zu haben, falls die Lage es erforderte. Er setzte sich durch, denn sonst hätte er wohl den falschen Beruf gewählt. Gleichzeitig betrachtete er sich als einen geselligen Menschen. Er liebte das Miteinander, Kameradschaft ging ihm über alles. Wieder einmal machte er sich bewusst, dass er die Freunde, mit denen er sich am liebsten umgab, durch seine Enthüllung verlieren würde. Nach dem, was er zu sagen hatte, würde nichts mehr sein wie zuvor …

»Bloß ein Apfel?« Karl-Wilhelm riss ihn aus seinen Gedanken.

»Haben die Martins nichts Passendes für dich aufgetischt?«, fragte der dicke Deutsche lachend. »Was frühstückt ihr Griechen normalerweise denn so? Calamari oder Gyros? Ich kann rasch in die Küche gehen und nachschauen, ob sie etwas in dieser Richtung haben.«

Alexandros verzog den Mund. Kims Witze, so plump sie auch waren, heiterten ihn normalerweise auf. Heute konnte er sich aber nicht einmal zu einem kleinen Lächeln durchringen.

Kim trat einen Schritt zurück. »Wusste nicht, dass du seit Neuestem zum Morgenmuffel geworden bist. Bin schon weg.«

Er machte Platz für Kasimir, im Vergleich zu dem korpulenten Deutschen eine halbe Portion. Der hagere polnische Gelehrte, mit schütterem grauem Haar und starker Brille, trug in der einen Hand eine Tasse schwarzen Kaffee und einen Teller mit Croissant und Konfitüre in der anderen. Der Kaffee war übergelaufen und sammelte sich in der Untertasse. Waren seine zitternden Hände ein Anzeichen für eine Parkinson-Erkrankung? Oder zeigte sich darin die Nervosität des Freundes, ähnlich wie bei Alexandros?

»Hast du einen Moment für mich?«, fragte Kasimir.

Eigentlich nicht, dachte Alexandros. Er hatte keine Lust auf eine Unterhaltung. Dafür fehlte ihm gerade die Muße.

»Nehmen wir den Tisch dort drüben«, schlug Kasimir vor und hatte es eilig, das Geschirr abzustellen, bevor nichts mehr in seiner Tasse war.

Alexandros wollte ihn nicht vor den Kopf stoßen und setzte sich zu ihm.

»Ich bin da einer Sache auf der Spur«, vertraute Kasimir ihm an.

Alexandros hob die Brauen. Kasimir war ein schlauer Kopf, er hatte die Gerichtsmedizin in Krakau geleitet und war alles andere als begriffsstutzig. Sollte er etwa dahintergekommen sein? Das würde die Nervosität und das Zittern erklären …

»Claire und Hugo Martin verheimlichen etwas vor uns«, sagte Kasimir. »Die beiden stecken dauernd die Köpfe zusammen und tuscheln. Vorhin, im Flur, habe ich mitbekommen, wie sie aneinandergeraten sind. Leider habe ich nichts verstanden, weil sie Französisch gesprochen haben, aber irgendetwas ist faul, und ich frage mich, ob das mit unserem Fall zu tun hat.«

»Unser Fall?« Wieder rauschten Alexandros' Gedanken in die Vergangenheit. Ihr Fall: die gemeinsame Jagd nach Europas meistgesuchtem Verbrecher Marcello Ferraro. Geraldine, seinerzeit beratend für Scotland Yard tätig, hatte damals die Initiative ergriffen und sie alle zusammengebracht: sechs Spezialisten aus sechs Nationen. Gemeinsam wollten sie dem Verbrecherkönig das Handwerk legen, und am Ende hatten sie es tatsächlich geschafft. So lange das auch schon zurücklag, es erfüllte die Beteiligten noch immer mit Stolz.

»Das Kriminalstück«, erläuterte Kasimir. »Entweder, das Ehepaar Martin zieht dieses Jahr etwas ganz besonders Aufwendiges für uns auf, was ihre Geheimniskrämerei erklären würde, oder es gibt ein Problem.«

»Was denn für ein Problem?«, fragte Alexandros, obwohl ihn das Krimispiel gerade gar nicht interessierte.

Kasimir rückte die Brille zurecht. Durch die dicken Gläser wirkten seine Gelehrtenaugen riesig. »Ich tippe auf Ärger mit der Theatertruppe. Vielleicht haben die Martins eine Absage kassiert und befürchten, dass ihnen nach den Schauspielern als Nächstes die Gäste abspringen. Was fatal wäre, denn die Martins brauchen das Geld. Ist dir aufgefallen, wie renovierungsbedürftig das Hotel mittlerweile ist?«

Alexandros, der nur mit halbem Ohr zuhörte, nickte in Richtung des Mannes im schwarzen Anzug und mit dunkler Schmalzlocke, der gerade den Raum betrat und sich so hinstellte, dass jeder ihn sehen konnte. Unmittelbar vor einen üppig geschmückten Tannenbaum. »Ich schätze, wir werden gleich erfahren, welche deiner Versionen zutrifft.«

»Liebe werte Gäste!«, ergriff Hugo Martin das Wort,

woraufhin das allgemeine Besteckgeklimper, Tuscheln und gelegentliche Lachen verstummte. »Meine Frau Claire und ich schätzen uns glücklich, Sie auch in diesem Winter in unserem kleinen, aber feinen Hotel beherbergen zu dürfen. Wir geben uns alle Mühe, Ihnen den Aufenthalt so angenehm wie möglich zu gestalten. Zum Beispiel durch die Leistungen unseres Küchenteams.«

Jetzt tauchte auch Kim wieder auf und setzte sich zu ihnen. »Küchenteam?«, raunte er Alexandros zu. »Die Übertreibung des Tages. Das sind der neue Koch und gelegentlich seine Frau oder er selbst.«

»Natürlich wissen wir nur zu gut, dass Sie uns nicht allein wegen des erlesenen Essens und des angenehmen Klimas seit so vielen Jahren die Treue halten. In erster Linie geht es Ihnen um unser Krimispektakel.«

»Jetzt bin ich gespannt ...«, flüsterte Kasimir.

»Heute Abend soll es wieder so weit sein. Sie, die bedeutendsten Detektive Europas, werden sich einer neuen Herausforderung stellen.«

»Er trägt ganz schön dick auf«, meinte Kim. »Wenn er uns dermaßen umgarnt, folgt gleich die kalte Dusche.«

»Nun habe ich Ihnen eine gute und eine vielleicht nicht ganz so gute Ankündigung zu machen«, setzte Hugo Martin eine Nuance leiser fort und wirkte mit seinem verkniffenen Gesicht etwas unglücklich.

»Habe ich's doch gewusst!«, platzte es aus Kasimir heraus.

»Was hat er gesagt?«, fragte Kim und hielt sich die Hand hinters Ohr.

»Dass er schlechte Nachrichten für uns hat«, sagte Kasimir so laut, dass es auch alle anderen hören mussten.

»Fangen wir mit der weniger guten Botschaft an«, fuhr Hugo Martin fort. »*Cercle de spectacle*, die Theatertruppe vom letzten Jahr, die Sie alle so begeistert hat, ist leider verhindert. Aber seien Sie nicht enttäuscht, denn für Ersatz ist gesorgt: Es wird Sie ein junges, frisches Nachwuchsteam glänzend unterhalten.«

»Wahrscheinlich stellungslose Animateure, die kein anderer haben will«, mutmaßte Kim.

Unverdrossen fuhr Hugo Martin fort: »Die Spielregeln sind die gleichen wie immer: Unsere drei ambitionierten Akteure verwickeln Sie in einen trickreichen Fall, wobei Sie nicht ahnen können, wer das Opfer und wer der Täter sein wird. Es ist durchaus möglich, dass auch jemand vom Personal für eine dieser Rollen auserkoren ist – oder jemand aus Ihren Reihen. *Surprise*, lassen Sie sich überraschen!«

»Jetzt soll einer von uns die Leiche geben? Wie langweilig«, beklagte sich Kim.

Schon möglich, dachte Alexandros, aber er fand Gefallen an dieser Vorstellung. Sollten sie es diesmal mit einer Laientruppe zu tun bekommen, dann wäre die Aufgabe wahrscheinlich leicht und schnell zu lösen. Anschließend bliebe genügend Zeit für eine Aussprache. *Die* Gelegenheit, vor versammelter Mannschaft endlich klar Schiff zu machen!

Er gab sich einen Ruck: Ja, heute Abend sollte die Stunde der Wahrheit schlagen, er würde auspacken. Denn das, was ihn so sehr bewegte, was ihm schon so lange auf der Seele brannte, konnte er einfach nicht mehr für sich behalten.

RUBEN

Das hörte sich ja schon jetzt nach einer Kapitulationserklärung an. Ein Reinfall! Ruben konnte Hugo von der Nasenspitze ablesen, dass er seine Gäste hinters Licht führen wollte. Von wegen ambitionierter Ersatz! Wenn diesmal sogar das Personal und die Gäste einspringen sollten, weil es die Schauspieler allein nicht fertigbrachten, kam das einem Armutszeugnis gleich.

Aber sollte man sich davon die Laune verderben lassen? Sicher nicht! Ruben hatte sich auf die Tage mit seinen Kumpanen gefreut, und diese Freude wollte er sich nicht nehmen lassen. Wenn das Theaterstück mies war, dann sollte es eben so sein. Na und? Amüsieren konnte er sich auch auf andere Weise.

Ruben achtete nicht weiter auf Hugo, der seine Rede beendet hatte und nun den Kontakt zu einzelnen Gästen suchte, um für gut Wetter zu sorgen. Er ließ sein Frühstück stehen und schlenderte zu Louannes Tisch, den sie sich mit Geraldine teilte, die einen etwas irritierenden Kopfschmuck in ungewohnten Lilatönen trug. Letztere ignorierte er geflissentlich, stattdessen richtete er seine Aufmerksamkeit ganz auf Louanne, deren Parfümwolke mit starker Fliedernote er schon im Näherkommen wittern konnte.

»Hat es geschmeckt, *ma chérie?*«, erkundigte er sich mit viel Schmelz in der Stimme. »Was hältst du von einem

Strandspaziergang, um die müden Knochen in Bewegung zu bringen?«

Louanne schlug die Augen nieder, ihre Wangen nahmen ein zartes Rosa an. Allein dafür könnte er diese Frau lieben! Doch eine Antwort bekam er nicht.

Stattdessen ergriff Geraldine das Wort: »Mein lieber Ruben, vielleicht ist es dir entgangen, aber Louanne und ich unterhalten uns gerade. Versuch dein Glück woanders, oder geh allein spazieren. Das kann ja auch recht nett sein.«

Alte Giftschlange!

Eigentlich schätzte Ruben Geraldine sehr, sogar ihre herbe Art und den britischen Snobismus, den sie bis zur Perfektion trieb. Besonders, wenn es um Tee ging, kehrte sie die Engländerin heraus: Für eine Tasse guten Tees ließ sie alles stehen und liegen. Wahre Engländer waren bereit, das Letzte dafür zu geben. Und das passte einfach zu dieser Frau, mit der man sich im Übrigen nicht nur glänzend über Kriminalistisches austauschen konnte, sondern beispielsweise auch über Politik. Über ihre unterschiedlichen Auffassungen zur EU konnten sie trefflich streiten. So eine Auseinandersetzung geriet jedes Mal zu einer Denksportaufgabe, die Rubens geistige Flexibilität herausforderte – ein großer Genuss. Doch wenn dieses welke britische Gewächs meinte, sich in seine Privatangelegenheiten mischen zu müssen, hörte für ihn der Spaß auf.

»Louanne kann für sich selbst sprechen, oder?«, fragte er, ohne Geraldine eines Blickes zu würdigen.

Louanne hielt die Augen auf ihren Teller gerichtet und antwortete: »Danke, Ruben, aber ich möchte jetzt nicht spazieren gehen. Vielleicht später.«

Eine Absage! Und das, obwohl die Sonne soeben durch die Schleierwolken brach und das Meer verlockend funkelte. Entgegen der Vorhersage war es sogar recht mild. Der Strand war menschenleer, geradezu paradiesisch. Trotzdem – eine Absage.

Ruben konnte sich denken, weshalb. Louannes Gewissen trug die Schuld daran, dass sie sich zierte. Im Gegensatz zu ihm war Louanne verheiratet, und ihre Affäre, die vor bald zwanzig Jahren begonnen hatte und seitdem immer wieder kurz aufgelodert war, brachte sie in einen permanenten Gewissenskonflikt. Er konnte das nachvollziehen. In gewisser Weise. Anderseits war Louanne Französin, eigentlich müsste sie doch per se für ein romantisches Abenteuer offen sein. Nun ja, dieses Klischee entsprach wohl mehr seinen Wunschvorstellungen als der Realität.

Jedenfalls gab es für ihn bei diesem Alte-Damen-Kränzchen keinen Blumentopf zu gewinnen, weshalb er sich auf die Suche nach einem anderen, willigeren Begleiter für den Rest dieses Vormittags machte. Die Wahl fiel auf Alexandros, der von Kim und Kasimir eingekeilt wurde und etwas verloren wirkte. Als wüsste er nicht recht, was er mit dem angebrochenen Tag anfangen sollte.

»*Kalimera*, Kapitän! Kommst du mit, ein bisschen frische Luft schnappen?«

Erst sah auch Alexandros so aus, als würde er Rubens Vorschlag zurückweisen. Doch nach kurzem Zögern straffte er die Schultern und schloss sich ihm an. Kim und Kasimir blieben zurück, was sie aber nicht störte, denn sie lästerten einfach weiter über die Notbesetzung des Theaterabends.

Ruben und Alexandros folgten dem Weg, der in engen Windungen den Hotelhügel hinabführte, und spazierten dann durch schmale Straßen bis in einen Park, wo Pinien im Sommer für kühlenden Schatten sorgten. Jetzt war das überflüssig, und so trugen sie stattdessen Lichterketten für vorweihnachtliches Flair. Anschließend passierten sie einen halb leeren Parkplatz und die Anleger einer Tauch- und Segelschule und erreichten den weitläufigen Strand. Dass Ruben mit Alexandros' strammem Schritt mithalten konnte, freute ihn sehr. Vor einem Jahr noch hätte er nicht geglaubt, jemals wieder unbeschwert wandern zu können. Die Meniskusoperation, der er sich im Frühjahr unterzogen hatte, wirkte Wunder. Minimalinvasiver Eingriff. Jetzt fühlte er sich wieder wie ein junger Gott! Ob er Alexandros davon erzählen sollte? Besser nicht, denn nicht umsonst lautete die unausgesprochene Regel ihres Clubs: keine Krankheitsgeschichten.

»Und, was sagst du?«, fragte er stattdessen unverbindlich und kickte eine Muschel zurück ins Meer. »Alles in allem haben sich unsere Freunde doch gut gehalten, oder? Und wir zwei sowieso.«

Alexandros, der heute seine übliche Unbeschwertheit vermissen ließ, stimmte ihm zu. Dafür, dass mittlerweile alle die siebzig überschritten hatten, machten sie einen guten Eindruck, sagte er.

»Wobei Kim etwas weniger essen sollte«, konnte sich Ruben einen Seitenhieb nicht verkneifen.

»Und Kasimir etwas mehr«, entgegnete Alexandros. »Dünn ist er geworden. Richtig abgemagert.«

»War er nicht schon immer eine Bohnenstange?«

»Ja, da hast du recht. Aber kann es sein, dass er auf seine

alten Tage ein wenig vergesslich wird? Ich habe jedenfalls den Eindruck.«

»Ist mir bisher nicht aufgefallen, aber wir haben auch noch nicht sonderlich viel miteinander gesprochen. – Was sagst du zu Geraldine? Ihre Spleens sind mittlerweile ziemlich ausgeprägt, nicht wahr?«, meinte Ruben.

»Ich würde sagen, sie ist sich treu geblieben.«

»Und an Louanne geht das Alter spurlos vorbei ...«

»Kann es sein, dass du sie durch eine rosarote Brille siehst? Aber ja, sie hat noch immer diese ... wie sagt man?«

»Anmut«, antwortete Ruben schwärmerisch.

»Genau. Das trifft es gut.«

Sie setzten ihren Weg durch den feinen Sand fort, vorbei an verwaisten Campingplätzen. Dahinter ragten die Hügel auf, wo die besseren Kreise wohnten. Mit großen Gärten vor den weißen Villen.

»Denkst du eigentlich noch oft daran zurück?«, fragte Alexandros nach längerem Schweigen.

Ruben musste nicht nachfragen, er wusste sofort, auf was sein Freund anspielte. An die spannendsten und herausforderndsten Monate seiner Laufbahn. An den besonderen Kick des gemeinsamen Kraftakts, der so unterschiedliche Charaktere wie Alexandros, Geraldine, Kim, Kasimir, Louanne und ihn für immer zusammengeschweißt hatte.

Ja, er dachte oft daran zurück. Auch daran, wie alles begonnen hatte ...

Den Haag, Europol-Zentrale

Diese Engländerin hatte es wirklich drauf!

Ruben van Dijk, der sich mit dreiundfünfzig auf dem Höhepunkt seiner Karriere wähnte, stand breitbeinig und mit verschränkten Armen im Lagezentrum der noch jungen europäischen Polizeibehörde Europol und beobachtete die Bildschirme auf der Stirnseite des Raums. Um ihn herum tippten seine Mitarbeiter unablässig auf die Tastaturen ihrer Rechner ein, mehrere Telefone schrillten gleichzeitig, Boten kreuzten die Gänge zwischen den Schreibtischen. Wie in einem Bienenstock, kam es Ruben in den Sinn. Summ, summ.

Er dagegen blieb die Ruhe selbst. Der sprichwörtliche Fels in der Brandung. Ruben ließ sich nicht anstecken von der Hektik, die aufgekommen war, seit London den Namen durchgegeben hatte. Den Namen des Phantoms.

Denn sie hatte es tatsächlich geschafft. Geraldine Walker, dieser zierlichen, aber zähen Professorin für Kriminologie, war es – entgegen Rubens Erwartungen – gelungen, ein Profil des gesuchten Drogenbosses zu erstellen, von dem bis zum heutigen Tag weder Name noch Herkunft und erst recht nicht der aktuelle Aufenthaltsort bekannt gewesen waren. Doch Geraldine Walkers Dossier war derart detailliert und vielschichtig ausgefallen, dass ein Abgleich auf internationaler Ebene möglich wurde. Polizeicomputer in einem Dutzend europäischer Länder waren mit den Daten der Engländerin gefüttert worden, sodass sie mit bereits polizeibekannten Personen verglichen werden konnten.

Und siehe da: Sie bekamen Ergebnisse, die eindeutig ausfielen. Jetzt hatten sie endlich einen Namen. Und das Phantom war nicht länger ein Phantom.

Die Polizeicomputer mehrerer Länder hatten einen gewissen Marcello Ferraro identifiziert. Der gebürtige Süditaliener war wegen einiger Jugenddelikte aktenkundig geworden: Autoaufbrüche, Taschendiebstahl, Körperverletzung. Einmal war er mit einer nicht geringen Menge Marihuana erwischt worden. Seitdem aber hatte es keine weiteren Einträge gegeben. Wie es schien, hatte sich sein Lebenswandel gebessert, er war zu einem tadellosen Staatsbürger mutiert. Dennoch war er jetzt erneut ins Visier der Fahnder geraten, weil seine Reisetätigkeit exakt dem Weg der Drogen entsprach: Immer dort, wo das Heroin plötzlich massenhaft den Markt überschwemmte, hatte sich wenige Tage zuvor Ferraro aufgehalten. Nach außen hin hatte sich der Italiener inzwischen die blitzsaubere Fassade eines seriösen Geschäftsmannes zugelegt. Geraldines Charakterstudie aber zeigte, dass er diese weiße Weste nur deshalb trug, um von seinem wahren Business abzulenken. Vom Kleinkriminellen auf den Straßen der italienischen Provinz zur ganz großen Nummer auf internationalem Parkett – das musste der Gesuchte sein!

Geraldine schien jedenfalls davon überzeugt, mit Ferraro den richtigen Kandidaten gefunden zu haben – und Rubens unumstößlicher Vorsatz lautete, ihn zu fassen. Dafür setzte er alle Hebel in Bewegung.

Gut möglich, dass der Zenit seiner Karriere doch noch nicht erreicht war und er einen weiteren Push erwarten durfte. Weil ihm nach Ferraros Verhaftung Türen offenstehen würden, die er bisher für unerreichbar gehalten hatte. Ruben witterte die Chance, es bis nach ganz oben in seiner Behörde zu schaffen.

CLAIRE

Die Sorgen belasteten sie. Während Claire den Speisesaal für den Abend herrichtete, frische Tischdecken aufzog, Servietten faltete und neue Kerzen in die silbernen Kandelaber setzte, war sie geistig ganz woanders.

Sie fragte sich, wie lange das noch gut gehen würde. Wie lange sie noch die Mittel aufbrachten, um die Hypotheken für die Küchenausstattung und den Umbau der Sanitäranlagen zu bedienen. Eigentlich müssten sie nämlich bald den nächsten Kredit aufnehmen, damit sie die große Terrasse fliesen und das Dach, das an vielen Stellen undicht wurde, neu eindecken lassen konnten. Dass sie nun drauf und dran waren, sich heute Abend mit einer schlechten Aufführung ihre wenigen treuen Wintergäste zu vergraulen, befeuerte ihr Grübeln umso mehr. Wenn Hugo doch nur ein besserer Geschäftsmann wäre! Er führte die Bücher, ließ sich aber von ihr nicht in die Karten blicken. Er habe alles im Griff, beteuerte er jedes Mal, wenn Claire ihn fragte und bedrängte, weil ihnen das Wasser wieder einmal bis zum Hals stand. Es war ja kein Zufall, dass ihr früherer Küchenchef sie mitsamt seinem Gesellen von heute auf morgen verlassen hatte, genau wie die treue Hausangestellte Hafida. Drei Monate lang war ihnen Hugo den Lohn schuldig geblieben, kein Wunder also, dass sie gegangen waren. Es lag an Hugos schlechtem kaufmännischem Gespür. Von wegen alles im Griff! Zugegeben: Bisher war es ihrem Mann immer gelungen, doch wieder die nötigen Mittel aufzutreiben, sodass der Betrieb weiterlief. Weiß der Himmel, woher er dieses Geld nahm. Unterm Strich aber blieb es immer zu wenig, daher die Kredite. Claire hatte echte Existenzängste.

»Kann ich Ihnen helfen?«, fragte Marisa, die das Büfett bereits abgeräumt hatte.

Emsig war das neue Mädchen. Freundlich und lernwillig noch dazu. Wirklich ein Glücksgriff, zumal zu dem mageren Gehalt, das Hugo ihr zahlte.

»Ja, geh mir bitte bei der Dekoration zur Hand«, wies Claire sie an. »Wir sind mitten in der Adventszeit, und ich möchte, dass unsere Gäste das auch merken. Der Kunstschnee allein reicht ja wirklich nicht.« Sie öffnete einen Karton, in dem sich hölzerne Sterne und Engel den Platz mit tannengrünen Girlanden teilten.

»Sehr gern, Madame.«

Marisas Freundlichkeit tat ihr gut. Claire lächelte sie an und dachte, vom Alter her könnte Marisa ihre Tochter sein. Hugo und sie hatten nie eine Familie gegründet, weil der Hotelbetrieb sie ganz und gar in Beschlag nahm. Manchmal dachte Claire, dass sie das eigentliche Leben dadurch verpasst hatte.

»Nenn mich nicht Madame. Sag einfach Claire zu mir.«

»Wie Sie meinen, Claire. *Merci.*«

»Du musst dich nicht bedanken, das ist doch selbstverständlich.«

Gemeinsam gaben sie dem Raum mit seinem mediterranen Charme eine festliche Atmosphäre. Anschließend half Marisa dabei, Teller und Besteck für den Abend bereitzustellen, während Claire Kristallgläser für Wein und Wasser auf den Tischen platzierte.

»Wenn ich einmal neugierig sein darf …«, wandte sich Marisa an Claire, nachdem die Arbeit getan war.

»Nur zu!«, bestärkte Claire sie. »Frag, was du möchtest.«

»Diese älteren Herrschaften – warum kommen sie jedes Jahr ins *Le Petit Hôtel*? Warum gerade dieses Hotel? Gibt es dafür einen besonderen Grund?«

O ja, das war wirklich eine gute Frage. Claire war sich durchaus bewusst, dass sie in ihrem familiengeführten Kleinbetrieb nicht mit dem Luxus und Komfort der meisten Mitbewerber mithalten konnten. Es gab an der Côte d'Azur weitaus attraktivere Adressen.

»Das ist nicht so ganz leicht zu erklären«, setzte Claire an, und Erinnerungen stiegen in ihr auf. Erinnerungen an einen dramatischen Tag, an dem das kleine Hotel im Zentrum einer Polizeiaktion mit Dutzenden von Einsatzkräften gestanden hatte und ihr die Kugeln buchstäblich um die Ohren flogen.

KASIMIR

Manchmal überfiel Kasimir der Gedanke, er könnte für all das zu alt sein. Allein die Anreise mit dem Flugzeug von Krakau nach Paris, dann den Umstieg nach Nizza und für den Rest der Strecke die Fahrt in einem Taxi empfand er als strapaziös. Auch der Wechsel des Klimas machte ihm zu schaffen. Am meisten aber strengte ihn die Konversation an.

Nicht, dass er es hier ausschließlich mit Intellektuellen zu tun hatte. Geraldine vielleicht, wie er eine Wissenschaftlerin, und auch Ruben dürfte es auf einen IQ weit über dem Durchschnitt bringen, selbst wenn er Geisteskraft und Scharfsinn nur zu gern mit grobem Machogehabe überspielte. Aber die anderen? Das waren eher schlichte Gemüter. Gesetzeshüter, im Grunde genommen einfache Polizisten. Jeder von ihnen gut in seinem Fach, jedoch weit entfernt von akademischen Ansprüchen. Und doch fiel es Kasimir zunehmend schwerer, sich auf die Gespräche mit ihnen zu konzentrieren. Das trübte die Freude am jährlichen Wiedersehen.

»Alles in Butter, alter Knabe?« Ruben schlug ihm auf die Schultern und setzte sich neben ihn an den Tisch im Salon, den Claire und das Mädchen so liebevoll eingedeckt hatten. Durch die bodentiefen Fenster konnte man hinaus auf die Terrasse und weiter auf das im Dämmerlicht liegende

Meer blicken. Dass sich Kasimir überpünktlich und vor allen anderen eingefunden hatte, schien Ruben keineswegs zu wundern.

»Jaja, und bei dir?« Kasimir beobachtete seinen Tischnachbarn dabei, wie er mit rustikalen Handbewegungen einen Teil der Deko abräumte und Tannenzweige und ausgestreute Sternchen aus Espenholz auf den Platz gegenüber häufte.

»Ich kann nichts anfangen mit diesem Kitsch, aber einige unserer Freunde stehen ja drauf«, erklärte Ruben und redete ohne Unterbrechung weiter: »Wie sieht es mit deinen Erwartungen an den heutigen Abend aus? Nach Hugos ungelenken Ankündigungen können sie nicht besonders hoch sein, oder?« Er wartete die Antwort nicht ab, sondern schnappte sich eine der Menükarten, die in der Tischmitte aufgestellt waren. »Wenigstens lassen sie sich beim Essen nicht lumpen: Kartoffelcreme mit Trüffelravioli, Kükenbrust an Topinambur-Espuma – was auch immer das sein mag –, getrüffeltes Cordon bleu vom Milchkalb. Das dürfte sogar Kim zufriedenstellen. Cordon bleu ist zwar kein deutsches Schnitzel, aber richtiges Fleisch. Obwohl, vielleicht merkt er den Unterschied gar nicht.«

Mal wieder so eine Bemerkung, mit der Ruben über einen der anderen herzog. Früher hätte Kasimir dagegen insistiert und damit eine leidenschaftliche Diskussion ausgelöst, ein geistiges Kräftemessen zwischen Ruben und ihm. Dazu fühlte er sich allerdings nicht mehr in der Verfassung, er schwieg, obwohl er natürlich Rubens herausfordernden Blick wahrnahm.

Als Nächste betraten die beiden Damen den Raum; Geraldine in einem zeitlosen hochgeschlossenen Kostüm und für ihre Verhältnisse dezenten Hut, gefolgt von Louanne im tiefblauen Abendkleid. Atemberaubend fand es Kasimir, der seine Augen kaum von ihr abwenden konnte. Louanne hatte ohne Frage dieses gewisse Etwas, französische Grazie gepaart mit natürlichem Charme. Eine unwiderstehliche Mischung, die es ihm schon bei ihrer ersten Begegnung angetan hatte. Seitdem war er ihr heimlicher Bewunderer und stiller Verehrer. Mehr aber auch nicht, denn Kasimir hatte sich früh für einen anderen Weg entschieden. Vielleicht war es seiner tiefen Bewunderung für Leon Jan Wachholz, dem Gründer der forensischen Medizin an der Universität Krakau, geschuldet, dass er sich schon in seiner Jugend eher zum eigenen Geschlecht hingezogen fühlte. Wachholz hatte den von ihm eingerichteten Lehrstuhl seit 1898 innegehabt, war also längst tot. Trotzdem hatte Kasimir sein Leben lang jemanden wie sein Idol gesucht und war Beziehungen mit verschiedenen Männern eingegangen, die ihn manchmal mehr und meist weniger erfüllten. Bis heute hatte er nicht gefunden, wonach er suchte. Und beim Anblick von Louanne stellte sich ihm wieder das Problem, das er trotz seiner vierundsiebzig Jahre nicht gelöst hatte: nämlich, dass er nicht wirklich wusste, was er wollte. Seine Bisexualität zerriss ihn innerlich, und irgendwann würde er sterben, ohne damit seinen Frieden geschlossen zu haben.

»Man kann sich das Leben auch selbst schwer machen«, sagte Ruben.

Kasimir erschrak. Konnte Ruben neuerdings Gedanken lesen?

»Sieh sie dir an! Wie sie zögert, sich einen Platz zu suchen. Sie will auf Nummer sicher gehen, dass sie nur ja nicht zu nahe bei mir sitzt. Möchte nicht, dass ich ihr Avancen mache. Andererseits zieht sie diesen supersexy Fummel an, sie muss doch wissen, dass ich darauf stehe. Da schlagen wohl zwei Herzen in ihrer Brust, oder wie siehst du das, alter Knabe?«

Kasimir atmete auf, da es nicht um ihn ging, sondern um Louanne. Gleichzeitig versetzten ihm Rubens Bemerkungen einen Stich. Er beneidete den anderem, weil er und Louanne einmal ein Paar gewesen waren. Nicht offiziell natürlich, bloß eine Liebschaft, die sie geheim zu halten versuchten, aber jeder aus ihrem Kreis wusste davon. Was nicht zuletzt daran lag, dass Louanne eine miserable Schauspielerin war und ihre Schwärmerei für Ruben nicht verhehlen konnte.

»Ich denke, Louanne trägt das Kleid, weil es ihr gefällt und sie sich darin wohlfühlt, und aus keinem anderen Grund«, sagte Kasimir, aber Ruben hörte ihm schon gar nicht mehr zu.

»Fehlen bloß noch Kim und Alexandros«, listete Ruben auf. »Dann wäre die Runde komplett, und der Vorhang kann sich endlich heben.«

LOUANNE

Louanne erkannte am spöttischen Zug um Rubens Mund, dass er sich über sie lustig machte. Auch Kasimir schielte so verstohlen zu ihr herüber, als steckte er mit Ruben unter einer Decke. Ausgerechnet Kasimir, den sie eigentlich für loyal ihr gegenüber hielt.

Aber heute Abend wollte sie sich von ihrer Befangenheit gegenüber Ruben und seinem möglichen Verbündeten nicht ablenken lassen. Denn heute galt es einen Mordfall aufzuklären. Auf dieses Vergnügen hatte sie sich lange gefreut, und sie dachte nicht im Traum daran, sich den Spaß von den anderen verderben zu lassen!

Louanne wählte das Kopfende des Tisches. Zu ihrer Linken nahm Geraldine Platz, rechts hielt sie zwei Stühle für Alexandros und Kim frei. So blieb ausreichend Abstand zu Ruben, was die Ablenkung vom Krimispiel minimierte. Kaum dass sie saß, sah sich Louanne im Salon um. Ihr Blick streifte den geschmückten Baum, unter dem sich einige hübsch verpackte Geschenke stapelten. Präsente für die Gäste, bloße Dekoration oder Hinweise zur Lösung des Falls? Auch bei anderen, scheinbar harmlosen Gegenständen versuchte sie, versteckte Zeichen zu deuten: Handelte es sich bei den tannengrünen Girlanden wirklich nur um Zierrat, oder dienten sie zum Strangulieren des späteren Opfers? Und boten sich die künstlichen Eiszapfen, die von der Decke hingen, nicht perfekt als Stichwaffen an? Louanne war sich sehr sicher, dass sie es mit einem weihnachtlich angehauchten Stück zu tun bekommen würden. Alles andere hätte sie gewundert.

Kim kam durch die Tür, rotwangig und mit schweißglänzender Stirn. Glaubte er, etwas verpasst zu haben? Louanne winkte ihn zu sich und wies auf den freien Platz neben ihr. Je eher dieser besetzt war, desto geringer die Gefahr, dass sich Ruben doch noch zu ihr setzte. Im Näherkommen zog Kim das dunkle Jackett zurecht, das er sich dem Anlass entsprechend übergezogen hatte.

»Ist es schon losgegangen?«, fragte er keuchend und tupfte sich mit der Serviette übers Gesicht.

»Du bist ja ganz aus der Puste«, stellte Louanne fest. »Keine Sorge, bisher hast du nichts verpasst. Von den Schauspielern hat sich noch keiner blicken lassen. Wahrscheinlich wird die Leiche noch geschminkt.«

Ruben schob den Stuhl zurück und stand auf. O nein, dachte Louanne. Hoffentlich schnappte er Alexandros nicht den Platz weg! Aber er ging schnurstracks zur Flügeltür, die in den Flur führte, und zu den dort befindlichen Toiletten. Glück gehabt!

Louanne nahm wahr, wie Kasimir versuchte, die Speisekarte zu lesen. Vergebens. Er murmelte etwas von »die falsche Brille«, erhob sich ebenfalls und verließ den Salon.

»Das geht hier ja zu wie im Taubenschlag«, merkte Geraldine an. »Dass die alten Männer nicht mal fünf Minuten auf ihren Hosenböden sitzen bleiben können.«

Kim entspannte sich merklich, als Marisa ihm ein Bier servierte. Er hob sogleich sein Glas, um Louanne und Geraldine zuzuprosten.

»*Santé*«, sagte Louanne und griff nach ihrem Weinglas. Wie Geraldine hatte sie sich für Rotwein entschieden.

Die drei gerieten ins Plaudern, und so bekam Louanne nur am Rande mit, wie zunächst Kasimir und danach auch Ruben in den Raum zurückkehrten. Zum Glück nahm Ruben wieder seinen ursprünglichen Platz ein.

»Was glaubst du?«, fragte Louanne, an Kim gerichtet. »Werden wir es mit einer Schusswunde, stumpfer Gewalt oder Giftmord zu tun bekommen?« Letzteres würde gut passen, wenn etwa todbringende Weihnachtsplätzchen zur Anwendung kämen.

»Ich weiß es nicht, aber schraube deine Erwartungen nicht zu hoch. Im Flur bin ich Hugo begegnet. Er wirkte völlig durch den Wind. Das kann ja nur mit den Theaterleuten zusammenhängen. Ist wohl eine ziemliche Gurkentruppe.«

Wie aufs Stichwort betraten zwei Frauen im Kellnerinnenkostüm den Salon und servierten das *amuse-bouche*, die Vorspeise. Marisa zog sich daraufhin zurück. Louanne merkte den Neuen gleich an, dass sie nichts vom Kellnern verstanden, von der falschen Seite servierten und auch sonst unbeholfen auftraten. Aber gut, wenn sie ihnen anschließend spannende Unterhaltung boten, konnte man darüber ja hinwegsehen. Ob der Mord gleich hier und jetzt stattfinden würde, damit sie zwischen den Gängen ermitteln konnten? Oder ließ man ihnen Zeit bis nach dem Dessert?

Louanne beobachtete minutenlang still und aufmerksam das Gebaren der falschen Kellnerinnen, dann stach sie ihre Gabel in ein mit Apfel, Fenchel und Austern angerichtetes Kalbstatar. Im selben Augenblick tönte ein gellender Schrei durch den Flur bis in den Salon. Die Schauspielerin hinter ihr ließ das Tablett fallen, die andere hielt sich erschrocken die Hand vor den Mund.

Voilà! In Louannes Gesicht breitete sich ein erwartungsfrohes Lächeln aus. Der Startschuss für den Krimiabend war gefallen. Das war ja schneller gegangen als erwartet. Endlich spürte sie wieder die prickelnde Spannung, die sie während ihrer Dienstjahre begleitet hatte, vor allem bei der Jagd nach Marcello Ferraro. Plötzlich kehrte dieses besondere Gefühl zurück, und sie liebte es noch immer.

Jetzt war alles wieder präsent: die Erinnerung an ihren größten Fall, ihr erster Kontakt mit Kim Becker …

Lyon, Interpol-Generalsekretariat

Der Tipp war über Umwege gekommen: Louanne nahm gerade an einem Meeting in einem der hervorragend abgeschirmten Konferenzräume im Obergeschoss des mächtigen würfelförmigen Hauptsitzes von Interpol teil. Eine zähe Besprechung, die sich wie Kaugummi in die Länge zog. Aus Langeweile glitten ihre Blicke immer wieder auf den von hier aus gut sichtbaren Flusslauf der Rhône, als ihr Pager anschlug. Entschuldigend nickte sie in die Runde und war froh, einen Grund zu haben, die belanglose Konferenz zu verlassen. Sie eilte aus dem Raum.

Vom nächstgelegenen Hausapparat rief sie die Nummer an, die ihr auf dem Display des kleinen Geräts angezeigt wurde. Laut Vorwahl ein Anschluss in Deutschland, doch die Nummer selbst sagte ihr nichts. Das war nicht ungewöhnlich, denn ihre Organisation arbeitete mit Polizeikräften aus mehr als hundertachtzig Ländern zusammen und spann ihre Fäden über den gesamten Globus. Mit dem Ziel, die größtmögliche gegenseitige Unterstützung zu fördern. Jedes Mitgliedsland verfügte über eine inländische Clearingstelle, das sogenannte National Central Bureau oder NCB, über das mit dem Hauptquartier in Lyon kommuniziert werden konnte. Louanne fragte sich, um welchen ihrer aktuellen Fälle es sich wohl drehte.

»Becker«, meldete sich eine tiefe Männerstimme. »Kriminaloberrat Becker vom NCB in Wiesbaden.«

»Bonjour«, sagte Louanne und erkundigte sich nach dem Anliegen des Kollegen. Das tat sie auf Englisch, denn sie ging nicht davon aus, dass Becker Französisch sprach.

»Meine Dienststelle befasst sich mit Organisierter Kriminalität, konkret geht es um ein Amtshilfegesuch für Ermittlungen gegen einen italienischen Staatsbürger.«

Damit konnte nur Marcello Ferraro gemeint sein, der auf Louannes Prioritätenliste weit oben stand. Sie war jetzt ganz Ohr.

»Was haben Sie für uns, Monsieur Becker?«

»Uns ist es gelungen, einen Drogenkurier abzufangen, kurz vor der belgischen Grenze. Mutmaßlich steht der Mann in Ferraros Diensten«, berichtete Becker. Er habe Marihuana in beträchtlichen Mengen bei sich geführt, versteckt hinter Kisten mit Lebensmitteln. Eine Schnellanalyse der Drogen habe ergeben, dass sie vermutlich aus der gleichen Quelle stammten wie die Ware, die Ferraros Organisation zugeschrieben werde. Daher die Vermutung, dass es sich um einen Kurier des Verdächtigen handelte.

»Haben Sie den Boten schon verhört?«, wollte Louanne wissen, die eine gute Chance witterte.

»Ja, das habe ich persönlich übernommen. Viel redet er allerdings nicht, schon gar nicht über seinen vermeintlichen Boss. Ich nehme an, der Fahrer bekommt seine Instruktionen über Mittelsmänner, Ferraro selbst tritt dabei nicht in Erscheinung.«

»So wird es wohl sein«, stimmte Louanne etwas enttäuscht zu.

»Trotzdem ist die Festnahme ein Erfolg«, behauptete

der Deutsche. »Denn wir konnten anhand von Tankquittungen und anderen Kassenbons seine Reiseroute rekonstruieren. Der Mann war dumm genug, die Belege im Fahrerhaus zu verstreuen.«

»Das ist gut, gut für uns.« Louanne schöpfte Hoffnung. »Wie war seine Route?«

»Die Tour begann offensichtlich in Piräus, dort muss er die Ware aufgenommen haben. Vermutlich wurde sie zuvor auf einer der Inseln angelandet und dann umgeladen. Es gibt Hinweise, die auf Rhodos deuten.«

»Das würde heißen, dass Ferraro den Seeweg benutzt«, folgerte Louanne und dachte sogleich an ihren Kontakt in Griechenland: Alexandros Dimitriadis war Kommandeur der Limeniko Soma, der nationalen Küstenwache. Wenn es einem gelang, das oder die Kurierboote aufzubringen, dann war es Alexandros mit seiner schlagkräftigen Truppe. Sie würde umgehend Kontakt zu ihm aufnehmen, wahrscheinlich sogar selbst nach Rhodos fliegen!

Doch zuvor musste sie sich mit einem anderen Kollegen abstimmen. Demjenigen, der die zweite länderübergreifende Polizeibehörde vertrat: Ruben van Dijk, Verbindungsoffizier bei Europol. Bisher hatte sie ihn erst einmal getroffen – und musste seitdem immer wieder an diesen großen, ungestümen Niederländer denken. Eigentlich war van Dijk überhaupt nicht ihr Typ, er besaß nichts von der Feingeistigkeit und dem Einfühlungsvermögen ihres Mannes François. Und doch hatte sie die Begegnung mit diesem groben Klotz berührt. Sogar mehr als das.

GERALDINE

Es war klar, dass sich Ruben an die Spitze der Gruppe stellen würde. Mit den Armen rudernd bahnte er sich den Weg zum Ausgang, drängte dabei den behäbigen Kim ebenso beiseite wie den dünnen Kasimir, der ihm nichts entgegensetzen konnte. Grob weggeschoben wurde auch Louanne, die schon an der Tür zum Treppenhaus gestanden hatte.

»Platz da!«, befahl er, und Geraldine musste sich beeilen, um ihm auf den Fersen zu bleiben.

Im oberen Flur herrschte zunächst Ratlosigkeit. Woher war der Schrei gekommen? Niemand konnte das so genau sagen. Nur dass es die Stimme einer Frau gewesen war, so viel stand für Geraldine fest. Da sich die beiden Schauspielerinnen genau wie Louanne und sie selbst im Salon aufgehalten hatten, blieben nur Claire und das Zimmermädchen. Doch Claire bog im nächsten Moment um die Ecke, gefolgt von ihrem Mann Hugo. Auch Gustave, dessen hoch aufragende Kochmütze sich beinahe in einem Kronleuchter verfing, tauchte auf. In seinem Gesicht las Geraldine Neugierde und Sorge.

»Was ist passiert?«, fragte Hugo, er wirkte ebenfalls beunruhigt.

Doch das nahm Geraldine ihm natürlich nicht ab. Bestimmt war er eingeweiht und kannte den Ablauf des

Stücks genau. Mit wohligem Schmunzeln antwortete sie: »Ich würde sagen: ein Mord. So wie es aussieht, hat es die junge Marisa erwischt.«

»Aber wo ist das Opfer?« Kasimir drehte sich suchend um die eigene Achse.

»Jedenfalls nicht unterm Teppich«, stellte Ruben trocken fest und übernahm wieder das Kommando. »Der Schrei ist von unten gekommen. Sehen wir uns im Erdgeschoss um.«

Mit großen Schritten lief er die Treppe hinab. Louanne und die Martins konnten problemlos mit seinem Tempo mithalten, während Geraldine lieber eine Stufe nach der anderen nahm und sich am Geländer abstützte. Weiter hinten folgte Kim und ganz am Schluss der hüftlahme Kasimir.

Im Foyer trafen sie auf einen jungen Mann, der gerade dabei war, sich mithilfe eines selbst vorgehaltenen Taschenspiegels zu schminken. Wie Geraldine verwundert feststellte, formte er mit Plastilin und roter Farbe eine Kopfwunde. Die Tatwaffe, ein mit Kunstblut beschmierter Hammer, lag neben ihm auf den Fliesen. Kaum sah der Schauspieler die aufgeregte Gruppe auf sich zukommen, hob er die Hand.

»Arrêtez, arrêtez! Ich bin noch nicht so weit!«

Abrupt blieb Ruben stehen. So plötzlich, dass Hugo ihm in den Rücken lief.

»Was soll das?«, wollte Ruben wissen. »Wir haben einen Schrei gehört und dachten, es geht jetzt los.«

»Ich habe auch etwas gehört«, bestätigte der junge Mann und legte das Schminkset beiseite. »Keine Ahnung, wer das gewesen ist. So war es nicht abgesprochen, stimmt's, Monsieur Martin? Mein Auftritt ist erst in einer halben Stunde.«

Geraldine verfolgte das seltsame Gespräch mit höchster Aufmerksamkeit. War wirklich etwas schiefgelaufen, oder gehörte das zum Stück? Als eine Art Ablenkung, eine falsche Fährte?

»Sie haben den Schrei also auch gehört?«, fragte Kim, vom kurzen Weg hierher aus der Puste. »Wo kam er Ihrer Meinung nach her? Wir vermuteten, aus dem Foyer.«

Der Schauspieler zuckte die Achseln. »Nein, nein, hier bin nur ich. Ich sollte mich fertig machen und dann hinter den Tresen der Rezeption legen. Und den Hammer sollte ich vorher in der großen Vase dort drüben verstecken. Aber das hat ja wohl jetzt alles keinen Sinn mehr …«

»Der Schrei«, fasste Kasimir nach. »Wo kam er her?«

»Ich glaube …« Der junge Mann kratzte sich am Kopf und verwischte damit das Kunstblut. »Wahrscheinlich kam er aus dem Keller.«

Alle Köpfe drehten sich zu der wuchtigen, mit einem Rundbogen versehenen Tür, die dem Kücheneingang gegenüberlag. Dahinter führten ausgetretene Steinstufen in einen Gewölbekeller, in dem Lebensmittel und vor allem der Wein lagerten. Geraldine hatte Claire einmal ins Kabinett begleiten dürfen, um bei der Auswahl des geeigneten Jahrgangs für eines ihrer Krimidiners zu helfen. Dabei hatte sie eine beachtliche Weinsammlung zu Gesicht bekommen. Gut erinnerte sie sich an einen im Barriquefass gereiften kräftigen Châteauneuf-du-Pape von 2003, dem Jahr des ersten Treffens ihres Clubs. Die Martins hatten sich nicht lumpen lassen und zwei der kostbaren Flaschen zur Verfügung gestellt.

Erneut setzte sich die Gruppe in Bewegung. Diesmal allerdings gelang es Louanne, als Erste an der Tür zum Weinkeller zu sein. Wie Geraldine bemerkte, war diese nur angelehnt.

»Ruft mich bitte, wenn es da unten etwas zu sehen gibt«, sagte Kim und sank auf einen Schemel. »Ich will mir die vielen Stufen nicht umsonst zumuten.«

Auch Kasimir schien zu zögern, ob er weitere Strapazen auf sich nehmen oder lieber eine Pause einlegen sollte. Doch wie Geraldine ihn einschätze, würde das sein Ehrgeiz nicht zulassen. Außerdem musste er ja dabei sein, denn wer sonst sollte die »Leiche« untersuchen und die Todesursache feststellen, wenn nicht Doktor Nowak? Und sie behielt recht: Nach Louanne, Ruben und den beiden Martins stieg Kasimir die steile Treppe nach unten.

Während sich Geraldine ihnen anschloss, kam ihr in den Sinn, wo eigentlich Alexandros blieb. Ihm konnte der Trubel doch unmöglich entgangen sein?

CLAIRE

Das mulmige Gefühl wuchs mit jeder Stufe, während es gleichzeitig immer kälter wurde. Der Temperaturunterschied zwischen der oberen Etage und dem Gewölbe war ihr nie so aufgefallen wie in diesem Augenblick. Als steige man in eine Gruft, durchfuhr es Claire. Sie ging mit den anderen weiter, doch musste sie bei jedem ihrer Schritte gegen einen inneren Widerstand ankämpfen. Denn im Gegensatz zu ihren Gästen, die voller Elan voranpreschten, wusste sie, dass das, was sie hier unten erwartete, nicht zum Spiel gehörte.

Die Orientierung in dem weitläufigen Gewölbe war nicht einfach, das einzige Licht spendeten ein paar alte Glühbirnen, die von Balken an der Decke baumelten. Es verlor sich in den Weiten des Kellers und wurde weiter hinten vollständig von der Dunkelheit geschluckt. Die Kisten und Fässer an den Wänden dämpften das Geräusch ihrer Schritte.

Die feuchtkühle Luft ließ Claire frösteln, als sie ein leises Schluchzen vernahm. Es war wirklich nur sehr leise. Offenbar hatte es niemand außer ihr gehört, die alten Leute gingen einfach weiter.

»Halt«, sagte Claire mit erstickter Stimme. »Da weint jemand, das muss Marisa sein.«

Der Lichtkegel einer Handylampe leuchtete in die düsteren Ecken und Winkel, die sie umgaben. Plötzlich war ein Gesicht zu sehen. Claire erschrak. So sehr, dass sie sich auf die Zunge biss.

»Marisa?«, fragte Kim Becker, der inzwischen auch in den Keller gekommen war und sie mit dem Handylicht aufgescheucht hatte. »Waren Sie es, die geschrien hat?«

Marisa, die Augen weit aufgerissen, das Gesicht starr vor Angst, nickte. Claire war erleichtert und beunruhigt zugleich. Dem Mädchen war offensichtlich nichts zugestoßen, soweit sie das beurteilen konnte, war es unversehrt. Trotzdem musste wohl etwas Schlimmes passiert sein.

»Haben Sie eine Leiche gefunden, oder sind Sie bloß über eine Ratte gestolpert?«, fragte Monsieur van Dijk streng.

Wieder nickte Marisa.

»Ratte?«

»Nein.«

»Also eine Leiche«, folgerte van Dijk und schob sich die Ärmel hoch. »Prima! Wo liegt sie?«

Marisa hob mühsam den Arm und deutete mit zitternder Hand vor sich, auf eine ein Stück entfernte Stelle. Beckers Lichtkegel folgte dem Fingerzeig und hielt über einer gekrümmt am Boden liegenden Gestalt inne. Claire spürte ihren Herzschlag bis zum Hals. Im Näherkommen sah sie das gekräuselte schwarze Haar.

»Monsieur Dimitriadis!«, stieß sie aus und presste sich die Hand vor den Mund. Im Rücken des Toten klafften zwei rot umränderte Löcher.

»Oh, mon dieu«, rief Hugo, doch die anderen begriffen noch nicht, was geschehen war.

Claire musste mitansehen, wie Becker den am Boden Liegenden mit der Fußspitze anstieß: »Dumm gelaufen, alter Knabe. Darfst du dieses Mal bloß den Toten mimen?«

Madame Chevalier und Mrs Walker steckten die Köpfe zusammen und tuschelten lebhaft. Sie zeigten sich angetan von dem schaurigen Tatort und lobten das authentisch wirkende Kunstblut, das sich wie ein kleiner See um das Opfer ausgebreitet hatte.

Einzig Kasimir Nowak ließ sich von der verstörenden Begeisterung der anderen nicht anstecken, er ging neben Dimitriadis in die Knie und führte Zeige- und Mittelfinger der rechten Hand an dessen Hals.

Nach einigen Sekunden, die Claire vorkamen wie eine Ewigkeit, sah er auf und sagte tonlos: »Kein Puls. Alexandros ist wirklich tot.«

Claire wurde schwindlig. Es fühlte sich an, als würde ihr jemand den Boden unter den Füßen wegziehen. Eben noch sah sie den Toten vor sich liegen, da wurde ihr schwarz vor Augen. Sie fiel ins Nichts.

»Ich habe Sie!«, hörte sie eine Stimme, und kurz darauf fand sie sich in den Armen von Monsieur van Dijk wieder. »Keine Sorge, nur ein kleiner Schwächeanfall. Setzen Sie sich besser irgendwo hin.«

»Danke, ich ... das ist mir sehr unangenehm«, sagte Claire und ließ sich zu einer Holzkiste führen, auf der sie sich niederließ.

»Muss es nicht«, sagte van Dijk. »Das ist völlig normal in einer solchen Situation, wenn man so etwas nicht gewohnt ist.«

Jetzt kam auch Hugo zu ihr, selbst blass wie der Tod. »Geht es wieder, *chérie?*«

»Ja«, sagte sie und stützte den Kopf auf den Händen ab. Noch immer tief erschüttert und fassungslos sah sie sich im Halbdunkel des Gewölbes um und suchte in den Gesichtern der anderen nach Anzeichen von Schock und Entsetzen. Doch sie fand sie nicht. Während Kasimir Nowak nicht von dem Toten wich und ganz und gar auf dessen Verletzungen fokussiert war, drückten Herrn Beckers Augen eher Neugierde statt Trauer aus, wohingegen die beiden Frauen zwar betroffen wirkten, aber die Situation auch nüchtern zu analysieren schienen. Claire wusste ja, dass es sich bei ihren Gästen um ehemalige Ermittler handelte, allesamt mit einem polizeilichen Hintergrund. Wahrscheinlich hatte jede und jeder von ihnen im Laufe des Berufslebens Dutzende Tote zu Gesicht bekommen. Erschossen, ertränkt, stranguliert, verbrannt, mit Säure übergossen oder vergiftet. Aufgeschwemmte Wasserleichen ebenso wie bestialisch zerstückelte Körper. Aber vor ihnen, ausgestreckt auf dem kalten, steinernen Untergrund, lag nicht irgendein anonymes Opfer eines Verbrechens, sondern ein langjähriger Wegbegleiter und Freund. Wo blieb die Empathie, wo das Mitgefühl?

Niemand schien es eilig zu haben, den Notruf zu wählen. Nachdem van Dijk Claire in der Obhut ihres Mannes wusste, vermaß er den Fundort der Leiche mit langen Schritten und untersuchte das Terrain, wobei er darauf achtete, nicht in die Blutlache zu treten. Herr Becker tat es ihm gleich, während Mrs Walker sich Notizen machte und Louanne damit begann, Handyfotos zu schießen.

Nein! Das war zu viel. Claire sprang auf, stürmte die Treppe hinauf und atmete mehrere Male tief ein und wieder aus. Vor der Rezeption standen noch immer die drei Schauspieler, ratlos und unschlüssig. Claire schob sie beiseite, stellte sich an den Tresen und griff zum Telefon. Mit zitternden Fingern wählte sie die Nummer der Gendarmerie.

KIM

Er sah auf die Uhr und war positiv überrascht. Seit Madame Martin völlig aufgelöst den Tatort verlassen hatte, um – das stand für Kim fest – die Polizei zu rufen, waren zweiundzwanzig Minuten vergangen. Vom Foyer aus, wo sie inzwischen zusammengekommen waren, blickte er durch große Scheiben auf den Vorplatz, auf dem sich rund um einen kleinen, mit mannshohem Oleander bepflanzten Kreisel drei Einsatzwagen mit blinkendem Blaulicht aufreihten. Zweiundzwanzig Minuten von der Alarmierung bis zum Eintreffen vor Ort war kein schlechter Schnitt, zumal der Abend ja nicht mehr jung war.

Kim beobachtete, wie ein Trupp Uniformierter durch die Drehtür kam, allen voran ein nicht besonders großer, rundlicher Mann, dessen Rangabzeichen ihn als den Boss auswiesen. So viel Lametta auf den Schultern hatte sonst kein anderer. Das Gesicht des Obergendarmen glänzte wie ein frisch polierter Apfel, seine Augen schossen Flipperkugeln gleich hin und her. Um seine Beine tanzte die Hauskatze Bambou, der er jedoch keinerlei Beachtung schenkte.

Von dem französischen Redeschwall, mit dem Claire und Hugo den Oberpolizisten in Empfang nahmen, verstand Kim nicht viel. Bloß, dass der Gendarmerie-Häuptling Lefèvre hieß und den Rang eines Capitaine bekleidete. Aus der Art, wie sie miteinander sprachen, schloss er, dass die Martins und der Capitaine sich kannten. Gemeinsam mit einem weiteren Gendarmen ließ sich Lefèvre von Hugo in den Weinkeller begleiten, während sich andere Uniformierte am Eingang postierten. Kim ging davon aus, dass als Nächstes ein Polizeiarzt oder Gerichtsmediziner auf den Plan treten würde und natürlich die Spurensicherung. Die Erkundung des Tatorts, das ganze kleinteilige Prozedere, würde Stunden in Anspruch nehmen. Hinzu kamen die Befragungen der verschiedenen Zeugen, unter denen Lefèvre den Mörder vermuten musste. Da biss die Maus keinen Faden ab: Einer von ihnen musste es gewesen sein, weil sich sonst niemand in dem abgeschieden gelegenen Hotel aufhielt. Wie auch immer, eine langwierige Angelegenheit.

Kim spielte mit dem Gedanken, zurück in den Salon zu gehen, um sich die Wartezeit mit Essen und Trinken zu verkürzen. Außerdem würde ihn das ablenken von den verstörenden Emotionen, die ihn begleiteten, seit er den Weinkeller verlassen hatte. Eigentlich hielt Kim sich für ziemlich abgebrüht. Nichts konnte ihn so leicht erschüttern, schon gar nicht der Anblick eines Toten. Und doch musste er unentwegt daran denken, wie Alexandros auf dem Boden gelegen hatte, zusammengekrümmt wie ein Embryo – hinterrücks erschossen. Mit Alexandros war einer der wenigen Freunde gegangen, die ihm noch geblieben waren. Und ein Mitglied seines exklusiven Ermittlerclubs. Des Clubs, der so wichtig geworden war für Kim, weil ihn die Jahrestreffen stets zuverlässig aus der bierseligen Tristesse seines Witwerlebens rissen. Für einen kurzen Moment ließ er die Trauer zu und wischte sich eine Träne aus den Augenwinkeln.

Ob Capitaine Lefèvre ein guter Ermittler war? Wie lange es wohl dauern würde, bis er den Täter überführte? Würde er sich als Erstes die drei Schauspieler vornehmen, die einzigen Fremden im Haus? Habgier wäre ein mögliches Motiv. Vorausgesetzt, man hatte Alexandros die Geldbörse gestohlen. Oder würde Lefèvre beim Personal ansetzen? Es dürfte schwerfallen, den Martins ein Motiv zu unterstellen, dagegen würde Kim für Marisa nicht die Hände ins Feuer legen, denn er kannte sie kaum, wusste nicht, woher sie kam und mit welchen Menschen sie sonst verkehrte. Besser passen würde der Mord jedoch zu Gustave, der etwas Grobes, ja Brutales an sich hatte. Andererseits: War jemand, der so exquisit kochte, zu einer rohen Bluttat fähig?

Kim dachte daran, wie der Küchenchef die Gäste zur Apéro-Stunde willkommen geheißen hatte, um sein Tagesmenü vorzustellen. Eigentlich hätte es gereicht, wenn er einfach die Gänge aufgezählt hätte, denn das allein wäre ja schon appetitanregend gewesen. Aber nein, Gustave erzählte zu jedem Gang eine Geschichte: Zum Beispiel über den Käselieferanten, der die besten Käsereien der Gegend kannte, vom gefährlichen Job der Wildschweinjäger, von seinem liebsten Trüffelsuchhund und von den Vorzügen frischer Kräuter. So jemand sollte ein Mörder sein?

Als Nächstes würde sich Lefèvre dann wohl die Gäste vorknöpfen – sie alle. Er könnte zum Beispiel unterstellen, dass sie untereinander zerstritten waren. Vielleicht würde er von den Anfeindungen erfahren, mit denen sich Alexandros und Ruben damals beharkt hatten. Das lag zwar lange zurück und hatte im Zusammenhang mit dem längst abgeschlossenen Fall Ferraro gestanden. Doch was, wenn Lefèvre nachweisen könnte, dass der Streit nie wirklich beigelegt worden war und bis heute schwelte?

Oder Louanne: Jeder wusste von ihrer Affäre mit Ruben.

Ein offenes Geheimnis war auch, dass sie diese ihrem Mann verschwieg. Bestand die Möglichkeit, dass Alexandros sie damit erpresst hatte? Sogar bei Kasimir könnte Lefèvre Gründe finden, da Alexandros dessen fachliche Kompetenz mitunter angezweifelt und ihn damit tief gekränkt hatte. Alexandros, der Praktiker und Mann der Tat, stand außerdem auf Kriegsfuß mit Theoretikern und Schreibtischtäterinnen wie Geraldine. Ja, auch die vermeintliche Harmonie zwischen diesen beiden war nämlich von Rissen durchzogen gewesen, wie Kim sehr gut wusste.

Sehr wahrscheinlich aber würde Capitaine Lefèvre von alldem nichts erfahren, denn im Club der Detektive hielt man zusammen und verpfiff sich nicht gegenseitig. Lefèvre träfe auf eine Mauer des Schweigens. So würde die eigentliche Ermittlungsarbeit an Kim und seinen Freunden hängen bleiben. Was ja auch einen gewissen Reiz hatte.

Sie mussten also selbst ran, lautete die Quintessenz seiner Überlegungen. Aber was, wenn es hart auf hart kam? Wenn körperlicher Einsatz gefragt war? Kim hatte große Mühe, sich morgens die Socken anzuziehen, und das Treppensteigen brachte ihn jedes Mal völlig aus der Puste. Wie sollte er da eine Verfolgungsjagd oder gar einen Nahkampf überstehen?

Hart auf hart … wie damals in den griechischen Gewässern. Nie würde Kim die Nacht vergessen, in der sie Jagd auf Marcello Ferraro gemacht hatten. Mit dem Speedboot der griechischen Küstenwache hätten sie die Luxusjacht des Drogenbarons um ein Haar erwischt, hätte nicht plötzlich der Motor versagt. Alexandros hatte das Polizeiboot damals befehligt. Kim kam es vor, als wäre das alles gerade erst passiert. Aber dieses Gefühl trog. Die alten Zeiten waren vorbei und kamen nicht wieder.

FRANÇOIS BAPTISTE LEFÈVRE

So etwas war François Baptiste Lefèvre lange nicht passiert, schon gar nicht in der ruhigen Nebensaison. Gerade noch hatte er gemeinsam mit seiner Frau Christelle vor der Feuerschale auf der Veranda gesessen, einen *salade niçoise* gegessen und sich auf einen entspannten Abend gefreut, da rief die Einsatzzentrale an. Ausgerechnet heute Abend! Der Salat sollte doch bloß der Auftakt sein. Drinnen, auf dem Herd, schmorte sein Leibgericht *daube provençale*. Und nun musste er auf das marinierte Fleischragout verzichten, um einen Mordfall aufzuklären. Das passte ihm gar nicht.

Immerhin erwies sich die Spurenlage am Tatort, dem Weinkeller der Martins, als eindeutig und klar. Zwei Kugeln im Rücken. Auch die Projektile und zumindest eine der beiden Hülsen waren sichergestellt worden, was wollte man mehr? Fehlte bloß noch die Tatwaffe, die man gewiss bald finden und dem Täter zuordnen würde. Schloss er den großen Unbekannten aus, summierte sich die Zahl der Infragekommenden auf ganze zwölf. Neben Claire und Hugo Martin, die er vom Boulespielen kannte, dem Koch, dem Zimmermädchen und drei Kleinkünstlern gehörten fünf Hotelgäste dazu. Alles in allem eine überschaubare Lage.

Er würde die Anwesenden erkennungsdienstlich erfassen, den Mörder anhand seiner Abdrücke auf der Tatwaffe identifizieren und den anschließenden Schreibkram seinem Adjutanten überlassen und konnte dann – mit etwas Glück – zu fortgeschrittener Stunde doch noch sein Fleischgericht genießen.

Doch bis es so weit war, mussten seine Leute die Pistole aufstöbern, die wahrscheinlich unter eines der Fässer gerutscht war – und er musste etwas klarstellen. Dafür rief er alle Anwesenden in den Salon, funktionierte eine umgedrehte Gemüsekiste zum Podest um und verkündete von dieser gehobenen Position aus, dass sich jeder und jede als Zeuge für die Fragen der Gendarmerie bereithalten müsse und niemand – auch nicht die Gäste – das Hotel verlassen dürfe. Das Ganze gab er auf Französisch bekannt und wiederholte es anschließend, so gut es ging, auf Englisch.

Zu seiner Verwunderung stellte sich ihm daraufhin ein breitschultriger Mann mit graublondem Haar und harten blauen Augen entgegen, der ihn trotz der Kiste unter seinen Füßen überragte. »Das haben wir auch gar nicht vor«, erwiderte der Mann ebenfalls auf Englisch. »Zumindest nicht in den nächsten fünf Tagen, denn die Zimmer sind bereits bezahlt. Bis dahin ist der Fall gelöst. Von Ihnen, wahrscheinlicher aber von uns.«

Lefèvre glaubte, nicht richtig gehört zu haben. *»Je ne comprenais pas …«*

Der große Blonde grinste selbstgefällig. »Wenn ich mich vorstellen darf: Ruben van Dijk, Verbindungsoffizier bei Europol, Den Haag. Dies sind meine Kollegen Kriminaloberrat Karl-Wilhelm Becker vom Bundeskriminalamt, Professor Dr. Kasimir Nowak, Leiter der Rechtsmedizin bei der Universität Krakau, Kriminologie-Professorin

Geraldine Walker von der London Metropolitan University und Beraterin von New Scotland Yard sowie Louanne Chevalier, leitende Agentin bei Interpol in Lyon.«

DER DRITTE TAG

LOUANNE

Ruben hatte gestern Abend ganz schön dick aufgetragen, dachte Louanne, als sie sich am Frühstücksbüfett alles noch einmal durch den Kopf gehen ließ. Der kleine Gendarmerie-Capitaine wirkte richtig eingeschüchtert, als Ruben ihm all die Namen und hochtrabenden Funktionen um die Ohren gehauen hatte. Dabei waren sie inzwischen doch alle Pensionisten und hatten nichts mehr zu melden, das hätte dem Kollegen eigentlich sofort klar sein müssen.

Nichts mehr zu melden.

Es stimmte sie traurig, als sie sich vor Augen führte, wie lächerlich Rubens Auftritt gestern Abend gewesen war. Als ob die Zeit für ihn stehen geblieben wäre und er immer noch den großen Zampano geben konnte wie damals als Europol-Offizier. Reine Selbsttäuschung. Marke und Waffe hatte er abgeben müssen, genau wie Louanne. Sie waren »außer Betrieb« gesetzt worden, selbst die letzten Verbindungen zu den alten Dienststellen rissen nach und nach ab, weil einen dort kaum noch jemand kannte. Längst hatte ein Generationenwechsel stattgefunden. Sie zählten alle miteinander zum alten Eisen.

Die Reputation, in Jahrzehnten mühsam erarbeitet, war nichts mehr wert, niemand interessierte sich dafür. Mal ehrlich: Wer hörte schon gern auf die besserwisserischen

Ratschläge von Ex-Kollegen aus dem Ruhestand? Man erwartete von ihnen, dass sie klaglos ihre neue Freiheit genossen, das Pensionistendasein, ein Leben jenseits von Stress und Burn-out-Gefahr. Sie sollten sich glücklich schätzen und tun, was man in diesem Alter eben so machte: friedlich vor sich hin dösen, mit der Decke über den Knien …

Wie dem auch sei: Der Capitaine tat ihr leid, zumal er keine Leuchte seines Fachs zu sein schien. Er hatte wohl auf Fingerabdrücke gehofft, die ihn rasch zum Täter führten, doch die Pistole, aus der die tödlichen Schüsse abgegeben worden waren, blieb unauffindbar, und die Faser- und Haarspuren, die rund um Alexandros' Leichnam gefunden worden waren, stammten offensichtlich von denjenigen, die sich vor der Polizei im Kellergewölbe aufgehalten hatten, also von fast jedem im Hotel. Daher musste sich der Capitaine die Nacht um die Ohren schlagen und mit den Befragungen beginnen, die er sonst wahrscheinlich gern auf den nächsten Tag verschoben hätte.

Wie Louanne inzwischen erfahren hatte, waren die drei Laienschauspieler inzwischen so gut wie aus dem Schneider. Die beiden Frauen gaben sich gegenseitig ein Alibi, während der Mann sich bis zu Marisas Schrei mit seiner Schminke in der Nähe von Claire an der Rezeption aufgehalten hatte. Weder konnte eine Verbindung zwischen ihnen und dem Opfer hergestellt werden, noch war Alexandros beraubt worden, wie man inzwischen wusste. Die drei durften gehen, sollten sich jedoch für weitere Fragen zur Verfügung halten. Claire selbst fiel ebenfalls aus dem Kreis der potenziell Verdächtigen, weil der Schauspieler sich ja mit ihr schon eine Weile unterhalten hatte, als der

Schrei ertönte. Diese Unschuldsvermutung galt zumindest so lange, bis Alexandros' genauer Todeszeitpunkt festgestellt war.

Heute Morgen, gleich nach dem Frühstück, wollte Capitaine Lefèvre die Vernehmung fortsetzen. Louanne würde also sehr bald an der Reihe sein. Sie schwankte, wie sie sich eingestehen musste, zwischen abwartender Zurückhaltung und einer gewissen Vorfreude. Denn – bei aller Tragik von Alexandros' Tod – die Ermittlung in einem echten Todesfall war schon etwas ganz Besonderes, auf das sie lange hatte verzichten müssen. Und ebenso wie die anderen aus ihrem Kreis hatte sie nie einen Hehl daraus gemacht, dass die Arbeit ihr Spaß machte. Nun konnte sie zumindest als Zeugin ihren Beitrag leisten und vielleicht ein kleines bisschen mitermitteln. Musste sie deshalb ein schlechtes Gewissen haben?

Wie aufs Stichwort ergriff nun Geraldine das Wort und wandte sich an alle Anwesenden im Frühstücksraum. Louanne fiel auf, dass sie heute gedeckte Farben trug, was eigentlich gar nicht ihrem Stil entsprach. Dazu passte der Hut, an dem sie eine Art Trauerflor befestigt hatte.

»Meine Lieben«, begann Geraldine ihre Ansprache. »Es ist gerade ein paar Stunden her, dass wir einen der Unseren verloren haben. Alexandros ist tot – und eigentlich sollten wir um den von uns gegangenen Freund trauern. Doch was tun wir? Das, was wir gelernt haben: einen kühlen Kopf bewahren, nüchtern abwägen und Erkundigungen einziehen. Ich frage euch: Ist das richtig?«

Daher wehte also der Wind. Geraldine wollte sie zu einer Art Gedenkminute auffordern. Louanne sah sich um und blickte in skeptische Mienen. Was in Kims Kopf vorging, konnte sie sich ungefähr ausmalen. Er war kein großer Freund von Trauerreden und sicher der Auffassung, dass das Alexandros auch nicht wieder lebendig machte. Sie selbst war unschlüssig, hielt Geraldines Vorstoß aber prinzipiell für berechtigt.

Ruben hob die Hand und fragte: »Worauf willst du hinaus, Geraldine? Indem wir dabei helfen, nach Alexandros' Mörder zu suchen, zeigen wir doch, dass wir an ihn denken.«

»Das ist nicht das Gleiche«, widersprach Geraldine. »Wir sollten unsere Gefühle nicht einfach verdrängen, sondern in uns gehen und den Menschen würdigen, den wir verloren haben.«

»Dass ein solcher Vorschlag ausgerechnet von dir kommt, erstaunt mich«, meinte Ruben. »Geraldine und Gefühle ...«

»Aber sie hat recht«, sprang Louanne ihr zur Seite. »Wir können nach dem, was geschehen ist, nicht einfach zur Tagesordnung übergehen.«

»Ich bin auch dafür, dass wir Alexandros' Andenken ehren«, brachte sich Kasimir ein.

»Und wie stellst du dir das vor?«, fragte Kim. »Sollen wir einen Schrein für ihn aufstellen? Ich glaube nicht, dass ihm so etwas gefallen hätte.«

»Nein, kein Schrein, aber jeder sollte einen Weg für sich finden, mit der Trauer um Alexandros umzugehen«, beharrte Geraldine.

»Zum Beispiel mit einem Spaziergang am Strand«, schlug Louanne vor. »Wenn man aufs Meer blickt, das für Alexandros so wichtig war, ist man ihm gedanklich ganz nahe.«

Kasimir nickte. »Gewöhnlich weckt eine Meeresbrise positive Assoziationen.« Dann fügte er nachdenklich hinzu: »Dabei basiert der typische Ozeangeruch auf Zersetzung und Verwesung …«

»Wie passend«, bemerkte Kim.

»*Positive* Assoziationen!«, griff Louanne Kasimirs Beitrag auf. »Das ist es, was wir brauchen. So bewahren wir Alexandros' Andenken in unseren Herzen.«

»Huiii, jetzt werden wir aber pathetisch«, feixte Ruben. »Meinetwegen: Soll es doch jeder so machen, wie es für ihn passt. Ich für meinen Teil halte den alten Jungen in Ehren, indem ich mich auf die Fährte des Täters begebe.«

»Und ich, indem ich jeden Abend auf ihn anstoße«, sagte Kim. *»Yamas!«*

»Ich werde mir die interessanten Gespräche ins Gedächtnis rufen, die ich mit ihm geführt habe«, nahm sich Kasimir vor. »Er war ein prima Kerl. Seine nautischen Kenntnisse, das Zupackende – oft habe ich ihn um seine maskuline Art beneidet.«

»Ich bleibe bei den Strandspaziergängen«, wiederholte Louanne.

»Und ich finde es gut, dass ihr euch überhaupt Gedanken darüber macht«, sagte Geraldine und zeigte sich zufrieden. »Denn das wollte ich erreichen. Alexandros hat es verdient, dass wir ihn nicht einfach vergessen.«

Das stimmte, pflichtete Louanne ihr im Stillen bei. Sie merkte, dass jemand neben ihrem Tisch stand.

»Noch eine Tasse Kaffee?«, erkundigte sich Marisa, der das taillierte schwarze Kellnerinnenkleid mit weißem Kragen und Haube ausnehmend gut stand. Dazu das hübsche Gesicht und die wachen Augen, ein netter Anblick. Gut, dass sie den Schock über das Auffinden der Leiche offenbar so rasch überwunden hatte.

Für den Moment glaubte Louanne, sich in ihr wiederzuerkennen. Während ihres Studiums hatte sie ebenfalls gekellnert, um sich etwas dazuzuverdienen. In einem ganz ähnlichen Aufzug wie jetzt Marisa. Meine Güte, das war so lange her.

»Kaffee? Ja, gern«, erwiderte sie und sah zu, wie ihr aus einer silbern glänzenden Thermoskanne nachgegossen wurde. Marisa bediente sie mit ruhiger Hand, und Louanne fragte sich, wie lange sie das schon tat. »Wo kommen Sie her, Marisa? Täusche ich mich, oder höre ich da einen ganz leichten Akzent in Ihrer Stimme? Spanien?«

»Nein«, antwortete Marisa scheu, wobei ihre Wangen eine zartrosa Färbung annahmen. »Italien.«

»Jedenfalls eine romanische Sprache. Kennst du eine, kennst du alle. *Ti manca casa?*«

»Ob ich meine Heimat vermisse? Wir sind schon regelmäßig nach Frankreich gereist, als ich noch ein kleines Kind war. Ich bin gern hier. Noch einen Wunsch, Madame?«

»Nein, vielen Dank, mein Kind.« Louanne lächelte sie an und überließ sie ihrer Arbeit, denn am Nachbartisch wartete Kim ungeduldig darauf, ebenfalls nachgeschenkt zu bekommen. Sein Koffeinkonsum nahm rekordverdächtige Ausmaße an. Wie es schien, stillte er seinen Flüssigkeitsbedarf ausschließlich mit Kaffee. Und Bier.

Ihm gegenüber saß Kasimir, der mit dem Löffel in einem Müslischälchen herumstocherte, in Gedanken aber ganz woanders zu sein schien, wahrscheinlich bei der Untersuchung von Alexandros' Leichnam, die er im Geiste fortsetzte. Einen Tisch weiter hatte Geraldine Platz genommen, die nach ihrer Trauerrede wohl ihre Ruhe haben wollte, denn warum sonst setzte sie sich nicht neben Louanne?

Ruben war inzwischen aufgestanden und hatte den Salon verlassen. Soweit Louanne wusste, sollte er von Capitaine Lefèvre befragt werden, in einem Nebenzimmer, das die Martins der Polizei zur Verfügung gestellt hatten. Dass er so früh an der Reihe war, passte ihm ganz bestimmt nicht. Ob er sich kooperativ zeigen würde? O nein! Ruben konnte sich noch nie unterordnen, er würde Lefèvre seine Überlegenheit spüren lassen. Fragte sich nur, ob ein solches Verhalten schlau war. Schließlich zählte Ruben zum Kreis der Verdächtigen – genau wie alle anderen auch.

Der Capitaine würde einen lückenlosen Bericht über den Ablauf des gestrigen Abends verlangen und wissen wollen, wer sich wann wo aufgehalten hatte. Außerdem würde er sich danach erkundigen, in welchem Verhältnis sie zu Alexandros gestanden hatten. Einem ausgezeichneten, könnte Louanne antworten und ihr gutes Auskommen mit dem Verstorbenen schildern. Doch wenn Lefèvre zur Hartnäckigkeit neigte, dann schürfte er auch in der Vergangenheit. Und dann musste Louanne wohl einräumen, dass Alexandros und sie eine Weile ziemlich zerstritten gewesen waren. Louanne hatte Alexandros die Schuld zugeschrieben am missglückten Zugriff auf Marcello Ferraros Jacht in den griechischen Gewässern. Ihrer Meinung nach hatte er das ideale Zeitfenster verschlafen und war zu spät in See gestochen. Außerdem hätte er vor dem Ablegen den Motor überprüfen müssen. Alexandros hatte das ganz anders gesehen und Louanne beschuldigt, ihm wichtige Informationen vorenthalten zu haben, nur deshalb habe sich alles so sehr verzögert. Nach diesem Krach hatte eine wochenlange Funkstille zwischen ihnen geherrscht. Könnte Lefèvre ihr daraus einen Strick drehen? Wohl kaum. Nicht aus einem Streit, der längst beigelegt war. Allerdings gab es da noch eine andere Sache, von der der Capitaine besser nichts erfahren sollte …

Keine zehn Minuten später öffnete sich die Tür zum Nebenzimmer, und Ruben betrat hoch erhobenen Hauptes den Salon. Er sah zufrieden aus. Ganz anders als Lefèvre, der mit glühenden Wangen hinter ihm stand. Er schien der Verzweiflung nahe zu sein.

Der Capitaine suchte im Türrahmen Halt und sagte wenig freundlich: »Als Nächstes möchte ich mit Madame Chevalier und dann mit Mrs Walker sprechen. Aber vorher brauche ich eine Pause. Sagen wir: in einer Viertelstunde.« Damit zog er sich wieder ins Nebenzimmer zurück.

Ein Raunen und vereinzeltes Lachen füllte den Saal, dann machten sich alle über das Frühstücksbüfett her.

GERALDINE

Sie wartete ab, bis sich die Tür hinter Capitaine Lefèvre und Louanne schloss, bevor sie sich erhob und mit der Messerspitze an ihr Teeglas klopfte.

»Meine Lieben«, wandte sie sich an die verbliebenen Frühstücksgäste. »Schenkt ihr mir bitte noch mal euer Ohr oder besser eure Ohren.«

»Willst du uns schon wieder eine Predigt halten und zur Trauerarbeit verdonnern?«, fragte Ruben und klang genervt.

»Nein, dazu ist alles gesagt. Das bleibt von nun an jedem selbst überlassen.« Geraldine machte eine pietätvolle Pause. »Jetzt gilt es, den Blick nach vorn zu richten und die Umstände von Alexandros' Tod aufzuklären. Ich spreche wohl im Sinne von uns allen, wenn ich behaupte, dass wir diese Aufgabe nicht allein den ortsansässigen Kollegen überlassen dürfen.« Geraldine sah sich um und wartete auf Reaktionen.

Nach winzigem Zögern klatschte Kim in die Hände, und Ruben rief: »Wohl wahr! Meine Worte!«

Geraldine fühlte sich bestätigt. »Unser Krimiabend mag ins Wasser gefallen sein, doch nun haben wir eine ganz andere Herausforderung vor uns: Es gilt, einen realen Fall aufzuklären, noch dazu einen, der uns selbst betrifft. Damit sind wir sozusagen *back in charge.*«

Nun schloss sich auch der zurückhaltende Kasimir dem Beifall an. Geraldine nahm das zum Anlass, um den einzigen Arzt in ihrer Runde umgehend in die Pflicht zu nehmen. Denn natürlich war es ihr nicht entgangen, mit welcher Akribie Kasimir die Leiche vor Eintreffen der Polizei untersucht hatte.

»Wie lautet deine gerichtsmedizinische Expertise, Kasimir?«, fragte sie ihn.

Der Angesprochene hüstelte in seine Faust, stand auf und erklärte: »Die Todesursache ist offensichtlich: Die Projektile traten in einem Winkel von etwa zehn Grad von rechts oben mit großer Wucht in seinen Rücken ein und bohrten sich vermutlich zwischen der siebten und achten Rippe in den ... ähm ... den Interkostalraum. Dem hohen Blutverlust nach zu urteilen, traf eine der Kugeln die, äh, Aorta, beschädigte womöglich auch das Herz selbst. Genaueres könnte ich sagen, wenn ich Alexandros auf den Seziertisch bekäme. Weitere nennenswerte Verletzungen konnte ich nicht erkennen. Mit Ausnahme der Wunden an Kopf und Händen, die er sich wohl beim Aufschlagen auf dem Boden zugezogen hat. Der Tod trat wahrscheinlich sehr kurz nach den Schüssen ein.«

»Wann genau war das?«, wollte Kim wissen.

»Auch das lässt sich nur schätzen, aber der Körpertemperatur nach zu urteilen am Abend, also kurz vor oder während des *dîner*. Im Keller herrschen höchstens sieben oder acht Grad. Hätte er länger auf dem Steinboden gelegen, wäre er, als wir ihn fanden, stärker ausgekühlt gewesen.«

»Derjenige, der unseren Freund hinterrücks angegriffen hat, wusste genau, was er tat. Sonst hätte er nicht so präzise zielen können«, schlussfolgerte Ruben nach kurzem Nachdenken.

»Derjenige oder diejenige«, unterschied Kasimir. »Der von mir berechnete Winkel lässt darauf schließen, dass auch eine kleinere Person die Tat ausgeführt haben könnte, also eine Frau, wenn sie bei der Abgabe der Schüsse den Arm leicht erhöht gehalten hat.«

»Aber wie sieht das in diesem Fall mit der praktischen Umsetzung aus?«, wandte Geraldine ein. »Ich bezweifle, dass Louanne oder ich es geschafft hätten, auf diese Weise die Waffe stabil zu halten und genau genug zu zielen, ganz zu schweigen vom Rückstoß. Ich selbst habe keinerlei Erfahrung mit Pistolen und möchte behaupten, dass auch Louanne seit Jahren nicht mehr an einem Schießstand trainiert hat. Wahrscheinlich hätte sie das ganze Magazin abfeuern müssen, um Alexandros zu töten.«

»Glaub ich nicht«, meinte Kim. »Schießen ist doch wie Schwimmen oder Radfahren, das verlernt man auch nicht wieder.«

»Außerdem gilt das Argument mit dem Schießstand ja nicht nur für euch Frauen«, sagte Ruben. »Ich habe auch lange keinen Colt mehr geschwungen, trotzdem würde ich eine Schießscheibe auf Anhieb genau im schwarzen Punkt treffen, wetten?« Zur Verdeutlichung seiner Worte griff er zu einem imaginären Holster an seinen Gürtel.

»Jede und jeder von uns hätte es tun können«, stimmte Kasimir zu. »Worauf es ankommt, ist, nahe genug am Opfer zu stehen und zu wissen, welches, äh, Organ man treffen muss. Und man darf nicht an den Rippenbögen scheitern.«

»Das brauchen wir präziser, Kasimir«, sagte Geraldine

streng. »Mit diesen Allgemeinplätzen engen wir den Täterkreis nämlich nicht ein.«

Kasimir nahm grummelnd wieder Platz. Man sah ihm an, wie sehr es ihn fuchste, dass er nicht mehr ins Detail gehen konnte. Früher war es sein Anspruch gewesen, einen Täter allein durch das Obduktionsergebnis überführen zu können, doch seine Brillanz schwand mit seinen körperlichen und vor allem geistigen Kräften. Geraldine war keineswegs entgangen, dass Kasimir Wortfindungsprobleme beim Fachvokabular zeigte. Die vielen »Ähs« waren verdächtig.

Wie dem auch sei: Als Nächstes musste sie die Erkenntnisse und Beobachtungen der anderen zusammentragen und dokumentieren, überlegte Geraldine. Dafür brauchte sie einen eigenen Raum, eine Ermittlungszentrale, wie sie auch Capitaine Lefèvre zur Verfügung stand. Die Martins hatten sicherlich so etwas wie eine Flipchart-Tafel auf Lager, und wenn nicht, würden sie eine auftreiben. Dann könnten sie die Rekonstruktion des zeitlichen Ablaufs, wichtige Hinweise und die Ausdrucke von Louannes Handyfotos anpinnen, um den Überblick zu behalten.

»Hast du uns sonst noch etwas mitzuteilen, Kasimir?«, fragte Geraldine.

Doch dieser, offenbar beleidigt, schüttelte mürrisch den Kopf.

Geraldine ließ ihn in Ruhe, auch wenn sie sich wunderte, dass er mindestens ein Ergebnis seiner Untersuchung nicht erwähnte. Ganz genau hatte sie gesehen, wie Kasimir etwas, das neben der Leiche lag, aufgelesen und eingesteckt hatte. Vielleicht bloß ein unbedeutender Fund, der nichts mit dem Fall zu tun hatte und deshalb nicht zur Sprache kam? Genauso gut ließe sich aus dieser Unterlassung folgern, dass Kasimir wie bei den Krimispielen sein eigenes Süppchen kochte, um sich am Ende die Lösung des Falls auf die Fahnen schreiben zu können. Oder er hatte es einfach vergessen.

Sie verkniff sich, ihn vor versammelter Mannschaft darauf anzusprechen, und trug stattdessen ihre Idee mit der »Einsatzzentrale« vor. Alle stimmten zu, und Kim bot sich an, mit den Martins über das geeignete Zimmer zu verhandeln. Außerdem könne er seinen Laptop zur Verfügung stellen, den er für die Reise eingepackt habe. Gleich darauf entwickelte sich ein angeregter Austausch über weitere Möglichkeiten für eigene Ermittlungen.

Geraldine war höchst zufrieden mit diesem Start und froh darüber, als Erste die Initiative ergriffen zu haben. So behielt sie die Zügel in der Hand und vermied es, dass ihr eigenes persönliches Verhältnis zu Alexandros zu sehr in den Mittelpunkt gerückt wurde. Denn es gab Geheimnisse, die behielt man besser für sich.

RUBEN

Endlich wurde Geraldine, die sich heute wie ein General aufspielte, zur Befragung durch den drolligen Kommissar gerufen. Ruben erhob sich, trat zu Louanne, die gerade das Verhörzimmer verlassen hatte, und legte ihr die Hand auf den Oberarm.

Sie hatte ihn nicht kommen sehen und zuckte zusammen. »Ruben, du hast mich erschreckt!«

»Hätte ich mich nicht angeschlichen, hättest du wieder Reißaus genommen«, sagte er und zog Louanne von den anderen weg.

Louanne sträubte sich nur wenig. »Dabei bin ich doch gleich am ersten Tag auf dich zugegangen«, erklärte sie mit herausforderndem Blick.

»Ja, aber nur, um es hinter dich zu bringen und den Rest der Woche Abstand zu mir zu halten.« Ruben machte eine wegwerfende Handbewegung. »Geschenkt! Begleitest du mich auf einen Bummel durch die Altstadt? Es liegt kein Schnee, aber die Läden sind hübsch dekoriert, und angeblich soll es sogar einen Verkaufsstand mit heißem Punsch geben. Hört sich das nicht romantisch an? Und ehe du wieder Nein sagst – irgendwann müssen wir doch offen miteinander reden. Also, was meinst du?«

Louannes Miene verriet ihren inneren Zwiespalt. »Ich halte das für keine besonders gute Idee.«

So leise, dass es keiner der anderen mitbekam, sagte Ruben: »Du kannst nicht ewig vor mir weglaufen. Ich meine, was hast du zu befürchten? Dass ich über dich herfalle? Mach dich nicht lächerlich. Wir sind doch allmählich reif genug, um über diesen Dingen zu stehen. Schau uns an: Mit uns ist wirklich kein Blumentopf mehr zu gewinnen, oder?«

»Danke für das Kompliment«, gab Louanne gekränkt von sich.

Mit seinem letzten Satz hatte er sie verletzt, das merkte man ihr an. Aber glaubte sie wirklich, dass die Zeit zu ihr nicht genauso unerbittlich war wie zu den anderen? Ruben musterte sie mit einer Mischung aus Fürsorge und Verachtung: Vor einigen Stunden, so viel war klar, hatte sie einige Mühe auf sich genommen, um jünger auszusehen, doch inzwischen, gegen Mittag, klang der Zauber schon wieder ab. Wenn sie das nicht merkte, machte sie sich etwas vor.

»Hör zu, Louanne: Ich möchte dich in meinem Team haben. Wir beide könnten diesen Fall lösen, da bin ich mir ganz sicher.«

»Sind wir jetzt nicht alle ein Team? Und warum gerade ich?«, fragte Louanne und ließ leise Anzeichen von Interesse erkennen.

»Du hast Einfühlungsvermögen, Fantasie und ein gewisses Maß an Mut.«

»Nur ein gewisses Maß?«

»Einverstanden: viel Mut!«, korrigierte er und führte sie zur Garderobe, wo ihre Mäntel hingen. Louanne schlang sich noch einen wolligen Schal um den Hals.

Kaum hatten sie das Hotel verlassen, bereute Ruben seinen Vorschlag schon fast. Heute war es wirklich verdammt ungemütlich. Es herrschte eine klamme Kälte, die er aus seiner Heimat im Winter kannte, aber sicher nicht von der Mittelmeerküste. Doch was hatte er erwartet? Blitzblauen Himmel, blühende Orangenbäume und dicht behangene Olivenhaine? Eine kraftvolle Mittagssonne und ein funkelndes Glas Rosé auf der Hotelterrasse? Gut, Letzteres könnte er haben, wenn er wollte, allerdings in eine wärmende Decke gehüllt und allerhöchstens bis um halb fünf am Nachmittag, denn dann ging die Sonne unter und schickte zum Abschied rötliche Lichtschleier durch die Wolken.

»Zieh jetzt bloß nicht den Schwanz ein!«, stichelte Louanne, die sein Unbehagen bemerkt hatte und die Chance für eine Retourkutsche nutzte. Mit forschem Schritt ging sie voran.

Die Gässchen und kleinen Plätze, die im Sommer die typische Lässigkeit, ein *Savoir-vivre*, verströmten, wirkten wie ausgestorben. Die meisten Läden hatten geschlossen, der von Ruben angekündigte Weihnachtsschmuck beschränkte sich auf ein paar einsame Girlanden und kitschig gestaltete Krippen in manchen Schaufenstern. Auch von einem Glühweinstand war weit und breit nichts zu sehen. Da hatte er wohl zu viel versprochen. Doch Louanne schien sich daran nicht zu stören.

»Wenn wir also ein Team sind«, sagte sie und klang jetzt recht munter, »sollten wir dann nicht unsere Überlegungen austauschen? Wie sieht es aus: Hast du schon einen Verdacht?«

»Also, wenn du so fragst …«

Louanne blieb vor einem Geschäft mit Steingutware stehen. »Am Ende kann es nur einen Sieger geben, nicht wahr?« Dies war keine Frage, sondern eine Feststellung. Sie musterte eine tönerne Karaffe mit bläulich schimmernder Glasur. »Unser Team besteht nur so lange, bis einer von uns beiden die entscheidende Erkenntnis hat und das Rätsel löst, stimmt's?«

»So lauten die Regeln, nicht wahr?«

»Regeln?« Louanne kehrte dem Schaufenster den Rücken und sah Ruben direkt an. »Diesmal ist es kein Spiel, Ruben. Ein gemeinsamer Freund ist gestorben, und das kann man nicht einfach ignorieren.«

Aufrichtige Empörung oder Taktik? Ruben war sich nicht ganz sicher.

»Selbstverständlich ist dies kein Spiel«, erwiderte er und setzte den Weg über das holprige Pflaster fort. »Aber meinst du nicht, wir sind Alexandros gegenüber verpflichtet, dass wir alles daransetzen, seinen Mörder zu stellen? Mit unserer bewährten Methode funktioniert das sicherlich am besten.«

»Seinen Mörder oder seine Mörderin«, erwiderte Louanne. »Ja, der Meinung bin ich auch. Aber …«

»Wieso aber? Wenn wir dem Ganzen eine spielerische Note verleihen, erhöhen wir die Motivation.« Er lächelte sie gewinnend an.

»Du bist unverbesserlich.«

Ruben blieb wieder stehen und legte ihr die Hände auf die Schultern. Er sah sie eindringlich an, mit jedem Atemzug bildeten sich weiße Wolken vor seinem Mund. »Ich gebe dir einen Vertrauensvorschuss«, sagte er und nannte einen Namen: »Hugo.«

»Hugo, unser Wirt?« Louanne sah ihn fragend an. »Was ist mit ihm? Hast du ihn unter Verdacht?«

»Erinnerst du dich an unsere ersten Treffen im *Le Petit Hôtel*?«

»Das liegt lange zurück …« Louannes Augen wanderten hin und her, während sie nachdachte.

»Alexandros war ja zeitlebens ein umtriebiger Mensch«, half Ruben ihr auf die Sprünge. »In Griechenland kannte er Gott und die Welt. Verbindungen sind ganz wichtig, hat er immer wieder betont. Daraus, dass er neben seinem Job bei der Küstenwache noch andere Dinge laufen hatte, machte er nie einen Hehl. Das ist ja auch so üblich in Ländern, in denen der öffentliche Dienst nicht besonders gut entlohnt wird. Ein Cousin von ihm bewirtschaftete parallel zu seinem Hauptberuf als Postbeamter einen Weinberg, ein anderer vertrieb kanisterweise Olivenöl. Und unser Alexandros verdiente sich mit Grundstückdeals etwas dazu.«

»Ja, ich glaube, davon hat er erzählt.« Louanne kräuselte die Stirn.

»Alexandros hat mir einmal verraten, dass er in manchen Jahren mehr Geld mit dem An- und Verkauf von Bauland machte als mit seinem eigentlichen Beruf.«

»Worauf willst du eigentlich hinaus?«, fragte Louanne.

Ich habe sie am Haken, stellte Ruben zufrieden fest, er würde dafür sorgen, dass das so blieb. »Gehandelt hat er zu Beginn hauptsächlich mit Einheimischen, später wagte er sich an ausländische Investoren. Und vor sechzehn oder siebzehn Jahren schaffte er es, Hugo Martin einen strandnahen Streifen Land auf dem Peloponnes schmackhaft zu machen. Der Peloponnes ist eine Halbinsel im Süden des griechischen Festlands.«

»Ich weiß, was der Peloponnes ist.«

»Alexandros schlug ihm also vor, dort zu investieren, um eine weitere Herberge zu errichten, sozusagen die griechische Zweigstelle von *Le Petit Hôtel.* Und Hugo biss tatsächlich an.«

»Er hat das Grundstück gekauft?«, fragte Louanne verwundert. »Ich habe nie etwas von einem zweiten Hotel der Martins gehört.«

»Das kannst du auch nicht, denn es gibt keines, lediglich eine Bauruine aus Stahlbetonstelen. Es kam nämlich zu Problemen mit der behördlichen Genehmigung, und letztendlich musste Hugo das Projekt beerdigen. Da hatte er bereits viel, viel Geld verbrannt. Geld, das er jetzt gut für die Renovierung von *Le Petit Hôtel* gebrauchen könnte. Du hast ja gesehen, in was für einem Zustand der Laden ist.«

»Woher weißt du das alles?«, erkundigte sich Louanne und schlug den Weg durch eine schmale Passage ein, in der es verführerisch nach Zimt duftete. Er entströmte einem kleinen Tee- und Gewürzladen, dessen Tür offen stand.

»Claire Martin hat es mir irgendwann anvertraut und ausgeplaudert, wie übel Hugo es Alexandros nahm, dass er ihm dieses eigentlich wertlose Grundstück angedreht hatte. Ich hatte zwar den Eindruck, sein Groll wäre inzwischen verflogen, aber wer weiß …«

Louanne schüttelte den Kopf. »Hugo soll Alexandros erschossen haben, weil er sich von ihm über den Tisch gezogen fühlte? Warum erst jetzt, so viele Jahre nach dem schlechten Deal?«

»Wie gesagt: Ich bin davon ausgegangen, die Sache wäre längst erledigt. Aber vielleicht ist plötzlich alles wieder hochgekocht, und als die beiden sich im Weinkeller gegenüberstanden, verlor Hugo die Beherrschung.«

»Eine Tat im Affekt?«

»Möglicherweise.«

»Mit einer zufällig herumliegenden Pistole? Oder meinst du, Hugo hatte sie bei sich? Dann müsste er einen Waffenschein besitzen, was Capitaine Lefèvre bestimmt schon überprüft hat. Außerdem schießt man im Affekt nicht in den Rücken, sondern trifft den Gegner von vorn.«

»Ich gebe zu: Diese beiden Aspekte müssten noch geklärt werden.«

»Wohl nicht nur diese Aspekte«, meinte Louanne. »Offen ist auch, weshalb Alexandros überhaupt im Weinkeller war, während wir oben im Speisesaal auf ihn warteten. Davon abgesehen halte ich Hugo nicht für den Typ Mensch, der zu einer solchen Tat fähig ist.«

»Ach ja? Du hast dein Urteilsvermögen in der Vergangenheit schon öfter durch derlei Gefühle trüben lassen.«

»Vor zwanzig Jahren vielleicht. Als ich mich auf dich einließ.«

»Haha.« Er setzte ein zynisches Lächeln auf. »Du hast wirklich schon lange nicht mehr richtig mitgemischt.«

»Du etwa?«

»Nein«, gab Ruben zu. »Trotzdem: Man kann in Menschen nicht hineinsehen, im Prinzip ist jeder verdächtig, auch ein Hugo Martin.« Als sie aus der Gasse herauskamen, sah er Louanne an. »Wie steht es mit deiner Hypothese? Erzähl mir jetzt nicht, dass du niemanden im Auge hast.«

Louanne deutete ein Nicken an. »Wie wäre es mit den drei Schauspielern? Ich weiß, Lefèvre hat sie sich gleich am Anfang vorgenommen und hält sie für unbescholten. Doch was, wenn er sich täuscht? Dass sie sich gegenseitig Alibis liefern, kann für ihre Komplizenschaft sprechen.

Vielleicht ist es ihre Masche, die Hotelauftritte für Raubzüge zu nutzen, nur diesmal ist es schiefgegangen, und es gab einen Toten.«

»Ernsthaft? Es wurde nichts geklaut. Außerdem waren die drei völlig durch den Wind, sie haben auf mich absolut nicht den Eindruck von Profidieben gemacht.«

Louanne neigte lächelnd den Kopf. »Jetzt bist du es, der sich von Gefühlen leiten lässt.«

»Von wegen!«, widersprach Ruben. »Das ist Menschenkenntnis. Hast du nichts Besseres zu bieten?«

Louanne zögerte, bevor sie sich doch noch etwas entlocken ließ. »Neben Hugo gibt es noch jemanden mit einem Bezug zu Griechenland.«

»Ach ja?« Das war Ruben neu. Obwohl, wenn er jetzt darüber nachdachte – war da nicht mal von einem Ferienhaus am Ionischen Meer die Rede gewesen?

Louanne frischte seine Erinnerung auf. »Kim besitzt oder besaß ein Apartment, in dem er und seine Frau früher ihre Sommerurlaube verbrachten. Er hat es lange nicht mehr erwähnt, deswegen gehe ich davon aus, dass er nicht mehr hinfährt. Trotzdem sollte man diesen Punkt nicht vernachlässigen.«

»Also gut.« Ruben räusperte sich. »Kim hat oder hatte eine Wohnung in Griechenland – aber wo ist der Zusammenhang mit Alexandros? Glaubst du, dass er Kim die Bude zu einem überteuerten Preis verkauft hat?«

»Das weiß ich nicht, wir müssen das klären«, räumte Louanne ein. »Aber es ist immerhin ein Anfang.«

Ja, und zwar der Anfang für Ermittlungen in den eigenen Reihen, erkannte Ruben und fuhr sich mit einem Finger ums Kinn.

»Lass uns zurückgehen«, sagte er und zog den Kragen zusammen. »Man kann es mit der frischen Luft auch übertreiben. Ich sehe doch, wie du zitterst, und dein Näschen ist auch schon ganz rot.«

KASIMIR

Die großen Scheiben des Speisesaals waren beschlagen, doch es blieben Lücken frei, sodass Kasimir das Paar beobachten konnte, das gemächlich die Anhöhe zum Hotel heraufschlenderte. Ein breitschultriger Mann mit beigem Kamelhaarmantel und breitkrempigem Hut und eine schlanke Frau in taubenblauer, taillierter Winterjacke. Die beiden schienen miteinander zu harmonieren. Aber nur auf den ersten Blick. Immer wenn Ruben ihr zu nahe kam, wich Louanne ein Stück zur Seite.

»Einerseits fühlt sie sich zu ihm hingezogen, andererseits abgestoßen«, sagte Kasimir mehr zu sich selbst als zu dem neben ihm stehenden Karl-Wilhelm.

»›Abgestoßen‹ glaube ich nicht. Es sind mehr die Skrupel wegen ihres kranken Mannes, die sie bremsen«, entgegnete Kim.

Das könnte sein, dachte Kasimir und seufzte.

»Wie sieht es denn bei dir aus?«, erkundigte sich Kim.

»Was soll mit mir sein?«

»Nun ja, du stehst hier am Fenster und beobachtest Louanne, kannst deine Augen kaum von ihr lassen. Wenn ich deinen schmachtenden Blick richtig interpretiere, würdest du gerade gern mit Ruben tauschen.«

Kasimir trat brüsk einen Schritt zurück. »Was redest du da? Wie käme ich dazu?«

Kim funkelte ihn neugierig an. »Louanne ist eine wahre Augenweide. Immer noch. Und ich hatte schon früher den Eindruck, dass du etwas für sie übrighast.«

Die plötzliche Nähe zu Kim behagte ihm nicht, und das galt nicht nur für dessen unangenehme körperliche Präsenz. Kims Andeutungen empfand er als Verletzung seiner Privatsphäre, Kasimir fühlte sich bedrängt. Was sollten diese Anspielungen? Was versprach sich Kim davon? Ging es ihm nur darum, Kasimir ein wenig zu triezen, wie es eben manchmal seine Art war? Oder suchte er gezielt nach Schwachpunkten bei ihm? Was auch immer Kim antrieb, es gefiel Kasimir nicht und machte ihn zornig.

»Ob ich etwas für Louanne übrighabe? Ja, und zwar eine ganze Menge!«, gab Kasimir lauter als beabsichtigt zurück.

»Ich bin vielleicht schwerhörig, aber nicht taub.«

»Entschuldige«, sagte Kasimir. »Dir dürfte mittlerweile bekannt sein, dass Frauen nicht auf meiner, äh, Agenda stehen.«

Kim lachte kurz auf und legte die Hand auf Kasimirs Schulter. »Das hast du fein ausgedrückt. Jedem das Seine.« Nach kurzer Pause fügte er hinzu: »Aber ich nehme es dir trotzdem nicht ganz ab, mein Freund.«

FRANÇOIS BAPTISTE LEFÈVRE

An dieser schrulligen Engländerin hatte er sich die Zähne ausgebissen und so gut wie nichts herausgefunden. Als Nächstes wollte Capitaine Lefèvre sein Glück noch einmal bei dem hünenhaften Holländer versuchen, der gerade von einem Spaziergang zurückgekehrt war. Beim ersten Versuch hatte er den Commissaire dreist abtropfen lassen, nun hatte Lefèvre sich besser vorbereitet und einige Fragen im Gepäck, die sich gewaschen hatten. Pierre, Lefèvres Adjutant, zog sich derweil mit Block und Stift in den hinteren Teil der fensterlosen Abstellkammer zurück, die ihnen als Verhörraum zugewiesen worden war, zwischen die Stühle und Tische, die sich an den Wänden stapelten.

Ruben van Dijk war ein Mann mit großspurigem Auftreten. Das klassische Alpha-Männchen, einer, der gern den Anführer spielte, so viel stand fest. Doch das sollte Lefèvre nur recht sein. Denn für gewöhnlich tendierten extrovertierte Menschen dazu, viel zu reden, und das traf seiner Erfahrung nach vor allem auf die älteren Semester zu. Nach der zugeknöpften Mrs Walker durfte er sich also ein paar mehr Informationen erhoffen, wenn er es geschickt anstellte. Mittlerweile hatte er sich warmgelaufen und war voller Angriffslust.

Außerdem hatte er einen Trumpf im Ärmel: Die Leute

neigten dazu, ihn zu unterschätzen. Das machte sie unvorsichtig.

»Warum denn schon wieder ich?«, wollte van Dijk wissen und ließ ein Stöhnen hören. »Haben Sie sich in Ihrer Liste vertan oder einfach nur vergessen, meinen Namen abzuhaken?«

»Nein, aber unser letztes Gespräch war nicht sonderlich ergiebig«, stellte Lefèvre trocken fest. »Wissen Sie, Ihre Bekannten und Sie erinnern mich an die drei Affen: nichts sehen, nichts hören, nichts sagen.«

»Drei Affen, soso. Dann können Sie gerne auch gleich den vierten dazusetzen, den mit dem ausgestreckten Mittelfinger.«

»Ich lasse mich von Ihnen nicht beleidigen.«

»Ich mich von Ihnen auch nicht.«

»Also gut, kommen wir zur Sache«, sagte Lefèvre wenig freundlich und trommelte mit den Fingern auf dem Tisch, der zwischen Ruben van Dijk und ihm stand. »Wir wissen ja, wer sich zum Zeitpunkt des Todes im Haus aufgehalten hat, und konnten schon einige der Anwesenden als Tatverdächtige ausschließen, weil sie sich gegenseitig entlasten. Für die meisten aber gilt das leider nicht. Es war ein allgemeines Kommen und Gehen, die Tür zum Weinkeller war nicht abgesperrt, er war somit für jeden zugänglich. Haben Sie in diesem Zusammenhang eine Beobachtung gemacht, die uns weiterhelfen kann?«

»Bedaure, nein. Mag sein, dass ich auf dem Weg zur Toilette am Abgang zum Weinkeller vorbeigekommen bin, ich habe jedoch nicht darauf geachtet. Aber das habe ich Ihnen ja alles schon erzählt.«

»Können Sie eine Person benennen, die sich gestern

Abend für einen längeren Zeitraum nicht bei Ihnen im Salon aufgehalten hat?«

»Was verstehen Sie unter einem längeren Zeitraum? Die Zeit, die man benötigt, um jemandem zwei Kugeln zu verpassen? Ich würde sagen, dafür braucht man nur ein paar Sekunden. Jeder von uns ist zwischendurch mal auf der Toilette gewesen, zumindest die Herren. In unserem Alter ist das leider öfter notwendig, zu dieser Erkenntnis werden Sie früher oder später auch gelangen. Und das Personal ist sowieso ständig zwischen Speisesaal und Küche gependelt.«

»Na schön.« Lefèvre atmete tief durch und legte die gefalteten Hände auf den Tisch. Nur nicht wieder aus der Ruhe bringen lassen. »Sie haben also keine sachdienlichen Hinweise für uns?«

Ruben hob und senkte die Schultern.

»Dann möchte ich Sie etwas anderes fragen«, sagte Lefèvre und beugte sich vor.

»Nur zu!«

»Sie und Ihre Freunde kommen regelmäßig hierher?«

Ruben zog die Brauen hoch. »O ja. Seit beinahe zwanzig Jahren, immer um die Weihnachtszeit.«

»Warum?«

»Weil es schön hier ist, weniger Trubel als im Sommer, und die Preise liegen unter dem Niveau der Hochsaison, wenngleich sie in den letzten Jahren ziemlich angezogen haben.«

»Sie sind eine sehr internationale Gruppe. Ungewöhnlich, nicht wahr?«

»Überhaupt nicht! Sie wissen ja, womit wir früher unsere Brötchen verdient haben. Bei gemeinsamen Ermittlungen haben wir uns kennengelernt und angefreundet. Um uns nicht aus den Augen zu verlieren, haben wir dieses Treffen vereinbart und sehen uns seitdem jährlich.«

»Warum kommt jeder von Ihnen allein und bringt nicht seine Partnerin oder den Partner mit? Ehemänner oder Ehefrauen, Kinder ...«

Ruben winkte ab. »Unsere Zusammenkünfte wären für Außenstehende todlangweilig. Reines Fachsimpeln, bei uns dreht es sich ja meistens um die alten Geschichten aus dem Berufsleben. Außerdem veranstalten wir doch immer dieses Krimispiel, was bestimmt nicht jedermanns Sache ist.«

»Ein Spiel, das diesmal einen tödlichen Ausgang nahm.«

»Das ist leider wahr.«

»Gibt es eigentlich einen bestimmten Fall, der Sie alle zusammengeführt hat?«

»Ja, das war der Fall Ferraro. Vielleicht haben Sie mal etwas darüber gelesen, obwohl das Ganze natürlich schon lange zurückliegt.«

Lefèvre führte seine rechte Hand an den Kopf und tippte sich mit dem Zeigefinger an die Schläfe. »Ich meine, diesen Namen schon mal gehört zu haben.«

»Marcello Ferraro leitete einen europaweit aktiven Drogenring. War damals ein ganz dicker Fisch. Es hat uns einige Mühe gekostet, ihn zu überführen und schließlich auch zu schnappen. Aber am Ende gelang es uns doch. Seitdem sitzt er seine Strafe ab, in einem Hochsicherheitstrakt in Italien.«

»War der verstorbene Monsieur Dimitriadis an Ferraros Verhaftung beteiligt?«

Ruben antwortete vage: »Jeder von uns hat seinen Teil dazu beigesteuert.«

Ferraro. Bei diesem Namen klingelte etwas bei Lefèvre. Hatte dieser Mann seinerzeit nicht auch in Le Lavandou für Aufsehen gesorgt? Er nahm sich vor, bei nächster Gelegenheit den Polizeicomputer mit dem Namen zu füttern.

»Sind Sie fertig?« Ruben sah ihn herausfordernd an. »Dann habe ausnahmsweise einmal ich eine Frage.«

»Bitte sehr, fragen Sie. Ich weiß allerdings nicht, ob ich eine Antwort für Sie habe.«

»Was geschieht mit Alexandros' Leichnam?«

»Sobald er von der Rechtsmedizin freigegeben wurde, steht einer Überführung in seine Heimat nichts im Wege.«

»Sollen wir uns um etwas kümmern? Können wir in irgendeiner Weise helfen?«

»Das wird nicht nötig sein. Mein Adjutant hat sich mit den nächsten Angehörigen in Griechenland in Verbindung gesetzt, um die Todesnachricht zu überbringen und alles Weitere zu regeln. Die Schwester des Verstorbenen übernimmt die Organisation der Rückführung.«

Lefèvre entging die kritische Miene des anderen nicht. Van Dijk dachte wohl, er habe Pierre den unschönen Job aufs Auge gedrückt, weil es ihm selbst unangenehm war. Aber daran lag es nicht – eher an den besseren Englischkenntnissen des Assistenten.

Den Haag, Europol-Zentrale

Schon von außen machte die neue europäische Polizeibehörde einen gewichtigen Eindruck: Louanne ließ die vier unterschiedlich hohen Bürotürme, die von einer gemeinsamen Plattform aufragten, auf sich wirken, bevor sie das Gebäude betrat. Nach dem Anmeldeprozedere am Empfang wurde sie von dem Mann begrüßt, der das Treffen anberaumt hatte – und der war nicht weniger imposant als das Bauwerk, in dem er arbeitete.

»Schön, dass du so schnell kommen konntest«, sagte Ruben und ließ sie seinen kräftigen Händedruck spüren.

Sie hatten sich länger nicht gesehen, zuletzt bei einem Meeting in Wiesbaden. Doch sie spürte sofort wieder, wie sehr sie sich zu ihm hingezogen fühlte. Wie unpassend bei einem dienstlichen Kontakt! Keinesfalls sollte er etwas davon merken.

»Als ich hörte, dass wir eine neue Chance bekommen, habe ich in Lyon alles stehen und liegen gelassen und bin ins nächste Flugzeug gestiegen«, sagte sie und folgte Ruben in sein Büro. »Vielleicht die Gelegenheit, den Fehlschlag vor der türkischen Küste wettzumachen. Ihr seid also sicher, dass ihr Ferraros Spur wieder aufgenommen habt?«

»Ja, absolut sicher!«, bekräftigte Ruben. »Nach unserer Pleite im Ägäischen Meer ist Ferraro eine Weile in Deckung gegangen, doch nur, um seine Organisation weiter auszubauen beziehungsweise umzustrukturieren.« Er stellte sich vor eine Wand, an der mehrere Monitore hingen, die er einen nach dem anderen anschaltete. »Unsere neueste Errungenschaft«, erklärte er. »Für Videokonferenzen. Bild und Ton werden nahezu verzögerungsfrei in Echtzeit übertragen, das ist die Zukunft.«

Auf den bauchigen Bildschirmen erschienen die Köpfe der zugeschalteten Kolleginnen und Kollegen: Louanne sah Geraldine Walker, die in hochgeschlossener Bluse und dunklem Blazer vor einem Regal mit ledergebundenen Büchern saß. Karl-Wilhelm »Kim« Becker hielt sich in einem betriebsamen Großraumbüro auf, während Alexandros Dimitriadis aus einer Art Einsatzzentrale mit diversen Schalttafeln und Kontrollleuchten sprach. Nur Neuzugang Kasimir Nowak, ein führender Rechtsmediziner aus Polen, war nicht persönlich zu sehen, sondern nur über Telefon zugeschaltet; Louanne vermutete technische Probleme. Sie hatten ihn an Bord geholt, um den Leichnam eines Drogenkuriers zu obduzieren und bestenfalls eine direkte Verbindung zu Ferraro zu belegen, was allerdings nicht gelungen war. Wegen seiner umfassenden forensischen Kenntnisse blieb Professor Nowak dennoch im Team.

Ruben begrüßte die Runde und verkündete die entscheidende Neuigkeit: »Es ist ja bekannt, dass Ferraro nach außen hin als solider Geschäftsmann auftritt, Im- und Export. Uns liegen nun Informationen vor, dass er eine Reise durch verschiedene europäische Staaten plant, um vermeintlich legale Geschäfte abzuwickeln. Wir wissen es natürlich besser und können uns den wahren Hintergrund dieser Aktivitäten vorstellen: Ferraro ist dabei, neue Transportwege für seine Ware auszuloten. Doch solange wir ihn nicht mit einem Päckchen Rohopium oder Heroin im Koffer erwischen, können wir nichts unternehmen, denn nach wie vor fehlt uns der Beweis, dass er tatsächlich der Kopf des Syndikats ist.«

»Habe ich das richtig verstanden?«, meldete sich Kim Becker zu Wort. »Ferraro jettet ungehindert durch unsere Länder, baut ein weiteres Verteilersystem auf, und uns sind die Hände gebunden?«

»Ja und nein«, antwortete Ruben. »Noch gibt es keine Anklage gegen ihn, und es haben sich keinerlei Belege dafür finden lassen, dass seine Jacht, die wir verfolgt haben, für den Drogentransport benutzt wurde, zumal das Schiff nach dem Anlegen in der Türkei nie wieder aufgetaucht ist. Wir müssen davon ausgehen, dass es mittlerweile abgewrackt wurde. Mit anderen Worten: Offiziell hat Signore Ferraro immer noch eine blütenweiße Weste. Allerdings nur so lange, bis wir ihn auf frischer Tat ertappen.«

»Wie soll das jemals klappen, wenn er bei seiner Rundreise nur Gespräche führt und sondiert, den eigentlichen Drogenschmuggel aber anderen überlässt?«, wollte Alexandros wissen.

»Zum Beispiel, indem wir ihn wegen eines anderen Delikts anklagen«, brachte sich Geraldine ein und rückte das schmale Silbergestell ihrer Brille zurecht.

»Bitte, was?«, fragte Kim.

»Ferraro fühlt sich sehr sicher und vertraut auf seine Genialität. Sonst würde er es wohl kaum wagen, sich so ungehindert in der Öffentlichkeit zu zeigen und höchstpersönlich durch Europa zu reisen. Er hat eine narzisstische Persönlichkeitsstruktur und ist von der eigenen Unfehlbarkeit überzeugt«, führte die Expertin aus. »Dabei übersieht er, dass wir nicht zwingend darauf angewiesen sind, ihn mit einer Handvoll Drogen zu erwischen.«

»Sondern? Sollen wir ihn etwa mit der Steuer drankriegen? Wie damals Al Capone?«, rief Kim und lachte. »Der ist bekanntlich auch nicht wegen seiner vielen Morde auf Alcatraz gelandet, sondern weil er versäumt hatte, pünktlich seine Abgaben zu leisten. Cleverer Schachzug, Geraldine!«

Sie ermahnte zu mehr Sachlichkeit. »Ganz so einfach wird das nicht, und noch kann niemand sagen, ob es überhaupt gelingt«, warnte sie. »Trotzdem sehe ich darin eine solide Möglichkeit. Wir müssen einen Köder auslegen und Ferraro dazu bringen, ihn zu schlucken.«

»Und hier kommst du ins Spiel, Louanne«, sagte Ruben und trat auf sie zu. »Wie wir erfahren haben, wird Ferraro seine Tour in Südfrankreich beginnen, genauer gesagt in Marseille. Wir können davon ausgehen, dass er und seine Begleiter clean sein werden, ebenso der Businessjet, den sie benutzen. Deshalb müssen wir abwarten, bis er seine Geschäfte fix macht. Wenn es zum eigentlichen Deal kommt, müssen wir dabei sein. Dann schlagen wir zu und klagen ihn nach französischem Recht an, das schon die Anbahnung eines Drogenhandels unter Strafe stellt.«

»Wie soll das laufen? Indem wir das Hotelzimmer oder den Konferenzraum verwanzen, in dem Ferraro den Deal vereinbart?«, erkundigte sich Alexandros.

»Nein, das wäre zu unsicher, da er den Tagungsraum kurzfristig tauschen könnte, und dann würden wir nichts mehr von dem Handel mitbekommen«, entgegnete Ruben. »Wir selbst werden das Geschäft mit Ferraro anbahnen, beziehungsweise ein Strohmann von uns. Louanne wird einen passenden Kandidaten dafür finden. Dessen Identität muss natürlich streng geheim bleiben, selbst wir sollten den Namen erst ganz am Schluss erfahren, da sonst die Gefahr besteht, dass der Maulwurf auffliegt.«

Louanne versuchte, ihre Überraschung nicht zu offensichtlich zu zeigen. Das, was Ruben von ihr verlangte, war ein gewaltiges Stück Arbeit und viel Verantwortung.

Sie hatte sich von der unerwarteten Forderung kaum erholt, als Ruben sie abermals überrumpelte. Die Videokonferenz war gerade beendet, und er begleitete sie zum Ausgang, da sprach er sie an.

»Dein Rückflug geht erst morgen früh, richtig? Was hältst du davon, wenn wir den Abend zusammen verbringen?«

GERALDINE

Darüber konnte man sich wirklich glücklich schätzen! Geraldine ließ ihre Finger über das blank polierte Holz des hübschen runden Tisches gleiten, um den es genug Sitzgelegenheit für sie alle gab. Bodentiefe Scheiben und gläserne Dachfenster ließen viel Tageslicht in den Wintergarten, und sie würden inmitten von mannshohen tropischen Topfpalmen tagen, die den Sommer über auf der Terrasse standen. Als Claire Martin noch einen Teewagen mit einem Heißwasserspender und einer Schachtel voller Teebeutel hereinrollte, entfuhr Geraldine ein entzücktes Juchzen.

»Danke, *my dear*«, sagte sie und sah sich nach einer Steckdose um. »Was wir jetzt noch brauchen, ist Strom für Kims Laptop, denn ohne Internetrecherche geht heutzutage gar nichts mehr. Außerdem ein Flipchart oder eine Pinnwand. Habt ihr so etwas?« Mit einem etwas gemeinen Lächeln fügte sie hinzu: »Capitaine Lefèvre wird sich schwarzärgern, wenn er unsere Ermittlungszentrale sieht und mit seiner Besenkammer vergleicht.«

Wie aufs Stichwort war von draußen Lefèvres Stimme zu hören. Ungewöhnlich laut und erregt. Es musste etwas passiert sein, folgerte Geraldine und eilte zur Tür.

Im Foyer herrschte Tumult. Geraldine sah drei Gendarmen, die ihre liebe Mühe hatten, einen ganz in Weiß gekleideten Mann festzuhalten. Ihnen gegenüber stand Lefèvre und weiter hinten sein Adjutant, der sich ängstlich an die Wand drückte und hilflos die Hände nach oben streckte. Der Capitaine brüllte den tobenden Mann in Weiß an, aber Geraldines Französischkenntnisse reichten nicht aus, um zu verstehen, um was es ging.

Erst auf den zweiten Blick erkannte sie Gustave, der mit den Armen ruderte und Tritte verteilte. Er versuchte nach Kräften, sich aus der Umklammerung der uniformierten Polizisten zu befreien. Seine Kochmütze lag auf dem Boden, die tiefrote Hautfarbe verriet, wie aufgebracht er war.

»*My goodness!*«, rief Geraldine. Als sie am Rande der Szenerie Louanne erblickte, erkundigte sie sich: »Was ist denn da los?«

»Lefèvre ist auf Gustaves Vorstrafenregister gestoßen und hat ihn daraufhin sofort zum Verhör rufen lassen. Dem passt das gar nicht, weil er gerade mitten in der Vorbereitung des *dîner* steckte.«

»Ja, man muss eben Prioritäten setzen.« Mit einer gewissen Belustigung beobachtete Geraldine, wie sich die Gendarmen abmühten, den schnaubenden Koch in den Griff zu kriegen. »Was hat er denn ausgefressen?«

»Soviel ich mitbekommen habe, diverse Einbruchsdelikte, aber wohl auch schwere Körperverletzung. Er hat den Chefkoch seines vorherigen Arbeitgebers in Hyères krankenhausreif geprügelt, weil dem seine Suppe nicht schmeckte«, erzählte Louanne. »Gustave sagt, er habe seine Strafen abgesessen und sei jetzt ein besserer Mensch. Aber Lefèvre will ihn zu Alexandros' Tod befragen und duldet keinen Aufschub. Gustave fragt, warum das nicht später gehe, er muss sich doch um die Meeresfrüchte und den Hummer kümmern.«

»Oh, heute gibt es Hummer? Wie schön.«

Geraldine sah zu, wie die Gendarmen die Hände des Kochs mit Kabelbinder fixierten und ihn dann mit vereinten Kräften in den kleinen, dunklen Raum schoben, in dem Lefèvre seine Vernehmungen führte. Als die Tür hinter ihnen ins Schloss fiel, kehrte wieder Ruhe ein, und Geraldine bat Louanne, sich darum zu kümmern, dass ihr »Büro« im Wintergarten mit Verlängerungskabel, Mehrfachstecker und so weiter ausgestattet wurde. »Claire weiß Bescheid und sucht wahrscheinlich schon danach, du kannst dich an sie wenden.«

Geraldine selbst hatte nämlich etwas anderes vor. Der Tumult um Gustave, den bis eben wohl niemand als möglichen Verdächtigen im Sinn gehabt hatte, hatte sie auf eine Idee gebracht. Es gab neben dem Koch und den beiden Martins ja noch jemanden, der beziehungsweise die zumindest zeitlich die Gelegenheit gehabt hätte, Alexandros die tödlichen Schüsse beizubringen: das Zimmermädchen Marisa. Sie hatte den Toten entdeckt, sich also in seiner unmittelbaren Nähe aufgehalten. Ihr offensichtliches Entsetzen über den Leichenfund könnte gespielt gewesen sein. Geraldine konnte sich zwar nicht recht vorstellen, dass die zierliche Brünette überhaupt in der Lage war, eine Pistole auf jemanden zu richten und abzudrücken. Auch fehlte ein Motiv. Trotzdem wollte sie mit ihr sprechen, und sei es nur, um ihre Reaktion zu beobachten.

Nachdem sie am Empfang und im Salon nachgesehen hatte, ohne auf Marisa zu treffen, vermutete sie sie im Gästetrakt bei den Zimmern. Also ging sie hinauf.

Das Treppengeländer war abgegriffen und der Teppichboden so ausgetreten, dass stellenweise nichts mehr von der einst königsblauen Farbe zu sehen war. Die speckigen Wände schrien nach einem neuen Anstrich, und Geraldine fragte sich nicht zum ersten Mal, weshalb Hugo und Claire es so weit hatten kommen lassen. Schade um dieses kleine, aber feine Haus, dessen Flair sie so mochte. Liefen die Geschäfte wirklich dermaßen schlecht?

Im Gästebereich hielt sich um diese Tageszeit sonst niemand auf. Soweit Geraldine wusste, wollte Kim in die Stadt, während Ruben sich angeblich im Fitnessraum kräftigte und Kasimir einen Strandspaziergang machte, auch wenn dieser wegen seines Hüftleidens recht kurz ausfallen dürfte.

Er hatte mit Geraldine eine Weile über diesen Plan gesprochen, umso mehr wunderte sie sich, als sie die Tür zu Kasimirs Zimmer angelehnt vorfand. Hatte er sie nicht zugezogen, als er gegangen war? Durchaus möglich, denn bei Geraldine verstärkte sich der Eindruck, dass Kasimir immer vergesslicher wurde.

Ihr Instinkt sagte allerdings etwas anderes, und so näherte sich Geraldine vorsichtig und behutsam dem Zimmer. Dabei achtete sie darauf, dass ihre Schritte nicht zu hören waren, als sie der Tür einen kleinen Stups gab, sodass sie aufschwang und sich der Blick in einen mittelgroßen Raum mit Sicht auf die bunten Dächer der Altstadt öffnete. Mittendrin stand Marisa in ihrem schwarz-weißen Zimmermädchenkostüm. Allerdings war sie weder damit beschäftigt, Kasimirs Bett zu machen, noch das kleine Bad zu putzen oder Staub zu wischen. Nein, Marisa beugte sich gerade über Kasimirs geöffneten Koffer und wühlte darin herum.

Geraldine blieb im Türrahmen stehen und hustete in ihre Faust. »Störe ich?«

Marisa fuhr zusammen, wirbelte herum und starrte Geraldine entgeistert an.

Die Engländerin verzog keine Miene und ging auf sie zu. »Ist es neuerdings üblich, in den Privatsachen der Gäste zu stöbern?«

»Nein!«, rief Marisa und schüttelte so heftig den Kopf, dass sich die gebundenen Haare lösten. »Das ist ein Missverständnis!«

Geraldine neigte den Kopf. »Ach ja? Sieht nicht danach aus.«

Marisa schnappte nach Luft. »Ich bin versehentlich gegen den Koffer gestoßen, da ist er runtergefallen, und ich musste alles wieder aufheben.« Sie klappte schnell den Deckel zu.

Eine durchaus plausible Erklärung, fand Geraldine, doch Marisas hektische Überreaktion kam ihr verdächtig vor. Trotzdem ließ sie es zu, dass sich das Mädchen mit weiteren entschuldigenden Worten an ihr vorbeidrängte und hinauseilte.

Sehr seltsam, dachte Geraldine, während sie ihr nachsah. Sie würde Marisa im Auge behalten, so viel stand fest. Wahrscheinlich würde es sich auch lohnen, ihren Background abzuklopfen. Wo genau kam sie her? Welchen Werdegang hatte sie aufzuweisen? Warum hatte sie sich ausgerechnet dafür entschieden, im *Le Petit Hôtel* zu arbeiten, wo es doch im Umkreis genügend andere, modernere Unterkünfte gab, die vermutlich auch besser zahlten?

Als sie einen Blick aus dem Fenster warf, sah sie Kasimir über die Zufahrt des Hotels gehen. Dann war er also wirklich unterwegs gewesen. Neben ihm schlenderte Ruben. Von wegen Fitnessstudio! Beide hatten die Köpfe zusammengesteckt und waren offensichtlich in eine intensive Diskussion vertieft. Worüber mochten sie reden? Ob sie auf eine heiße Spur gestoßen waren?

Rubens Umtriebigkeit gab ihr zu denken. Zuerst hatte er versucht, Louanne auf seine Seite zu ziehen, nun spannte er Kasimir ein. Auch mit Kim hatte sie ihn schon erwischt. Es wäre mehr als ärgerlich, wenn man sie außen vor ließe und die anderen ihr die Lösung des Falles am Ende vor der Nase wegschnappten. Das wäre alles andere als *Fair Play*.

Ab jetzt würde sie mit dem, was sie wusste, zurückhaltender umgehen und sehr genau abwägen, wem sie welche Erkenntnis anvertraute.

MARISA

Das Herz klopfte Marisa bis zum Hals, während sie durch den Flur rannte. Sie riss die Tür zur Wäschekammer auf, sprang hinein und zog sie sofort hinter sich zu. Zitternd tastete sie nach dem Lichtschalter, atmete in hektischen Zügen und ließ sich auf einen Wäschesack sinken.

Das hätte nicht passieren dürfen! Wie überaus ungeschickt von ihr. Wie stand sie jetzt bloß da? Mrs Walker hatte ihr bestimmt kein Wort geglaubt. Bestenfalls hielt sie sie für neugierig, schlimmstenfalls für eine Diebin. Und das, obwohl sie die neue Stelle doch gerade erst angetreten hatte. Wenn Mrs Walker sich an Madame Martin wendete, bedeutete es das Aus. Ganz klar: Die Martins würden sie vor die Tür setzen. Sie konnten ja gar nicht anders bei so einem Verdacht. Dann müsste sie ihre Sachen packen und gehen. Wahrscheinlich heute noch. Das Hotel würde in weite Ferne für sie rücken, eine Rückkehr wäre bestimmt unmöglich.

Das durfte nicht passieren, denn dann wäre alles umsonst gewesen. All die Mühe und die Strapazen, die sie auf sich genommen hatte. Sie musste diese Stelle behalten, wenn sie erreichen wollte, was sie sich vorgenommen hatte. Sie musste!

KIM

Kim fiel Geraldines bohrender Blick sofort auf: Kaum dass sie den Wintergarten betreten und sich umgesehen hatte, richtete sie ihre kleinen untrüglichen Augen auf ihn. Oder besser gesagt auf seine rechte Hand, die das Buttercroissant hielt. Mit dem Handrücken der Linken wischte er die verräterischen Krumen von Tischplatte und Tastatur. Doch das half ihm jetzt auch nicht mehr.

»Du brauchst dich gar nicht aufzuregen, es ist *mein* Laptop«, rechtfertigte er sich trotzig, weil er wusste, wie pingelig Geraldine sein konnte.

»Aber es ist *unsere* Einsatzzentrale«, erwiderte sie. »Essen kannst du genauso gut im Salon oder meinetwegen auf deinem Zimmer, in unserem Büro dulde ich keine Fettflecken und Krümel.«

»›Büro‹ halte ich für übertrieben«, sagte Ruben, der eben zwischen den Palmen eine grüne Schiefertafel aufstellte, Ersatz für das nicht vorhandene Flipchart. »Trotzdem: Es muss nicht sein, dass du dauernd etwas in dich hineinstopfst, Kim.«

Immer die alte Leier, dachte Kim. Sie hackten auf ihm herum, bloß weil er sich ab und zu etwas gehen ließ. »Ich weiß, ich bin so etwas wie das schwarze Schaf in unserer Gruppe, aber hin und wieder bin ich doch auch ganz nützlich«, sagte er. Dann wandte er sich direkt an Ruben: »Wer weiß, vielleicht kann ich eines Tages sogar für dich hilfreich sein.«

Dieser lächelte schwach. »So? Meinst du? Kaum vorstellbar.«

»Wärt ihr so lieb, diese Sticheleien sein zu lassen?«, bat Louanne, die Kim gegenübergesessen hatte und nun zur Tafel ging. »Immerhin wollen wir einen Mord aufklären, und zwar einen echten. Dafür müssen wir an einem Strang ziehen.«

Wahre Worte, an die Louanne jedoch selbst nicht glaubte, vermutete Kim. Denn das, was sie alle seit so vielen Jahren verband und ihre Freundschaft immer wieder festigte, war eben nicht bedingungslose gegenseitige Offenheit, sondern der Wettbewerb. Jeder durfte gewisse Dinge verschweigen und einen eventuellen Wissensvorsprung nutzen. Indem sie sich aneinander maßen, hielten sie sich fit und blieben einander verbunden. Und so würde es auch diesmal laufen: Man arbeitete bis zu einem gewissen Grad zusammen, tauschte sich aus und kreiste den potenziellen Täter ein, doch gleichzeitig behielt jeder und jede etwas für sich, um am Ende selbst den entscheidenden Zug machen zu können. Denn genau das war für sie alle der Reiz an der Sache.

Demonstrativ stopfte sich Kim die Reste des Hörnchens in den Mund, kaute, schluckte und drückte den Zeigefinger auf den Bildschirm. »Das hier könnte etwas sein, ein mögliches Motiv. Kann jemand Griechisch? Nein? Ist auch egal, es gibt ja Programme, die so was für einen übersetzen.«

»Auf was bist du gestoßen?«, fragte Kasimir, der jetzt auch dazukam. Sein Haar war auf der einen Seite zerzaust, auf der anderen klebte es an der Schläfe. So, als wäre er gerade erst aus einem Nachmittagsschläfchen erwacht. Nun schien er jedenfalls wieder munter zu sein und spähte ihm über die Schulter.

»Es handelt sich um Alexandros' Nebeneinkünfte. Ihr wisst ja, er hat sich mit Grundstücks- und Immobiliengeschäften etwas dazuverdient«, erklärte Kim.

»Wer kann es ihm verdenken bei dem mageren Salär, das der griechische Staat seinen Gesetzeshütern zahlt«, merkte Ruben an.

»Nur ist das wohl nicht immer korrekt gelaufen«, erläuterte Kim. »Unser Freund steckte in Schwierigkeiten: Hier steht, dass wegen Betrugs gegen ihn ermittelt wurde. Offenbar hatte er Bauland weit über Wert verkauft, weil er dem Käufer verschwieg, dass es direkt in der Einflugschneise eines Flughafens liegt.«

»Das hätte dem Käufer ja selbst auffallen können, wenn er sich das Gelände vorher angesehen hätte«, warf Ruben ein. »Außerdem ist das kein Mordmotiv.«

»Wenn es den Kunden finanziell ruiniert hat, dann schon«, hielt Kasimir dagegen.

»Ist der Name des Geschädigten bekannt?«, erkundigte sich Louanne.

»Ja«, sagte Kim und scrollte über den Bildschirm. »Ein Engländer namens Jonathan Smith.«

»Engländer?« Ruben horchte auf. »Nicht zufällig verschwägert oder verwandt mit dir, Geraldine?«

»Ja, es handelt sich um meinen Großneffen, und er hat mich damit beauftragt, es Alexandros heimzuzahlen und ihn zu töten«, gab Geraldine trocken zurück. »Ihr habt mich überführt, ich gebe alles zu.«

Louanne schrieb derweil das Stichwort »Immobiliendeals« und den Namen »Smith« auf die Tafel.

»Suche in dieser Richtung bitte weiter, Kim«, bat Kasimir. »Vielleicht stößt du auf andere Namen, mit denen wir mehr anfangen können.«

Louanne, die neben der Tafel stehen blieb, räusperte sich. »Ich denke, das können wir uns sparen, nicht wahr, Ruben?«

Dieser sah sie vorwurfsvoll an. »Spielverderberin!«, rief er. »Das wollte ich noch eine Weile für mich behalten.«

Typisch Ruben, dachte Kim, war aber doch neugierig, was er und Louanne ausgegraben hatten.

»Hugo und Claire wurden ebenfalls von Alexandros über den Tisch gezogen«, verriet Louanne. »Wie es aussieht, hat Alexandros sie für ein Hotelprojekt in Griechenland eingespannt, aus dem dann nichts wurde.«

»Oha«, sagte Kim. »Damit haben sie ein Motiv und die Gelegenheit.«

»Aber wie sieht es mit der Tatgeneigtheit aus?«, fragte Kasimir zweifelnd. »Traut ihr es einem der beiden zu?«

»Und wie steht es denn mit dir?« Ruben legte Kim seine prankenhafte Hand auf die Schulter. »Du hattest doch dieses Ferienhaus am Meer, ebenfalls von Alexandros vermittelt?«

»Ferienwohnung«, verbesserte Kim und zog die Brauen zusammen. »Schon lange wieder verkauft.«

»Mit Gewinn, oder hast du einen Verlust gemacht?«, bohrte Ruben nach.

»Mit Gewinn«, antwortete Kim und mahlte mit den Zähnen. »Ich bin absolut zufrieden gewesen, so wie es gelaufen ist. Kein Grund zur Klage.«

»Und somit auch kein Grund, zur Pistole zu greifen«, sagte Ruben mit vieldeutigem Blick. »Halten wir das mal so fest.«

Louanne hatte inzwischen die Namen der Martins auf die Tafel geschrieben. Den von Kim ließ sie netterweise weg.

»Das reicht für heute«, fand Geraldine. »Wir haben unsere Gehirne genug strapaziert. Zeit für etwas Ablenkung. Was haltet ihr von einer Partie Bridge?«

»Da können nur vier mitspielen«, monierte Ruben.

»Du würdest ohnehin nicht mitmachen, oder?«, entgegnete Geraldine feixend. »Also dann: Treffen wir uns zum Tee im Kaminzimmer!«

Kim sah zu, wie einer nach dem anderen den Wintergarten verließ, und fuhr seinen Rechner herunter. Als er den Laptop zuklappen wollte, wurde er von Geraldine gebremst, die wieder in der Tür stand.

»Warte bitte«, sagte sie.

»Aber warum?«, wunderte sich Kim. »Wollten wir nicht Bridge spielen?«

»Jaja, gleich. Vorher möchte ich, dass du mir einen Gefallen tust. Such nach dem Namen Marisa Petrocelli. Ich brauche alles, was du über sie finden kannst.«

»Marisa? Etwa unsere Marisa, das Zimmermädchen?«

»Frag nicht, mach einfach! Ich glaube, es könnte sich lohnen.«

LOUANNE

Im Kaminzimmer mit seiner tief liegenden Balkendecke und den gedämpften Farben war es warm und gemütlich. Trotzdem machten die Senioren, die sich um einen Spieltisch scharrten, keinen sehr gelösten Eindruck, Louanne selbst eingeschlossen. Das lag an den besonderen Herausforderungen des Spiels, das Geraldine für sie ausgewählt hatte und das sie beherrschte wie keine andere.

Bridge galt als ein sehr komplexes und damit als eines der schwierigsten Kartenspiele überhaupt. Die Grundregeln waren zwar einfach zu lernen, aber um tiefer einzusteigen und zu gewinnen, brauchte man Zeit, Geduld und vor allem Disziplin. Besonders dann, wenn man den anderen nichts gönnte und unbedingt als Sieger hervorgehen wollte.

Louanne war das auf die Dauer zu anstrengend. Während der Bridgerunde glitten ihre Gedanken immer wieder ab. Die jüngsten Ereignisse bewegten sie mehr, als sie anfangs erwartet hatte, sie wühlten sie geradezu auf. Geraldines Wunsch nach einer zweiten Partie schlug sie deshalb aus.

»Moment!«, hielt Geraldine sie auf. »Bevor du gehst, musst du noch einen Zettel ziehen.«

»Was denn für einen Zettel?«

Daraufhin holte Geraldine eine Handvoll sorgsam gefalteter Papierstücke aus ihrer Handtasche und legte sie auf den Tisch.

»Für das Wichteln. An dieser Tradition wollen wir doch festhalten?« Das war keine Frage, sondern eine Feststellung.

Geraldine und ihre Traditionen! Auf die Zettel waren die Namen aller Clubmitglieder notiert. Jeder musste einen ziehen, und schon wusste man, wen man beschenken dufte. Der Name wurde geheim gehalten, denn auf diese Weise blieb das Wichteln bis zum Schluss spannend. So lief es jedes Jahr, ob es einem nun gefiel oder nicht.

Louanne nahm sich eines der gefalteten Papiere, verließ die Runde und ging auf ihr Zimmer.

Nun saß sie am Fenster und versuchte, sich auszuruhen. Viel Zeit blieb dafür nicht, denn bald schon wurde das Abendessen serviert. Offenbar hatte Gustave sich aus den Klauen Capitaine Lefèvres befreien und doch noch den Hummer zubereiten können, wie man hörte.

Bis es so weit war, wollte Louanne allein sein. Allein mit ihren Gedanken, die um den Tod kreisten und um die Liebe. Die Liebe ...

Als sie François in einer weit, weit zurückliegenden Dekade ihres Lebens geheiratet hatte, war es eine Entscheidung gewesen, mit der sie den Erwartungen ihrer Familie, nicht aber ihrem Herzen folgte. Und als sie viele Jahre später François' Bitte entsprach, die Stadtwohnung gegen ein Bauernhaus zu tauschen, nickte sie, anstatt den Kopf zu schütteln. Warum sie so gehandelt hatte? Das wusste sie nicht. Wahrscheinlich war sie, auch dank ihrer streng katholischen Erziehung, zu sehr in Konventionen verhaftet. Zudem fehlte es ihr an der Fähigkeit, sich auf

Konflikte einzulassen. Das galt zumindest fürs Private und Persönliche, im beruflichen Bereich dagegen zeigte sich diese Befangenheit zum Glück nicht.

Ruben hatte ihre Schwäche schon bei ihrer ersten Begegnung erkannt. Er wusste um die kontrollierte Glut in ihrem Inneren und verstand es, sie immer wieder auflodern zu lassen, ohne dass sie sich dagegen zur Wehr setzte. Das war früher schon so gewesen und heute noch genauso.

Wer weiß: Vielleicht sollte sie ihm sogar dankbar dafür sein. Denn er brachte sie dazu, über ihr unerfülltes Leben nachzudenken und die strengen Prinzipien hin und wieder zu vergessen.

Es klopfte. Wer mochte das sein?

Geraldines grau gelockter Kopf erschien im Türrahmen.

»Schon zu Ende gespielt? Holst du mich zum Essen ab?«, fragte Louanne.

Geraldine kam herein. »Hast du einen Augenblick für mich?« Sie setzte sich neben ihr auf die Bettkante.

»Ja«, antwortete Louanne verwundert, weil ihr die Ernsthaftigkeit in Geraldines Blick auffiel. »Hast du die zweite Partie Bridge etwa verloren?«

Geraldine winkte ab. »Ich verliere niemals.«

»Also dann …?«

»Ich schätze dich und deine Art«, begann Geraldine zu reden. »Sehr sogar. Du bist eine geduldige Zuhörerin, und ich weiß, dass ich dir vertrauen kann wie einer guten Freundin.«

»Ich *bin* eine gute Freundin«, betonte Louanne. »Das hoffe ich jedenfalls.«

Geraldine senkte die Stimme. »Erinnerst du dich an den dritten Advent vor zwei Jahren? Alle anderen schliefen schon, während wir beide es uns im Kaminzimmer gemütlich machten. Das prasselnde Feuer, die Wärme, der Sherry.«

»Wir haben eine ganze Flasche geleert«, fiel Louanne ein. »O ja, und wie ich mich erinnere. Vor allem an die Kopfschmerzen am nächsten Tag.«

»Weißt du auch noch, was ich dir anvertraut habe? Ganz am Schluss, als fast nichts mehr in der Flasche war?«

Ja, auch das wusste Louanne noch, selbst wenn es die unbeschwerte Stimmung dieses Kaminabends im Nachhinein getrübt hatte.

Geraldine schluckte. »Ich hatte dir von meiner ersten Dozentenstelle erzählt, die mir den Weg geebnet hat für all das, was später kam. Um sie zu bekommen, musste ich mich gegen eine Mitbewerberin durchsetzen, sie ausstechen. Das ist mir gelungen. Durch einen Trick: Ich konnte mir vorab Einblick in den Fragenkatalog des Prüfungsgremiums verschaffen und hatte damit alle Vorteile auf meiner Seite. Mit anderen Worten: Ich habe geschummelt.«

»Die Unterlegene hat danach Selbstmord begangen«, ergänzte Louanne, woraufhin Geraldine den Kopf senkte.

»Ja, mit Tabletten. Als ich davon hörte, war ich am Boden zerstört. Hätte ich geahnt, gegen was für eine labile Person ich antrat, hätte ich meine Kandidatur zurückgezogen und ihr das Feld überlassen. Leider kann man so etwas nicht ungeschehen machen.«

»Nein, kann man nicht«, stimmte Louanne zu. »Es gibt sicher nicht viele Menschen, mit denen du darüber gesprochen hast. Und ich kann dir versichern, dass ich mit niemandem darüber geredet habe und es auch nicht tun werde.«

»Das glaube ich dir, aber darum geht es jetzt nicht«, sagte Geraldine und sah ihr fest in die Augen. »An dem Abend vor zwei Jahren – da waren wir nicht allein im Raum. Jemand hörte zu.«

»Was?« Louanne richtete sich auf. Ihr erster Verdacht fiel auf Ruben. »Wer hat uns belauscht?«

»Alexandros«, lautete die überraschende Antwort. »Er saß in dem großen Ohrensessel, mit dem Rücken zu uns. Deshalb haben wir ihn nicht bemerkt. Tage später kam er auf mich zu und beichtete mir, dass er unser Gespräch heimlich mitgehört hatte.«

Für den Moment verschlug es Louanne die Sprache. Das war ein starkes Stück. Ein Vertrauensbruch, den sie Alexandros nicht zugetraut hatte, denn er hätte sich rühren und auf sich aufmerksam machen müssen. Doch warum erfuhr sie davon erst jetzt? Oder gerade jetzt?

Louanne ahnte es schon ...

»Alexandros ist trotz oder wegen seiner diversen Geschäfte meist knapp bei Kasse gewesen, das hat jeder von uns mitbekommen«, führte Geraldine aus. »Was, wenn er einen Weg gesucht hat, um auf andere Weise an Geld zu gelangen?«

»Du meinst durch Erpressung?«, zählte Louanne eins und eins zusammen. »Er wollte Geld von dir, damit er nicht verriet, dass du deine erste Einstellung erschwindelt hast?«

»Auf diesen Gedanken könnte man doch kommen, oder? Damit besäße ich ein lupenreines Motiv, ihn aus dem Weg zu räumen.«

Louanne sah ihrer alten Freundin lange in die Augen. »Hat er dich erpresst? Ja oder nein?«

Geraldine zupfte an der Krempe ihres Hutes. »Er hat mich einmal gefragt, ob ich ihm etwas Geld vorstrecken könnte, aber die Sache von damals mit keinem Wort erwähnt.«

»Das musste er auch nicht, richtig? So etwas lässt man unausgesprochen und erzielt damit eine noch größere Wirkung.« Louanne nagte auf ihrer Unterlippe. »Um wie viel Geld ging es denn?«

»Zehntausend Euro, also rund achttausendfünfhundert Pfund Sterling.«

Louanne stieß einen Pfiff aus. »Das ist weit mehr als ein reiner Freundschaftsdienst.«

»Ja, aber er betonte, dass er mir alles zurückzahlen werde. Außerdem sollte ich mich zu nichts verpflichtet fühlen, denn er habe noch ein anderes Eisen im Feuer.«

»So?«, fragte Louanne interessiert.

»Ja, Alexandros deutete an, dass jemand Schulden bei ihm habe, die er notfalls sofort zurückverlangen könnte.«

»Jemand? Etwa aus unserem Club?«

Geraldine nickte.

»Nannte er einen Namen?«

Geraldine setzte zu einer Antwort an, als die Tür klapperte. Louanne fuhr herum und sah, wie sie leicht auf- und zuschwang. Der Wind?

»Hast du sie nicht ins Schloss gezogen?«, fragte sie Geraldine.

»Ich habe nicht darauf geachtet.«

Beide standen auf und sahen im Flur nach. Niemand war zu sehen. Und doch mochte Louanne nicht ausschließen, dass jemand gelauscht hatte.

KASIMIR

Eigentlich machte sich Kasimir nicht besonders viel aus Essen. Hauptsache, es gab ausreichend davon, was in seiner Kindheit nicht immer der Fall gewesen war. Das Polen der Nachkriegszeit war längst nicht so schnell auf die Beine gekommen wie der geschlagene Nachbar, und im Sozialismus verhinderte die Planwirtschaft eine ausgewogene Ernährung. Inzwischen sah das gottlob anders aus, dennoch blieb Essen für ihn ein Mittel zum Zweck.

Doch das, was Gustave und Claire auftrugen, sah wirklich delikat aus: eine Etagere mit Austern auf Eis, Schalen voll mit Fisch und Schnecken und eine Silberplatte, auf der ein riesiger Hummer lag. Mindestens so lang wie ein Unterarm und von kräftig orangeroter Färbung. Ein prächtiges Tier, eigentlich viel zu schade zum Zerlegen.

Auch mit der Dekoration hatten sich die Martins wieder alle Mühe gegeben, Kerzenlicht, Kiefernzapfen und verstreute Glitzersterne schufen ein stimmungsvolles Ambiente. Beim Blick aus dem Fenster auf die Uferpromenade sehnte er sich allerdings nach dem tief verschneiten Krakau, dort kam ihm die Adventszeit immer viel echter vor. Doch die Sehnsucht währte nur kurz, denn gegen nichts in der Welt hätte er die Woche im *Le Petit Hôtel* eingetauscht.

Kim saß längst an seinem Platz, hatte sich eine Serviette

in den Hemdkragen gestopft und hielt Messer und Gabel in der Hand, während Ruben die Weinkarte studierte. Beide hatten sich in Schale geworfen, sodass Kasimir sich in seinem reichlich abgenutzten grauen Anzug etwas schäbig vorkam. Seit Jahren konnte er sich nicht mehr dazu aufraffen, sich etwas Neues zu gönnen, er trug die Sachen auf, in denen er zu den Vorlesungen und Seminaren in der Universität gegangen war. Das wäre vielleicht anders, wenn er geheiratet hätte und seine Frau – oder sein Mann – ihn drängen würde, die angestaubte Garderobe dem Roten Kreuz zu spenden. Aber da gab es niemanden, und so erschien er zu den Jahrestreffen ihres Clubs Jahr für Jahr im gleichen Anzug.

Es krachte martialisch, als Gustave damit begann, den Panzer des Hummers aufzubrechen, wobei mehrere glänzende Spezialwerkzeuge zum Einsatz kamen. Kasimir sah interessiert zu. Eine wahre Kunst, dachte er.

»Da kommen wir ja gerade rechtzeitig!«, rief Geraldine, die an der Seite von Louanne den Salon betrat.

Kasimir löste seinen Blick vom Hummer und konnte nicht anders, als Louanne staunend anzuhimmeln. Im Schummerlicht der Kerzen war zunächst nur ihre Silhouette zu erkennen. Die langen Beine, ihre Kurven, das wippende Haar auf den Schultern. Du meine Güte, was für ein Anblick! Für einen Moment blieb ihm die Luft weg.

»O mein Gott!«, stieß Ruben bestürzt aus und riss Kasimir damit aus seiner Begeisterung. »Geraldine, was zum Teufel ist das?«

Kasimir, der sich ganz und gar auf Louanne in ihrem umwerfenden Abendkleid konzentriert hatte, richtete sein Augenmerk nun auf Geraldine und verstand Rubens Verblüffung.

»Spielst du etwa auf meinen Hut an, *darling*?«, entgegnete Geraldine und zog einen Stuhl heraus, um sich zu setzen. »Bezaubernd, nicht wahr?«

»Hut?« Ruben fuhr sich mit beiden Händen durchs Haar. »Hast du ihn dir einmal angesehen? Ich meine: Hast du dich vor einen Spiegel gestellt und geguckt?«

»Selbstverständlich habe ich mich vor den Spiegel gestellt und ›geguckt‹. Was denkst du denn?«, fragte Geraldine eingeschnappt.

»Dann kannst du mir sicher sagen, ob das da oben eine Antenne ist oder eine Pfauenfeder?«

»Feder«, gab Geraldine schmallippig von sich. »Prinzessin Margaret hätte dieses Modell ganz sicher auch geschätzt.«

»Keine weiteren Fragen, Euer Ehren«, gab sich Ruben geschlagen und brachte damit Kim zum Lachen, bis ein giftiger Blick von Geraldine auch ihn schweigen ließ.

Kasimir musste sich ein Schmunzeln verkneifen, um nicht ebenfalls Geraldines Zorn auf sich zu ziehen. Wobei von wirklichem Zorn keine Rede sein konnte. Geraldine wusste ja, dass sie mit ihrem ausgefallenen Geschmack oft heftige Reaktionen hervorrief, sie provozierte sie sogar ganz bewusst. Und wahrscheinlich bereitete es ihr Freude, die anderen durch ihr Auftreten zu verstören.

Kasimir selbst fühlte sich allerdings gerade mehr durch Louanne herausgefordert und versank in ihrem bezaubernden Lächeln. Sie erinnerte ihn an seine Jugendliebe Danja. Eine Schwärmerei, die für ihn ebenso unerreichbar gewesen war wie später Louanne. In beiden Fällen war Kasimir immer der stille Bewunderer geblieben, der nicht wagte, seine Gefühle zu offenbaren. Mochte die Verlockung noch so groß sein. Deshalb hatte er niemals Erfahrungen mit einer Frau gesammelt und konnte sich nur der gelegentlichen Bettgeschichten mit Männern besinnen. Was hatte er wohl versäumt? Inzwischen aber waren solche Überlegungen hinfällig, rief er sich zur Raison. Das Schiff war längst abgefahren, er hatte es schon vor Jahren auslaufen sehen.

Ein Kribbeln in der Nase ließ ihn in seine Hosentasche fassen. Statt eines Taschentuchs fühlte er jedoch etwas anderes zwischen den Fingern, etwas Hartes, Rundes. Er stutzte und zog den kleinen Gegenstand heraus, um nachzusehen, worum es sich handelte.

Beim Anblick des Perlenohrclips fiel es ihm wieder ein: Er hatte das Schmuckstück im Weinkeller neben Alexandros' Leiche gefunden und, von den anderen unbemerkt, eingesteckt. Weil er sich erhofft hatte, dadurch einen Ermittlungsvorsprung zu erzielen. Aber danach hatte er nicht mehr daran gedacht und den Ohrschmuck vergessen. Wie konnte das nur sein? Immerhin handelte es sich womöglich um ein wichtiges Indiz. So was vergaß man doch nicht einfach! Und was hatte er sonst noch aus dem Gedächtnis verloren?

»Na, mein Freund, alles klar?«, erkundigte sich Ruben und lehnte sich zu ihm herüber.

»Alles bestens, Ruben«, antwortete Kasimir mit gezwungenem Lächeln und ließ den Clip wieder in der Tasche verschwinden. »Alles bestens.«

KIM

Spät war es geworden, so lange hatten sie wirklich selten beim Abendessen zusammengesessen. Danach wollte Ruben unbedingt noch einen Whisky im Kaminzimmer zu sich nehmen, wohin Kim ihn notgedrungen begleitete. Denn für das, was er heute noch vorhatte, musste er sichergehen, dass alle anderen in ihren Zimmern waren und fest schliefen. Und zugegeben: Das Opfer, das er dafür bringen musste, war nicht groß, denn gegen einen guten Whisky ließ sich nichts einwenden.

Natürlich blieb es nicht bei einem Glas, weil Ruben ins Schwadronieren geriet und kein Ende fand. Dummerweise kam er gegen Mitternacht auch noch auf die Idee, den Humidor zu öffnen und sich eine besonders fette Zigarre auszusuchen. Es dauerte eine Ewigkeit, bis er sie aufgeraucht hatte, während Kim dagegen ankämpfen musste, dass ihm die Augen zufielen.

Endlich – es war nach eins! – beschied Ruben, dass es nun an der Zeit wäre, und ging mit schweren Schritten in den Gästetrakt. Kim folgte ihm, wünschte eine gute Nacht und gab vor, die Tür seines Zimmers aufzusperren. Was er aber nicht tat, sondern wartete, bis der angetrunkene Niederländer in seinem Raum verschwunden war. Kaum hörte er die Tür ins Schloss fallen, wechselte Kim die Richtung und schlich sich ans Ende des Flurs, wo ein bierdeckelgroßes

Polizeisiegel den Zugang zu Alexandros' Zimmer verwehrte. Kim ließ die Klinge eines Taschenmessers aufschnappen und löste vorsichtig das Siegel. Anschließend ging er mit leisem Stöhnen in die Knie und machte sich am Schloss zu schaffen. Eine leichte Übung, weil sich die Martins das Geld für moderne Sicherheitsschlösser gespart hatten.

Kim trat ein, ohne das Deckenlicht zu betätigen. Er orientierte sich nur mit der Handyleuchte und nahm sich als Erstes die Schubladen einer Kommode vor, die er achtsam und ohne viel Unordnung zu verursachen, durchsuchte. Als Nächstes sah er im Kleiderschrank nach, fasste in die Taschen von Alexandros' Jackett. Dann war der Nachttisch an der Reihe. Kim zog die Schublade auf, sah einen Notizblock, Stifte und eine Bibel und wollte sie schon wieder zuschieben, als ihm eine Idee kam. Er nahm die Bibel heraus, schlug sie auf und lächelte erleichtert. Eingeklemmt zwischen den Seiten fand er den Zettel, nach dem er gesucht hatte.

Mit dem Blatt Papier zwischen Daumen und Zeigefinger ging er zum Fenster, öffnete es und hielt die Flamme seines Feuerzeugs an das Dokument. Er wartete, bis das Feuer seine Finger fast erreicht hatte. Erst dann ließ er den letzten kleinen Papierschnipsel los und sah zu, wie das flackernde Licht in der Dunkelheit erlosch.

DER VIERTE TAG

FRANÇOIS BAPTISTE LEFÈVRE

Bevor er die Gendarmerie verließ, um den Befragungsmarathon im Hotel fortzusetzen, vertiefte sich François Baptiste Lefèvre bei einer Tasse lauwarmem Automatenkaffee in den endlich eingetroffenen Obduktionsbericht. Leider enthielt er keinerlei Neuigkeiten. Außer dass die Geschosse aus einem Winkel abgegeben worden waren, der auf eine »normale« mittlere Körpergröße des Täters schließen ließ. Nur – was hieß das? Diese Angabe sprach sowohl für eine durchschnittlich große Frau wie für einen Mann in seiner eigenen Größe. Oder für einen großen Mann, der beim Schießen etwas in die Knie gegangen war. Und die Spurenlage? Auch hier keine Fortschritte. So ziemlich jede und jeder hatte im Umfeld des Toten für Hinterlassenschaften gesorgt, ob nun in Form von Fußspuren im Kellerstaub, Dutzenden Fingerabdrücken und sogar einem Papiertaschentuch, das jemandem aus der Hose gerutscht sein musste. Außerdem gab es jede Menge Funde in Form von Haaren, Haut- und Gewebepartikeln. Alle verschiedener Herkunft, sogar Katzenfell war dabei. Hier war nicht der Mangel an Spuren das Problem, sondern der Überfluss. Sinnlos, in diesem Durcheinander einen Hinweis zu suchen.

Einzig die Aussage der Kriminaltechnik zur verwendeten Munition regte ihn zum Weiterdenken an. Bei beiden

Projektilen und der Hülse (die zweite war noch immer nicht aufgetaucht) handelte es sich nicht um Neuware. Die Experten tippten, dass sie mehrere Jahre, wenn nicht sogar Jahrzehnte gelagert hatten. Das ließ sich unter anderem aus dem Zustand der Pulverrückstände ableiten. Leider hatte der Täter die benutzte Pistole nicht zurückgelassen, Lefèvre hätte es sehr interessiert, ob auch sie alt und lange Zeit unbenutzt gewesen war. Nicht dass ihn diese Erkenntnis aktuell weiterbringen würde, aber womöglich könnte sich das später als wichtig erweisen.

Er stöhnte so laut und ausgiebig, dass sich eine Kollegin verwundert nach ihm umsah. Er dachte an das bevorstehende Wochenende. Am vierten Advent besuchten sie traditionell seinen Schwager Claude in Aix-en-Provence, wo sie sich von ihm und seiner Frau Giselle bekochen ließen. Lammbraten in Weinsoße. Niemand bekam ihn so gut hin wie Claude. Und für die Kinder, seinen Neffen Mathis und die kleine Alice, gab es Bratäpfel. Sie waren ganz wild darauf. Was er gut verstehen konnte, weil Claudes ganzes Haus dann nach Gewürznelken und heißen Mandeln roch. Nach dem Essen setzten sie sich gewöhnlich zum Kartenspielen zusammen, während der Kachelofen glühte und Adventsmusik lief. Ach, wie schön! Der Sonntag stand im Zeichen des Schlemmens und des Genusses und der Besinnlichkeit, die perfekte Einstimmung aufs nahe Weihnachtsfest.

Doch solange er in seinem Fall nicht weiterkam, war an die Fahrt nach Aix nicht zu denken. Man erwartete von ihm, dass er das Wochenende durcharbeitete und Präsenz zeigte, zumal man den eigenwilligen Rentner-Club nicht ewig an der Abreise hindern konnte, niemand von ihnen besaß auch nur den Hauch eines Motivs für den Mord.

Wie praktisch wäre es doch gewesen, wenn er Gustave, dem Koch, die tödlichen Schüsse hätte anlasten können. Ein vorbestrafter Schläger, der noch dazu seine Emotionen nicht im Griff hatte, wäre ein willkommenes Geschenk für jeden Untersuchungsrichter. Aber leider, leider reichte eine Vorstrafe nicht aus, um jemanden zum Mörder zu stempeln, schon gar nicht, wenn es auch hier am Motiv haperte.

Wieder gab er ein Stöhnen von sich. Diesmal schüttelte die Kollegin nur den Kopf. Gerade wollte er den Raum verlassen, um zum Hotel zu fahren und sich erneut mit den störrischen Alten zu befassen, da tauchte Pierre mit einem Stapel Computerausdrucke auf. Der scheue Adjutant hatte von Lefèvre die Aufgabe bekommen, möglichst genau über die Gäste des *Le Petit Hôtel* zu recherchieren und sich dabei auch bei den Kollegen in den jeweiligen Herkunftsländern zu erkundigen. Dem vielen Papier nach zu urteilen, hatte sich die Mühe gelohnt.

»Sieht nach Fleißarbeit aus«, lobte Lefèvre und machte Platz auf seinem Schreibtisch. »Setzen Sie sich, und schießen Sie los.«

Pierre, der einem nie richtig in die Augen sehen konnte, nickte fahrig und vertiefte sich in die Unterlagen. »Da wäre einmal der Verstorbene selbst: Alexandros Dimitriadis, ehemals Kommandeur der griechischen Küstenwache, musste sich mehrmals vor Gericht verantworten, jedes Mal ging es um Ungereimtheiten bei Grundstücksverkäufen. Zuletzt ist er zu einer Geldstrafe verurteilt worden und hat zudem einen Teil seiner Pensionsansprüche eingebüßt.«

»Mit anderen Worten: Er war pleite.«

»Viel dürfte ihm nicht geblieben sein«, bestätigte Pierre und tauchte sofort wieder in seine Papierflut ein. »Ruben van Dijk, der als Verbindungsoffizier bei Europol arbeitete, ist ebenfalls aktenkundig: Es gab einige Disziplinarverfahren gegen ihn, bei denen es – wenn meine Informationen stimmen – um Vorwürfe der Rechtsbeugung ging.«

»Ja, er ist ein harter Hund«, gab sich Lefèvre wenig überrascht. »Und weiter?«

»Geraldine Walker, emeritierte Professorin der London Metropolitan University, taucht als Zeugin in einem Todesfall aus den frühen Siebzigerjahren auf.«

»In den Siebzigern? Da haben Sie aber ganz tief gegraben.«

»Bei der Toten, einer wissenschaftlichen Mitarbeiterin, die ebenfalls an der Universität tätig gewesen war, wurde zunächst eine ungeklärte Todesursache angenommen, später kam das Ganze als Suizid in die Akten. Wie sich herausstellte, hatte sie sich mit einer Überdosis Schlaftabletten das Leben genommen.«

»Interessant, aber verdammt lange her«, meinte Lefèvre. »Weiter bitte.«

»Louanne Chevalier, Ex-Agentin bei Interpol in Lyon, war im Jahr 1999 an einem tödlichen Verkehrsunfall beteiligt. Der an Ort und Stelle verstorbene Radfahrer war angetrunken, fuhr ohne Licht und mitten auf der Straße. Wie aber aus den Protokollen hervorgeht, stand auch Madame Chevalier an dem Abend unter Alkoholeinfluss.«

Lefèvre hob die Brauen. »Sie hatte zu tief ins Glas geschaut?«

»Laut den Unterlagen ja. Sie gab zwar an, nicht am

Steuer gesessen zu haben. Doch sicher sein kann man in solchen Fällen ja nie.«

Interessant, dachte Lefèvre und fragte: »Wer soll das Auto denn sonst gelenkt haben? Ihr Mann?«

»Nein, ihr Mann war nicht dabei. Gefahren ist laut Protokoll ein Teilnehmer des Kongresses, den beide besucht hatten. Es handelte sich um einen gewissen ...«

»Um einen gewissen ...? Sagen Sie schon!«

»Um eine Person namens A. Dimitriadis, griechischer Staatsbürger.«

»Oha!« Lefèvre blies die Wangen auf. »Das nenne ich einen Volltreffer. Haben Sie sonst noch etwas für mich, Sie Wunderkind?« Für den Einsatz auf der Straße mochte sein Adjutant nicht geeignet sein, sehr wohl aber für die Schreibtischarbeit. In der geschützten Umgebung seines Büros wandelte sich der ängstliche Pierre zum Spürhund.

»Ja, wir haben noch jemanden mit erheblichen finanziellen Problemen, bei dem sogar schon gepfändet wurde«, informierte ihn Pierre. »Kriminaloberrat a.D. Karl-Wilhelm Becker ist hoch verschuldet. Wie ich aus seinem Umfeld erfahren konnte, leidet er unter Spielsucht, verweigert aber eine Therapie.«

»Spielsucht?« Was mochte bloß noch alles zutage treten?

»Ja, Onlinespiele, Wetten et cetera. Das Potenzial für Suchtverhalten ist in diesem Bereich sehr groß, gerade bei alten, vereinsamten Menschen.«

»Wenn Sie das sagen ...« Lefèvre versuchte, einen Zusammenhang mit dem Todesfall herzustellen. »Stand Becker etwa bei Dimitriadis in der Kreide, und verlangte dieser womöglich sein Geld zurück?«

»Darüber liegen mir keine Informationen vor. Aber ich werde mich darum kümmern.«

»Lassen Sie nur, Pierre, das mache ich selbst. Mal sehen, wie dieser ›Kim‹ reagiert, wenn ich ihn mit unserem neuen Wissen konfrontiere.« Lefèvre zeigte ein sehr zufriedenes Lächeln. »Was ist mit dem Letzten im Bund? Diesem früheren Rechtsmediziner.«

Pierre legte den Papierstoß beiseite und sah Lefèvre betreten an. »Das ist …«, druckste er herum. »Wie soll ich das sagen?«

»Immer frei von der Leber weg!«, ermunterte Lefèvre ihn.

»Eine ziemlich traurige Geschichte«, erklärte Pierre sichtlich bewegt.

»Nun sagen Sie schon: Was liegt gegen diesen alten Ganoven vor?«

»Gar nichts. Jedenfalls konnte ich nichts finden.«

»Warum gucken Sie dann wie sieben Tage Regenwetter?«

Pierre schluckte. »Monsieur Nowak musste seine Krakauer Stadtwohnung vor etwa einem Jahr aufgeben und wurde von seiner Nichte in ein Heim gebracht. Eine Art betreutes Wohnen.«

»Ein Heim?«, wunderte sich Lefèvre und versuchte, sich den hageren Senior mit den schütteren schwarzgrauen Haaren vor Augen zu führen. Einen übermäßig gebrechlichen Eindruck hatte er eigentlich nicht gemacht, selbst wenn er nicht mehr so gut zu Fuß war. »Was denn für ein Heim?«

»Eine Einrichtung für Demenzkranke. Als ich dort anrief, zeigte sich die Dame, mit der ich sprach, sehr bestürzt.

Man wusste nichts von Nowaks Reise nach Frankreich. Seine Nichte ist in heller Aufregung, und es sollte eine Vermisstenmeldung über Radio gespielt werden. Ich konnte die Dame beruhigen, aber ich fürchte, wir haben da jetzt ein Problem.«

Lefèvres zuversichtliches Lächeln fiel in sich zusammen.

Marseille, Hauptquartier der Police Nationale

Dass Ruben den Ton angab, ausgerechnet hier in ihrem Land, gefiel Louanne nicht besonders. Breitbeinig stand er da und dominierte mit seiner Präsenz und Stimme das schmuddelige kleine Sitzungszimmer im Keller, von dem es hieß, es sei abhörsicher. Argwöhnisch verfolgte sie seinen großspurigen Auftritt vor den wenigen Eingeweihten, neben ihr selbst und dem kurzfristig angereisten Kim waren dies zwei ranghohe Vertreter der örtlichen Polizei sowie eine Abgesandte des Präfekten, allesamt zur Geheimhaltung verpflichtet. Alexandros, Geraldine und Kasimir wollten ebenfalls dazustoßen, waren aber noch unterwegs.

Aus den angestrengt wirkenden Gesichtern schloss Louanne, dass die Zuhörer ihre liebe Not damit hatten, Rubens Ausführungen zu folgen, denn er sprach Englisch.

Nachdem sie eine Weile zugehört und -gesehen hatte, unterbrach sie Rubens Redeschwall und begann zu übersetzen: »Marcello Ferraro hat dem von uns eingefädelten Treffen zugestimmt. Er glaubt, sich mit einem Handelspartner für den französischen Markt zu treffen, um mit ihm einen Deal abzuschließen, und zwar über das gesamte Kontingent an Drogen, das Ferraro in Frankreich absetzen will. Der vermeintliche Großkunde, unser V-Mann, beharrt auf einer Zusammenkunft mit dem Kopf des Syndikats, sonst käme der Vertrag nicht zustande. Weil es um sehr viel Geld geht, ist Ferraro von seiner üblichen Vorgehensweise abgewichen und hat eingewilligt, das Geschäft persönlich abzuwickeln. Damit hätten wir den Kreis geschlossen: die Zusage zu Bereitstellung, Lieferung und Verkauf. Die Ankunft seines Privatjets, einer Hawker 800, ist am Aéroport Marseille Provence für zehn Uhr Ortszeit angekündigt.« Sie sah auf die Uhr. »Also in wenigen Minuten. Er und seine Begleiter haben sich im *Hotel Intercontinental* einquartiert.« Louanne kannte die Nobelherberge, aber leider nur von außen. Ein wunderschönes Gebäude aus dem 18. Jahrhundert mitten in der historischen Altstadt von Marseille, der Alte Hafen lag nur einen Katzensprung entfernt. Ein Zimmer dort hätte sie sich nicht leisten können.

Sie fuhr fort: »Das Stelldichein mit unserem Strohmann soll dort im Foyer stattfinden. Ganz öffentlich, so hat es Ferraro gewollt. Wir gehen davon aus, dass er den potenziellen Kunden zunächst von Angesicht zu Angesicht kennenlernen möchte, bevor es zu ernsthaften Verhandlungen kommt. Er wird unseren Mann in der Empfangshalle auf Herz und Nieren prüfen, wie es so schön heißt. Die Übergabe einer Probe, anhand der die Qualität der Ware eingeschätzt werden kann, findet dann wahrscheinlich erst im Hotelzimmer statt, in der Präsidentensuite.«

»Ich kann nur hoffen, dass ihr für diese Aufgabe den Richtigen ausgesucht habt«, sagte Geraldine, die mit Mantel über dem Arm und kleiner Reisetasche in der Hand den Raum betrat. Die Strapazen der kurzfristigen Anreise waren ihr anzumerken. »Ferraro hält sich nicht umsonst seit Jahren ganz an der Spitze in diesem Business, er hat einen siebten Sinn für Tricks und Täuschungen.« Sie holte

Atem. »Bei der Auswahl des V-Manns wäre ich gern dabei gewesen.«

»Es durfte zu seinem eigenen Schutz nicht an die große Glocke gehängt werden und musste schnell gehen«, erklärte Ruben. »Nachdem Ferraro den Köder geschluckt hatte, durften wir keine Zeit verlieren. Aber keine Sorge: Der Mann ist gut. Franzose, schon mehrfach als verdeckter Ermittler eingesetzt und immer erfolgreich. Ein dunkler Typ, wirkt verschlagen und undurchschaubar. Wenn du ihn siehst, wirst du nicht glauben, dass er einer von uns ist.«

»Ist er schon verkabelt?«, wollte Kim wissen.

»Nein, diese Möglichkeit scheidet leider aus«, antwortete einer der beiden Polizeioffiziere, der sich ihnen als Spezialist für Abhörtechniken vorgestellt hatte. »Das Körpermikrofon könnte zwar so versteckt sein, dass es bei einer oberflächlichen Leibesvisitation nicht auffällt. Aber spätestens vor dem Betreten von Ferraros Hotelsuite wird man unseren Mann ganz genau unter die Lupe nehmen, wir haben es ja mit Profis zu tun. Nein, Monsieur, stattdessen setzen wir vom Nachbargebäude ein neuartiges Abhörverfahren ein.«

»Etwa Richtmikrofone? Wie soll das klappen, wenn die Fenster geschlossen sind?«, hinterfragte Kim.

»Nein, wir machen das mithilfe eines Lasers. Die Schallwellen, die bei den Gesprächen erzeugt werden, bringen die Fensterscheiben zum Schwingen. Unser Algorithmus wandelt das dann wieder in Sprache um. Diese Methode ist für unseren verdeckten Ermittler ungleich sicherer, denn die Belauschten merken nichts davon.«

Louanne hatte von diesem Verfahren gehört, es aber noch bei keinem ihrer Einsätze getestet. Deshalb traute sie der Technik nicht vollständig. Da auch bei den anderen Vorbehalte bestanden, lieferte der Kollege eine genauere Erklärung.

»Wie gesagt: Die Scheibe schwingt, und damit ändert sich die Laufzeit des reflektierten Laserlichts minimal. Die Laufzeit kann man wie bei einer CD vierzigtausendmal pro Sekunde messen und daraus genau wie bei der Compact Disc eine Schallwelle rekonstruieren. Sie fragen sich, warum vierzigtausendmal pro Sekunden, wenn unser Ohr doch nur zwanzigtausend Hertz, also Schwingungen pro Sekunde, hören kann? Das ist wegen des Abtasttheorems von Shannon. Man braucht mindestens zwei Messpunkte, um die höchste Sinuswellenfrequenz …«

»Danke, das reicht uns schon«, ging Ruben dazwischen.

Für Louannes Empfinden klang die geschilderte Methode kompliziert, und die Erfahrung sagte ihr, dass komplizierte Verfahren fehleranfällig waren. Sie hatte trotz der wortreichen Erklärungen kein besonders gutes Gefühl bei der Sache.

»Die GIPN stehen mit einer Einheit in Bereitschaft«, ergänzte der andere Offizier.

Die »Groupes d'Intervention de la Police Nationale« waren als Eingreiftruppen für ebensolche Aufgaben ausgebildet, wusste Louanne. Sobald Ferraro überführt war, würden diese Spezialisten das Hotelzimmer stürmen, den eigenen Mann aus der Schusslinie ziehen und Beweise sichern.

»Der Kommandeur bittet um die genaue Anzahl der Zielpersonen«, fuhr der Offizier fort. »Ist schon bekannt, mit wie vielen Begleitern der Verdächtige anreist?«

Nein, dachte Louanne, aber das würden sie bald erfahren. Eine Kontaktfrau beim General Aviation Terminal des Flughafens, dem Gate für VIPs und Crews von Privatflugzeugen, hatte zugesagt, die Anzahl durchzugeben, sobald Ferraros Tross an ihr vorbeigezogen war. Louanne tippte auf drei bis vier Bodyguards und einen Buchhalter. Die Besatzung des Jets stieg wahrscheinlich in einem anderen Hotel ab, vermutete sie.

Wie auf Kommando klingelte das Telefon, das auf dem Konferenztisch stand. Es musste die Frau vom Terminal sein, der sie diese Nummer gegeben hatte. Ehe Louanne den Hörer erreichen konnte, schnappte ihn sich Ruben und grinste sie dabei frech an. Das war dreist. Aber Dreistigkeit siegte, musste sich Louanne eingestehen und dachte an die Nacht in Den Haag, in der Ruben sie mit einer ganz ähnlichen Unverfrorenheit erobert hatte.

Das Gespräch dauerte nicht lang, doch als es beendet war und Ruben den Hörer auf die Gabel legte, war von seinem Grinsen nicht mehr viel übrig. Er sah ratlos aus, vor allem aber überrascht.

»Wie viele Leibwächter hat er denn dabei?«, fragte Louanne.

»Deinem Gesichtsausdruck nach zu urteilen, Ruben, muss es eine Hundertschaft sein!«, rief Kim und lachte auf.

Louanne wusste nicht, was daran lustig sein sollte, und wartete gebannt auf Rubens Antwort.

Der ließ sich Zeit, bevor er mit verhaltener Stimme bekannt gab: »Es sind nur zwei.« Mit gespreizten Fingern kämmte er sich die blonde Mähne zurück. »Zwei Bodyguards sowie ein schmalbrüstiger Brillenträger, wohl sein Finanzberater. Allerdings …«

»Allerdings?«, fasste Louanne nach.

»Ferraro hat wider Erwarten seine Familie mitgebracht. Seine Frau und die kleine Tochter. Sehr ungewöhnlich bei einer solchen Geschäftsreise. Nach allem, was wir wissen, lässt Ferraro die beiden normalerweise in der gut geschützten Villa bei Neapel.«

»Dann wissen wir eben doch noch nicht alles über ihn«, sagte Geraldine streng und warf Ruben einen tadelnden Blick zu. »Ich habe immer davor gewarnt, die Sache zu überstürzen. Gerade auch vor dem Hintergrund des Fiaskos in Griechenland. Aber nun gibt es wohl kein Zurück mehr.«

Nachdenklich drückte sich Louanne an die Stuhllehne. Ferraro hatte Frau und Kind mitgebracht? Was hatte das zu bedeuten? Benutzte er sie, um nach außen hin den Schein zu wahren und die bürgerliche Fassade aufrechtzuerhalten? Oder wollte er auf diese Weise einen Polizeizugriff erschweren? Oder vielleicht wollte seine Frau auch einfach nur mal nach Südfrankreich?

Wie auch immer: Ganz sicher machte es ihre Aufgabe nicht leichter.

GERALDINE

»Wenn wir diesen Punkt überspringen könnten, wäre ich Ihnen sehr verbunden«, sagte Geraldine und drapierte die gefalteten Hände auf den Knien.

»Sie wissen, dass wir fürs Protokoll Ihre persönlichen Daten mit denen auf Ihren Reisedokumenten abgleichen müssen, Mrs Walker«, entgegnete Capitaine Lefèvre stoisch, »bei unserem ersten Gespräch sind Sie uns diese nämlich schuldig geblieben.« Der Capitaine machte heute keinen sonderlich glücklichen Eindruck. Weniger noch als an den letzten beiden Tagen. Was an den beengten Verhältnissen in dem besenkammerähnlichen Raum seines »Außenbüros« liegen könnte, in dem er seine Befragungen durchführte. Oder Kim hatte ihm die Laune verdorben: Er war vor ihr zum Verhör gerufen worden, und das Wortgefecht, das sich beide geliefert hatten, war bis ins Foyer zu hören gewesen. Vielleicht passte es ihm aber auch einfach nicht, dass er sich kurz vor dem Fest mit so etwas Lästigem wie einem Mordfall befassen musste. Geraldine schätzte ihn als gemütlichen Familienmenschen ein, der sich Le Lavandou nicht nur aufgrund der angenehm milden Temperaturen ausgesucht hatte, sondern auch wegen der niedrigen Kriminalitätsrate, zumindest, was Verbrechen gegen Leib und Leben anbelangte.

»Das hält uns doch nur auf, und ich möchte keinesfalls

das Bingospiel versäumen, das die Martins um elf für uns ausrichten«, protestierte sie. »Alles, was Sie brauchen, steht auf meinem Reisepass.«

Lefèvre drehte sich nach dem hinter ihm sitzenden Adjutanten um, der ratlos die Schultern nach oben zog. »Bis elf ist es ja noch eine Weile hin«, sagte der Capitaine.

»Na schön, wenn Sie darauf bestehen.« Geraldine rümpfte die Nase. »Alter siebenundsiebzig, geboren als Geraldine Mary Ann Clark in der Grafschaft Sussex, genauer in Swanborough, aber das sagt Ihnen wahrscheinlich nichts. Oder sind Ihnen die Swanborough Lakes ein Begriff? Sehr schön dort.«

»Nein, bedauere, ich bin nie in dieser Gegend gewesen.«

Das hatte Geraldine auch nicht erwartet. Als Nächstes ratterte sie ihren Lebenslauf herunter und nannte ihren heutigen Wohnort in London. »Mutter von drei erwachsenen Kindern und glücklich geschieden seit 1997«, endete sie und fuhr fort: »Können wir jetzt endlich zur Sache kommen? Sie möchten die Ermittlungen gewiss nicht unnötig in die Länge ziehen, Capitaine.«

Dass das Bingospiel zwar ein wichtiger, aber nicht der einzige Grund für ihre Eile war, behielt Geraldine für sich. Sie wollte die Vernehmung nur deshalb so schnell wie möglich hinter sich bringen, um sich ihren eigenen Ermittlungen widmen zu können, wähnte sie sich doch auf einer brandheißen Spur. Im Prinzip könnte sie Lefèvre hier und jetzt einweihen, woraufhin dieser große Augen machen und alles stehen und liegen lassen würde. Er würde sich auf Geraldines Spur stürzen, so viel war klar. Doch das wollte sie nicht. Noch nicht. Zunächst musste sie den ganzen Club im Wintergarten zusammentrommeln und das, was sie glaubte herausgefunden zu haben, ihrer versammelten Mannschaft präsentieren. Behielt sie recht, gebührte der imaginäre Pokal für die beste Detektivin in diesem Jahr ihr – und Ruben würde sich schwarzärgern.

»In welchem Verhältnis standen Sie zu dem Verstorbenen?«, erkundigte sich Lefèvre und schaffte es, in diesen simplen englischen Satz zwei Fehler einzubauen.

Und überhaupt: Was sollte das denn für eine Frage sein? Erwartete Lefèvre darauf etwa eine ehrliche Antwort? Natürlich würde sie lauten: in einem guten. Alles prima. Alexandros und ich waren schon immer *best friends*. Dass es zwischen Geraldine und ihm durchaus Reibereien gegeben hatte, die sich in der Regel an Alexandros' undurchsichtigen Nebengeschäften entzündeten, würde sie ihm ganz sicher nicht auf die Nase binden. Das Jonglieren mit Grundstücken und entsprechend hohen Geldbeträgen machte Alexandros in ihren Augen anfällig für Korruption, aus Geraldines Sicht ein *No-Go* für einen Polizisten. Außerdem war da ja noch der Vorfall vor zwei Jahren, als er Louanne und sie im Kaminzimmer heimlich belauscht hatte. Sie hatte für Alexandros immer Sympathie aufgebracht, ihr volles Zutrauen jedoch hatte er seitdem nicht mehr genossen.

»Also?«, hakte Lefèvre nach.

»In einem guten Verhältnis. Alles prima. Alexandros und ich waren schon immer *best friends*«, antwortete Geraldine mit selbstsicherem Lächeln. »Aber falls Sie sich erinnern: Genau das Gleiche haben Sie mich schon beim letzten Verhör gefragt.«

Lefèvre nahm diese Auskunft mit einem leichten Nicken zur Kenntnis. »Sie alle sind ›*best friends*‹. Eine ähnliche

Auskunft wie diese habe ich nämlich auch von Ihren Bekannten bekommen.«

»Wir verstehen uns eben gut, das macht wahre Freundschaft aus.«

»Freunde? Wollen wir Sie nicht eher Mitbewerber nennen oder Konkurrenten?«

Geraldine, die das Gespräch bis eben nicht wirklich ernst genommen hatte, fühlte sich herausgefordert. Hatte sie diesen kleinen, pummeligen Gendarmen etwa unterschätzt? »Das eine muss das andere nicht ausschließen«, entgegnete sie. »Ja, manchmal sind wir Rivalen, aber wir lieben uns. Glauben Sie mir: Ich möchte keinen der anderen missen.«

»Wie mir scheint, wollen Sie sich trotz aller Freundschaft gegenseitig nichts gönnen«, redete Lefèvre weiter. »Das, was Sie hier seit vielen Jahren praktizieren, hat nicht das Geringste mit einer gemütlichen Kaffeefahrt für Rentner zu tun, sondern ist ein knallharter Wettbewerb. Sie wetteifern aber diesmal nicht nur untereinander, sondern auch mit uns, der Polizei. Das kann ich nicht tolerieren.«

Geraldines Augenlider begannen zu flattern, und sie konnte nichts dagegen tun. »Möglicherweise haben Sie mit dieser Vermutung nicht ganz unrecht«, rang sie sich ab. »Ich kann Ihnen jedoch versichern, dass wir Sie in unsere Erkenntnisse einbeziehen. Früher oder später.«

»Das reicht mir nicht!«, beharrte Lefèvre. »Ich möchte jetzt sofort wissen, ob Sie mir Informationen vorenthalten, und wenn ja, welche.«

»Informationen? Außer blanken Vermutungen, Hypothesen könnte ich Ihnen nichts bieten, Capitaine.«

Lefèvre ließ sich davon nicht blenden und blieb beharrlich. Zwar gelang es Geraldine, standhaft zu sein, doch es kostete sie mehr Kraft als erwartet. Sie verfügte wohl doch nicht mehr über so viel Willensstärke wie früher, musste sie sich eingestehen.

Endlich, nach einer geschlagenen Stunde, ließ Lefèvre von ihr ab.

»Sie dürfen gehen«, sagte er.

Geraldine atmete auf und rückte den Stuhl zurück.

Sie wähnte sich bereits in Sicherheit, als der Capitaine anmerkte: »Eines noch.«

»Ja?«

»Das Siegel an der Zimmertür von Monsieur Dimitriadis ist gebrochen worden. Sie wissen nicht zufällig, wer das gewesen sein kann?«

Geraldine zuckte mit dem Schultern. »Nein. Ist denn etwas weggekommen?«

»Wir konnten nichts feststellen, offenbar ist alles noch an seinem Platz.«

»Na, dann hat sich das Siegel vielleicht von selbst gelöst. Kann ich jetzt gehen?«

»Das können Sie. Aber ich möchte Ihnen etwas mit auf den Weg geben.«

»Was denn noch?«, fragte Geraldine ungeduldig.

»Sie sagten vorhin, dass Sie und Ihre Freunde sich ›lieben‹. Gehört zur Liebe nicht auch so etwas wie Fürsorge?«

Geraldine kniff die Augen zusammen. Worauf wollte der Capitaine nun wieder hinaus?

»Ist Ihnen bekannt, dass Ihr Freund Kasimir Nowak Bewohner eines Heims für Demenzkranke ist und dort als abgängig gilt?«

Geraldine fuhr zusammen. »Wie bitte? Was sagen Sie da?«

»Er hat sich nicht abgemeldet, bevor er nach Frankreich reiste. Man macht sich große Sorgen um ihn. Sie und Ihre Bekannten sollten sich dringend darum kümmern.«

KIM

Für zwölf Uhr, also gleich nach dem Bingo in gut einer Stunde, hatte Geraldine alle in den Wintergarten einbestellt. Die Dringlichkeit, mit der sie die Einladung aussprach, ließ Kim vermuten, dass sie eine wichtige Entdeckung gemacht hatte.

Während er auf der Bettkante in seinem Zimmer saß, grübelte er darüber nach, um welche Erkenntnis es sich handeln könnte. Geraldine war ein schlauer Kopf, und es lag nahe, dass sie bei ihren Nachforschungen auch vor den eigenen Freunden nicht haltmachte. War sie also darauf gekommen? Hatte sie herausgefunden, dass er bei Alexandros tief in der Kreide stand?

Das Geld brauchte er nun nicht mehr zurückzuzahlen, denn Alexandros und er selbst waren die einzigen Menschen, die von dem Kredit wussten. Und den einzigen Beleg, einen Wechsel mit beiden Unterschriften, hatte Kim letzte Nacht verbrannt. Trotzdem war er seiner Sache nicht sicher, denn er konnte ja nicht ausschließen, dass Alexandros mit jemand anderem darüber gesprochen hatte, zum Beispiel mit Geraldine.

Kim ließ den Kopf hängen und starrte auf seine Füße. Das brachte ihn auf andere, sehr viel profanere Gedanken. Weniger maßgeblich als die Schulden, jedoch ebenso Bestandteil seines betrüblichen Alltags: Sobald er wieder zu

Hause war, musste er dringend einen Termin bei der Pediküre vereinbaren. Schon lange konnte er sich nicht mehr tief genug bücken, um die Zehen zu berühren, eine eigenhändige Fußpflege war für ihn wortwörtlich in weite Ferne gerückt. Das hing mit seiner Körperfülle zusammen, dem dicken Bauch und der allgemein eingeschränkten Beweglichkeit. Neulich war es ihm sogar passiert, dass er sich aus einem Sessel mit niedriger Sitzfläche nicht mehr allein erheben konnte. Es war ein Jammer, was das Alter mit einem anstellte – besonders, wenn man nichts dagegen unternahm, musste er sich eingestehen.

Es klopfte an der Tür. Hatte er sich etwa in der Zeit vertan, und es war schon zwölf? Holte Geraldine ihn etwa höchstpersönlich ab, damit er nicht kneifen konnte? Nein, es war nicht mal elf, verriet ihm ein Blick auf die Armbanduhr.

»Herein!«, rief er, weil er nicht eigens aufstehen wollte, um die Tür aufzumachen. »Ist nicht zugesperrt.« Da sich nichts tat, rief er noch einmal lauter: »HEREIN!«

Nun wurde die Klinke betätigt. Doch nicht die ebenso schmale wie energische Geraldine stand im Rahmen, sondern Ruben.

»Du, Ruben? Willst du, dass ich dich zum Bingo begleite?«, riet Kim. »Du weißt doch, dass mir das nicht liegt.«

»Nicht?«, entgegnete der unerwartete Besucher und schloss die Tür hinter sich. »Ich dachte, das Spielen gehört zu deinen größten Leidenschaften.« Mit wenigen Schritten durchmaß er den Raum und ließ sich neben Kim auf das Bett sinken.

»Aber nicht Bingo«, stellte Kim klar und fand, dass ihm

Ruben etwas zu dicht auf den Leib rückte. Tat er das, um Kim besser hören zu können?

»Ja, ist mir bekannt«, sagte Ruben mit seltsam wissendem Grienen.

»Was ist dir bekannt?«, fragte Kim mit aufkommendem Unbehagen.

Ruben behielt sein süffisantes Lächeln bei, als er ausholte: »Ich komme gerade aus dem Wintergarten. Geraldines ›freundliche‹ Einladung für heute Mittag hat meine Neugierde geweckt, und ich dachte, ich würde etwas finden, das Aufschluss darüber gibt, was uns um zwölf Uhr erwartet.«

»Und? Hast du etwas gefunden?«

»Nein. Jedenfalls nichts, was etwas über die Pläne unserer Eisernen Lady verrät. Auch dein Computer hat nichts dazu ausgespuckt.«

»Du bist an meinem Notebook gewesen?« Kim zog erbost die Brauen zusammen.

»Du hast es ja ganz offen stehen lassen, das Passwort auf den Deckel geklebt. Ich empfand das als Einladung.«

»Na schön, mein Fehler. Aber das nächste Mal möchte ich vorher gefragt werden.«

Ruben ging darüber hinweg. »Interessant war es trotzdem. Deine Favoritenleiste fürs Internet lässt tief blicken. Die vielen Spieleportale, bei denen du angemeldet bist, sprechen für sich, und bei allen geht es um den Einsatz von Geld. Echtem Geld. Bei Sportwetten kann ich das ja bis zu einem gewissen Grad nachvollziehen, aber dieser ganze andere Mist ist reine Abzocke. Warum gibst du dich damit ab?«

Kim setzte sich gerade auf. »Erstens geht dich das nichts

an, Ruben«, stellte er klar. »Zweitens habe ich ein System, und mit einem guten System kannst du richtig viel Gewinn machen. Den Einsatz vervielfachen! Ja, das ist möglich, du brauchst mich gar nicht so zweifelnd anzusehen. Es gibt Anleitungen auf YouTube und eine Menge Beispiele für Leute, die es damit zum Millionär gebracht haben.«

»Auf YouTube? Für dermaßen leichtgläubig hätte ich dich wirklich nicht gehalten.« Ruben sah ihn besorgt an. »In Wahrheit spielst du gar nicht, um dein Geld zu vermehren, sondern weil dir langweilig ist. Zu Hause fällt dir die Decke auf den Kopf, das eintönige Rentnerdasein ödet dich an. Das Spielen ist Mittel zum Zweck und dient der Ablenkung, weil du es sonst nicht aushalten würdest. Spätestens seit dem Tod deiner Frau ist dein Leben vollends inhaltslos geworden. Es gibt nichts, wofür es noch lohnt, morgens aufzustehen.«

»Hört, hört: Menschenversteher Professor Dr. Ruben hat gesprochen! Machst du Geraldine neuerdings Konkurrenz?«

»Ist es denn wirklich so abwegig, was ich sage? Sehnst du dich nicht Tag für Tag nach den alten Zeiten beim BKA zurück? Wärst du nicht gern wieder bei der Truppe?«

»Ach was!« Kim machte eine wegwerfende Handbewegung. »Nein, zurück in den aktiven Dienst möchte ich ganz bestimmt nicht, selbst wenn das ginge. Das ist nicht mehr meine Welt. Zu meiner Zeit saßen wir in verqualmten Büros, riefen den Frauen Dinge hinterher, die heute als Belästigung gelten, und gingen nach Dienstschluss in den *Goldenen Anker*, um uns drei oder vier Pils und ein paar Schnäpse hinter die Binde zu kippen. Die neue Generation trinkt nicht mehr, ist *politically correct*, und statt an echten Zigaretten nuckeln sie heute an diesen fürchterlichen E-Stangen. Nein danke, ohne mich. Ich bin zufrieden mit meinem Leben, so wie es ist. Dass ich gern spiele, ist einfach nur ein schöner Ausgleich für mich und wird sich eines Tages doppelt und dreifach auszahlen.«

Ruben ließ das zunächst so stehen, um dann unvermittelt festzustellen: »Reden wir Tacheles: Dass du bei deinen vielen Online-Games, Sportwetten und fragwürdigen Bitcoin-Deals auf der Gewinnerseite stehst, redest du dir ein, Kim. System hin oder her: Die Masse deiner Einsätze verlierst du, und trotzdem hörst du nicht auf. Wie viel von deiner Rente bleibt dir noch? Oder ertrinkst du längst in Schulden? Du bist spielsüchtig, Kim. Ist dir das bewusst?«

Kim erstarrte. Ruben hatte ausgesprochen, was er seit Langem verdrängte. Er klammerte sich an seine Spielsysteme wie an einen Strohhalm, obwohl ihm klar sein musste, dass dieser Halm schon längst abgeknickt war.

Ruben ließ nicht locker. »Wie kannst du denn deine Verbindlichkeiten decken? Wohl kaum durch ein Darlehen bei deiner Bank, weil jeder seriöse Kreditbearbeiter sehr schnell das Loch ohne Boden erkennen würde. Hast du dir vielleicht privat etwas geliehen? Bei einem guten Freund? Bei einem ganz bestimmten guten Freund?«

Kim merkte, wie seine Hände zu zittern begannen. »Du weißt es, ja?«, fragte er. »Du weißt von meinen Schulden bei Alexandros. Aber Ruben, ich versichere dir: Ich habe ihn nicht getötet. Das bin ich nicht gewesen!«

Ruben schwieg, doch seine Augen ruhten unverwandt auf Kim.

»Ehrlich, du musst mir glauben«, flehte Kim. »Ja, es stimmt, dass mir Alexandros geholfen hat, er gab mir eine

Art Überbrückungskredit. Und zur Wahrheit gehört auch, dass er das Geld zurückverlangte. Damit wäre ich dann endgültig blank gewesen. Trotzdem wäre es mir nie eingefallen, ihm etwas anzutun. Ganz gewiss nicht!«

Ruben blieb besonnen und gefasst, als er vertraulich seine Hand auf Kims Schulter legte. »Ich glaube dir, Kim. Den anderen gegenüber werde ich kein Wort darüber verlieren.«

»Danke!«, atmete Kim auf. »Du bist ein wahrer Freund.«

»Aber dafür erwarte ich von dir, dass wir uns ab jetzt zusammentun. Mehr noch als bisher. Wir stehen ab sofort Seite an Seite, zwischen uns passt kein Blatt. Gehst du da mit?«

»Ja!«, beteuerte Kim.

»Das, was du weißt, will ich auch wissen.«

Kim nickte. Was blieb ihm anderes übrig? »Ich halte dich über alles, was ich in Erfahrung bringe, auf dem Laufenden«, versprach er.

Ruben wirkte zufrieden, als er das Zimmer verließ. Kim blieb noch eine Weile auf der Bettkante sitzen und hing seinen Gedanken nach.

Es war schon seltsam, dass Ruben ihm Spielsucht vorwarf, obwohl er selbst doch der größte Spieler von ihnen allen war. Bei der Jagd nach dem Mörder wollte er unbedingt auf der Gewinnerseite stehen. Koste es, was es wolle.

War das nicht auch eine Art von Abhängigkeit? Geltungssucht?

Marseille, Hotel Intercontinental

Inzwischen waren sie komplett. Alles andere hätte Louanne sehr gewundert, denn keiner wollte das große Finale verpassen: die Festnahme von Marcello Ferraro, nachdem sie ihn auf frischer Tat ertappt hatten! Der Sieg schien zum Greifen nahe.

Zusammengepfercht in einem Renault-Lieferwagen, der von außen die Beschriftung »France Télécom« trug, wirkte jeder etwas angespannt, was sie an Rubens verbissenem Gesichtsausdruck ablesen konnte und an der Art, wie Geraldine die Kopfhörer auf ihre Ohren presste, durch die sie live mitverfolgen konnte, was sich in der Empfangshalle des *Hotel Intercontinental* tat. Dort hielten sich getarnte Kollegen auf, die alles genau im Blick hatten. Auch Alexandros stand sichtlich unter Strom, lediglich Kim ließ sich nichts anmerken. Er schaffte es, es sich in dem engen Laderaum des Lieferwagens auf einem Klappsitz bequem zu machen, indem er die Beine auf der Konsole mit den Tonbandgeräten ablegte, die den Gesprächsverlauf zwischen Ferraro und dem Kontaktmann festhalten sollten.

Nun war es also so weit. Der große Deal war so gut wie eingefädelt. Nur noch wenige Minuten, dann wurde Ferraro hoffentlich das schmutzige Handwerk gelegt. Louanne hatte diesem Augenblick lange entgegengefiebert.

»Bekommen wir keine Probleme wegen der Familie?«, wagte Alexandros noch anzumerken. »Die Frau und das Kind – was, wenn sie sich bei unserem Zugriff im selben Raum aufhalten? Ferraro könnte sie als menschliche Schutzschilde benutzen, um zu entkommen.«

»Die eigene Familie zu Geiseln machen?« Ruben schüttelte entschieden den Kopf. »Nie im Leben! Eher das Gegenteil: Um die Frau und das Mädchen zu retten, wird sich Ferraro ergeben, sobald unsere Spezialeinheit das Hotelzimmer stürmt. Wir können von dieser neuen Konstellation nur profitieren.«

Alexandros wirkte nicht überzeugt, doch Kim schloss sich Rubens Zuversicht an. »Der Offizier, der den Einsatz leitet, hat seine Leute gebrieft. Die wissen, dass sich die Zielperson mit Zivilisten umgibt. Alles wird gut.«

Auch Louanne war geneigt, an das zu glauben, was Ruben prophezeite. Andererseits hatte sie während ihrer Laufbahn als Interpolagentin wiederholt Polizeiaktionen miterlebt, die trotz penibler Vorbereitung gründlich danebengegangen waren. Denn Einsatzszenarien zu planen war die eine Sache, sie erfolgreich durchzuführen eine ganz andere.

Wie aufs Stichwort hob Geraldine plötzlich die Hand. »Da stimmt etwas nicht«, sagte sie, während sie weiter gebannt zuhörte, was die Kopfhörer aus dem Hotel übertrugen.

»Was ist los?«, wollte Kim wissen und nahm die Füße vom Tisch.

»Die wollen gar nicht nach oben in Ferraros Suite«, antwortete sie.

»Nicht?«, wunderte sich Ruben. »Wohin denn sonst?

Sie werden das Geschäft wohl kaum in der Lobby abwickeln.«

Geraldine winkte ab und hörte weiter zu. Nach etwa einer halben Minute, die Louanne vorkam wie eine Ewigkeit, riss sie sich die Hörer vom Kopf und rief: »Die reisen ab! Sie haben nicht gesagt, wohin, aber unser Mann soll mitkommen.«

Für einen Moment herrschte verblüfftes Schweigen. Dann schob Ruben den Vorhang eines Seitenfensters einen Spaltbreit auf. Louanne stellte sich neben ihn, um auch hinauszuspähen.

Zwei dunkle Limousinen rauschten heran und blieben vor der mondänen Hotelzufahrt stehen. Die Chauffeure sprangen heraus und rissen die Türen auf. In diesem Moment verließen Ferraro und sein Tross gemeinsam mit Frau und Kind die Empfangshalle und strebten auf die bereitstehenden Wagen zu. Mitten unter ihnen der Polizeispitzel.

LOUANNE

Geraldine und Kasimir hielten schon die Stifte in der Hand, während Hugo Martin eine ziemlich in die Jahre gekommene Lostrommel aufbaute und mit verschrammten weißen Kugeln befüllte. Auch Louanne war bereit, aber zwei Mitspieler ließen auf sich warten. Weder Kim noch Ruben hatten sich im Salon eingefunden, obwohl es schon nach elf war.

Kasimir, der neben ihr saß, kam die Verzögerung wohl ganz gelegen, denn leise erkundigte er sich nach den Spielregeln, die ihm leider entfallen seien.

»Sie sind denkbar einfach«, tuschelte Louanne ihm zu. »Jeder erhält ein Kärtchen, nämlich das, was vor dir liegt. Wie beim Lotto wird eine Trommel gedreht, aus der dann eine Kugel mit einer Zahl genommen wird. Hugo liest die Zahl vor, und wir Spieler kreuzen sie auf unserem Blatt an. Wer als Erstes eine Reihe waagerecht, senkrecht oder diagonal voll hat, ruft ›Bingo‹ und gewinnt die Runde.«

Bingo machte ja nicht nur Spaß, sondern förderte angeblich die kognitiven Fähigkeiten, die Reaktionsgeschwindigkeit und die Koordination zwischen Händen und Augen. Deshalb wurde es so oft in Altenheimen gespielt. War das hier etwa ein Vorgeschmack auf ihre nahe Zukunft?

Theoretisch hing jeder Sieg vom Zufall ab, theoretisch hätten also alle dieselben statistischen Chancen haben müssen. Trotzdem hatte es in den letzten Jahren eine Dauergewinnerin gegeben: mal wieder Geraldine.

Sie konnte es wohl auch diesmal kaum abwarten, trommelte mit den Fingern auf der Tischplatte und sagte: »Wollen wir anfangen? Ich finde, wir haben lange genug gewartet.«

Hugo Martin nickte ergeben, setzte die Hand an die Kurbel der abgeschabten Rotunde, doch bevor er sie bewegen konnte, platzte Ruben in den Raum.

»Entschuldigt bitte!«, rief er außer Atem und fuhr sich – seine typische Geste – mit der Hand durchs Haar. Er suchte und fand seinen Platz und ließ sich auf den Stuhl plumpsen. Breitbeinig saß er da und sagte: »Okay, nun bin ich da, es kann losgehen.«

Mit unauffälliger Geste nahm Louanne ihre Lesebrille ab und ließ sie in der Handtasche verschwinden.

Alle waren jetzt hoch konzentriert. Hugo Martin drehte die Trommel, ein kurzes Knattern durchbrach die Stille, die Kugeln purzelten durcheinander, dann ließ Hugo eine herausrollen.

»Wir beginnen mit der Nummer dreizehn«, verkündete er laut und deutlich und hielt die Kugel nach oben, sodass jeder sie sehen konnte.

Sofort wurden die Stifte gezückt, man hörte das Kratzen der Bleistiftspitzen auf dem Papier, sah schwungvoll gezogene Striche und krakelige Kreuze. Louanne selbst schaute etwas verloren auf ihr Blatt und kniff angestrengt die Augen zusammen. Sie hätte die Brille besser aufgelassen, statt sie aus Eitelkeit abzusetzen, nur weil ihr Ruben gegenübersaß. Aber sie jetzt wieder herauszunehmen kam erst recht nicht infrage. Es musste auch so gehen.

Erneut betätigte Hugo die Kurbel. Das Prozedere wiederholte sich.

Mit lauter Stimme rief er die zweite Ziffer auf und wiederholte sie noch einmal, damit Ruben sie auch wirklich verstand und die Chancengleichheit gewahrt blieb. Louannes Mitspieler suchten flink ihre Karten ab.

»Die Zweiunddreißig hab ich!«, rief Ruben.

»Ich habe sie nicht, aber die Einunddreißig«, sagte Kasimir.

»Das nutzt dir gar nichts, du darfst kein Kreuz setzen, wenn du nicht die richtige Nummer hast«, erklärte ihm Geraldine.

Louanne war sich nicht ganz sicher, denn die verschwommenen Ziffern auf ihrem Blatt glichen sich wie ein Ei dem anderen.

»Neue Zahl, neues Glück!« Hugo drehte wieder die Trommel.

Das ging so lange, bis eine wohlbekannte Stimme »BINGO!« rief. Wie nicht anders zu erwarten, war es Geraldine.

Nun steckten alle die Köpfe zusammen, um das Spiel zu analysieren und verpasste Chancen zu entlarven. Ein Tuscheln und Tratschen füllte den Raum – und dann die Erkenntnis über Louannes vertanen Sieg.

»Du hättest Bingo gehabt, Kindchen«, sagte Geraldine und ließ ihren Finger über Louannes Spielbogen fahren. »Deine Kreuzchen sind an den falschen Stellen.«

Für die zweite Runde setzte sich Louanne dann doch über ihre Eitelkeit hinweg und die Brille auf. Das Knattern der Trommel kündete von neuen Chancen, und die wollte sie nutzen.

Auch die anderen versanken wieder in ihrer Konzentration. Die erste Kugel wurde gezogen, die zweite und die dritte. Abgesehen von Hugos Verkündung der jeweiligen Zahl blieb es jetzt leise. Geraldine beugte sich tief über ihr Blatt. Ruben hob skeptisch den Blick, prüfte, wie viele Kugeln noch in der Rotonde waren, und schaute missmutig auf seinen Zettel. Kasimir ließ seinen Spielbogen unter dem Tisch verschwinden, um ihn auf den Knien abzulegen. Ein Zeichen seiner inneren Kapitulation?

Die nächste Kugel wurde in die Höhe gehalten, dann die nächste, dann die nächste. »Die Siebzehn!«, rief Hugo.

Geraldine trumpfte auf: »BINGO!«

Wie machte sie das nur?, fragte sich Louanne und vergewisserte sich, dass sie diesmal wirklich die richtigen Kreuze gesetzt hatte.

Die Spielbögen der dritten Runde wurden verteilt, als Kim in der Tür erschien. Er hatte es also doch noch geschafft, besser spät als nie. Allerdings sah er ziemlich mitgenommen aus, wie Louanne fand.

Rasch wurde auch ihm ein Zahlenblatt gereicht und ein Stift in die Hand gedrückt. Geraldine drängte jetzt zur Eile, denn es war schon Viertel vor zwölf.

»Dritte Runde!«, rief Spielleiter Hugo. »Letzte Chance auf einen Sieg.«

Zweiundzwanzig, siebzehn, achtunddreißig. Mit jeder Zahl wurden Louannes Mitspieler unruhiger. Ruben tippte mit seinem Schreiber unablässig auf ein Feld, wohl das mit der letzten fehlenden Zahl.

Elf, vierundzwanzig ...

»Nur noch eine«, redete Kasimir mit sich selbst. Offenbar hatte er den Dreh inzwischen raus. »Nur noch eine.«

Achtzehn, sechs, neununddreißig …

»Bingo!«

Aus dem ersten Impuls heraus sah sich Louanne nach Geraldine um, doch die saß mit überraschtem Gesicht auf ihrem Platz und rührte sich nicht. An ihrer Stelle war Kim aufgesprungen und wedelte mit dem Zettel in der Hand.

Nach einem Moment der Verblüffung stand Geraldine auf und nahm ihm den Spielbogen ab. »Lass mal sehen.«

Höchst konzentriert studierte sie das Papier, um dann entschieden den Kopf zu schütteln. »Du bist überhaupt nicht fertig, Kim. Da fehlt eine Zahl, um die Reihe zu komplettieren.«

»Aber ich …«, stammelte Kim.

Hugo kam dazu und bestätigte Geraldines Verdacht. »Das stimmt, dieser Spielbogen ist ungültig.«

Was nun bevorstand, gehörte ebenfalls zum Ritual, wie Louanne wusste. Denn wie so oft bei Bingoveranstaltungen war für denjenigen, der unberechtigterweise »Bingo« gerufen hatte, eine kleine Schikane festgelegt. Zur Belustigung der Anwesenden musste er eine Aufgabe erfüllen, zum Beispiel ein Lied singen oder eine Turnübung vormachen, Kniebeugen zum Beispiel.

Dass Kim ausnahmsweise ohne diese Peinlichkeit davonkam, hatte er einzig und allein Geraldines Ungeduld zu verdanken. Sie scheuchte alle auf.

Kurz vor zwölf. Es war an der Zeit, sich im Wintergarten zu versammeln.

CLAIRE

Dass noch einige böse Überraschungen auf sie warteten, ahnte Claire bereits. Die Rentner, ihre lieb gewonnenen treuen Gäste seit so vielen Jahren, benahmen sich merkwürdig: Sie brüteten etwas aus.

Die alten Leute waren ganz in ihrem Element – sie suchten nach einem Mörder. Das taten sie zwar jedes Jahr, wenn sie sich kurz vor Weihnachten im *Le Petit Hôtel* trafen, bloß mit dem Unterschied, dass es sich diesmal um einen realen Mord handelte und nicht um reinen Zeitvertreib. Auch ließen sie die unbeschwerte Herzlichkeit vermissen, die sie normalerweise an den Tag legten. Manche von ihnen wirkten geradezu verbissen. Geraldine zum Beispiel, die doch so großen Wert auf geregelte Abläufe legte, ließ täglich wiederkehrende Termine sausen. Erst gestern hatte sie den Fünf-Uhr-Tee einfach ausgelassen und sich stattdessen mit einer Taschenlampe in den Weinkeller geschlichen, und beim Bingospiel hatte sie, wie Hugo berichtete, andauernd auf die Uhr gesehen und zum Aufbruch gedrängt, obwohl die letzte Runde nach Kim Beckers Lapsus gar nicht richtig zu Ende gespielt worden war. Sehr ungewöhnlich, sie war doch sonst so korrekt.

Claire ging in die Küche, wo Gustave damit beschäftigt war, die Einkäufe vom Großmarkt zu verstauen. Sie war heilfroh, dass ihr Koch Lefèvres Verdächtigungen zerstreuen konnte und nicht in Untersuchungshaft gelandet war, denn sonst hätte sie nicht gewusst, wie sie den Hotelbetrieb aufrechterhalten sollte. Neues Personal zu bekommen, noch dazu so kurz vor den Feiertagen, war unmöglich.

In ihre Erleichterung mischten sich jedoch neue Sorgen, während sie Gustave beobachtete und sich vor Augen hielt, wie kräftig dieser Mann war. In Körperhaltung, Bewegung und Ausdruck hatte er etwas Grobschlächtiges an sich. Seit sie um seine Vorstrafen wusste, hatte sie kein gutes Gefühl dabei, wenn sie sich länger als nötig allein mit ihm in einem Raum aufhielt.

Hugo hatte Gustave eingestellt. Er allein hatte das Bewerbungsgespräch mit ihm geführt und sich bestimmt auch seine Papiere zeigen lassen. Weshalb war ihm dann nichts von den Vorstrafen bekannt, wie er ihr gegenüber behauptete? Oder hatte Hugo sehr wohl darum gewusst und sie in Kauf genommen, weil Gustave weniger Geld verlangte als andere? Oder um ... ja, warum sonst sollte er einen Vorbestraften beschäftigen?

In Claires Kopf überschlugen sich die Gedanken. Dabei kam ihr eine beängstigende Idee, eine Vorstellung, wie es vielleicht gelaufen sein könnte: Ihr Mann hatte es nie verwunden, dass er mit dem Hotelprojekt in Griechenland gescheitert war. Denn diese Niederlage hatte ihn nicht nur viel Geld gekostet, sondern auch sein Selbstbewusstsein und seine Zuversicht beschädigt. Immer und immer wieder hatte er über Alexandros Dimitriadis geschimpft und ihm eine Mitschuld an der Misere gegeben. Doch Hugo war kein gewalttätiger Mensch. Die einzigen Misshandlungen, die Claire an ihm kannte, musste die Katze Bambou ertragen, wenn Hugo sie mit einem groben Tritt aus dem Salon oder der Küche beförderte. Hatte er sich also bewusst für einen Schlägertypen als Koch entschieden und diesen damit beauftragt, an seiner Stelle Rache an Alexandros zu nehmen? War Gustave ein gedungener Killer? Damit wäre das Motiv für Gustave, das Lefèvre nicht finden konnte, gegeben. Ein kalter Schauer fuhr ihr den Rücken hinunter, als sie sich das bewusst machte.

»Madame Martin?«, sprach Gustave sie an, und sie zuckte erschrocken zusammen. Offenbar hatte er sie eben erst bemerkt.

»J…Ja?«

»Haben Sie Marisa gesehen? Sie sollte mir beim Gemüseschnippeln helfen.«

»Marisa? Nein. Vielleicht ist sie noch nicht mit den Zimmern durch.«

»Dann muss ich es eben selbst machen«, gab Gustave brummig von sich und griff nach einem großen Messer, dessen Schneide das Licht der Küchenlampe reflektierte. Mit schnellen, kraftvollen Stößen ließ er es über eine Handvoll Möhren sausen.

Claire stockte der Atem.

Côte d'Azur, Autoroute A 50

Louanne klammerte sich an den Haltegriff des Wagens, eines zivilen Citroën Xsara, der ihnen auf die Schnelle zur Verfügung gestellt worden war. Am Steuer saß Alexandros, hinter ihnen auf der Rückbank bemühte sich Geraldine, einigermaßen aufrecht zu bleiben.

»Rase doch bitte nicht so«, bat Geraldine, nachdem sie mit Aufblendlicht ein Wohnwagengespann von der Überholspur verdrängt hatten.

Doch, das mussten sie, dachte Louanne. Sie mussten schnell sein, wenn sie Ferraro einholen und die Unversehrtheit ihres V-Mannes gewährleisten wollten. Ruben, Kasimir und Kim, die im zweiten Wagen saßen, drückten genauso aufs Tempo und versuchten dranzubleiben, ohne allzu viel Aufsehen zu erregen. Eine Hetzjagd unter erschwerten Bedingungen, weil Sirene und Martinshorn tabu waren. Ferraro sollte ja nicht merken, dass er verfolgt wurde.

Trotz rasanter Geschwindigkeit und Alexandros' beachtlichen Fahrkünsten kam es Louanne so vor, als kämen sie nicht von der Stelle. Die Autobahn, auf deren Mittelstreifen Oleanderbüsche in voller Blüte standen, schlängelte sich in unendlichen Windungen am azurblauen Meer entlang, wobei der Abstand zu den beiden schwarzen Limousinen vor ihnen mal größer und mal kleiner wurde.

»Wo mag er bloß hinwollen?«, fragte Louanne.

»Von einem Anwesen, einer Villa, die Ferraro oder seinem Kartell zugeschrieben wird, ist in dieser Gegend nichts bekannt«, sagte Geraldine.

Hinter Toulon wechselten sie auf die A57 und dann auf die A570 in Richtung Hyères.

»Vielleicht hat er hier irgendwo ein Schiff liegen?«, spekulierte Alexandros, ohne die Fahrbahn aus den Augen zu lassen. »Dann hätten wir schlechte Karten, vor allem, wenn es sich um ein Schnellboot handelt.«

Ein Schiff – das war eine Möglichkeit, an die keiner von ihnen gedacht hatte. Wenn Ferraro es erreichte und mit dem verdeckten Ermittler an Bord ging, würde das die Möglichkeiten für einen Zugriff stark einschränken. Wie zum Kuckuck sollten sie so kurzfristig ein Boot für die Verfolgung auftreiben? Mit Sorge beobachtete Louanne, wie Ferraros Fahrzeuge langsamer wurden und eine Ausfahrt nahmen. Alexandros reagierte, indem er den Fuß vom Gas nahm und sich mit gebührendem Abstand vor der Mautstelle einordnete.

Es ging also wirklich in Richtung Meer, stellte Louanne fest, als die Fahrt auf der D98 weiterging. Bald tauchten Les Salins mit den ausgedehnten Salzfeldern zu ihrer Rechten auf. Die Küste war sehr nahe.

Geraldine, die die Strecke auf einer Landkarte verfolgte, suchte nach der nächsten Möglichkeit, auf eine Jacht umzusteigen: »Das dürfte dann Le Lavandou sein«, vermutete sie.

Den Rest des Weges herrschte gebannte Stille. Auch das Funkgerät, mit dem sie Verbindung zu Rubens Auto halten konnten, schwieg. Mit mäßiger Geschwindigkeit glitten die Limousinen durch den Stadtverkehr, immer weiter in Richtung Meer.

»Verdammt, du hattest recht, Alexandros«, stieß Louanne aus. »Die wollen ans Wasser, zum Jachthafen. Wir müssen die Aktion abbrechen und uns zu erkennen geben, wenn wir unserem Mann helfen wollen.«

Sie spürte Geraldines Hand auf der Schulter. »Nichts überstürzen«, raunte Geraldine ihr zu. »Vielleicht kommt alles ganz anders.«

Und tatsächlich bogen die schwarzen Wagen nicht zum Hafenbecken ab, sondern steuerten auf eine Serpentinenstraße am Rande der Altstadt zu. Sie führte auf einen kleinen Hügel, auf dem ein Gebäude mit breiter, vorgelagerter Terrasse thronte. Einem Hinweisschild zufolge handelte es sich um *Le Petit Hôtel*.

Besser ein Hotel als ein Boot, dachte Louanne, wobei sich in die Erleichterung schnell neue Bedenken mischten. Denn während der ursprüngliche Treffpunkt in Marseille vorher genau ausgekundschaftet und mit Beobachtungsposten versehen worden war, wussten sie über dieses schon von außen verwinkelt wirkende Gebäude rein gar nichts. Falls Ferraro und sein Tross mit den Örtlichkeiten vertraut war – wovon man ausgehen musste –, lag der Vorteil jetzt klar bei ihm.

Alexandros dachte wohl ähnlich, denn anstatt die Fahrt fortzusetzen, fuhr er rechts ran und ließ den Wagen auf dem von Piniennadeln bedeckten Fahrbahnrand ausrollen. Ratlos sah er seine beiden Mitfahrerinnen an. »Und jetzt? Wie ist der Plan?«

»Wir können nur hoffen, dass unser Mann cool bleibt und die Sache durchzieht«, sagte Geraldine. »Das Eingreifkommando ist uns gefolgt und bringt sich sicher bald in Position. Dafür werden sie nicht lange brauchen, oder?«

Diese Frage war an Louanne gerichtet, wohl weil sie die einzige Französin im Team war und Geraldine davon ausging, dass sie die Schlagkraft der Spezialeinheit am besten beurteilen konnte. »Bis sie das Terrain sondiert und die Abhörmikrofone ausgerichtet haben, könnte es etwas dauern«, antwortete sie. »Zwanzig Minuten, vielleicht auch länger, weil das eine ganz neue Lage ist und sie erst …«

Weiter kam sie nicht, denn in dem Moment raste mit dröhnendem Motor ein Auto an ihnen vorbei. So schnell, dass Straßensplit wie kleine Geschosse gegen die Karosserie ihres Citroën prasselte.

Geraldine stieß einen spitzen Schrei aus. *»What the hell …?«*

»Das war Ruben!« Alexandros hatte ihn als Erster erkannt.

»Was?« Louanne sah dem Auto nach, das mit unverminderter Geschwindigkeit auf das Hotel zujagte. »Warum hält er sich nicht zurück, bis alle einsatzbereit sind?«

»Weil er Gefahr in Verzug sieht?«, vermutete Geraldine.

Alexandros legte den Gang ein. »Damit ist unsere Tarnung aufgeflogen. Sehen wir mal, wie wir helfen können.«

Den Rest der Strecke empfand Louanne als mörderischen Ritt. Mit quietschenden Reifen kamen sie vor dem Portal des Hotels zum Stehen. Es war eine ältere, aber gepflegt wirkende Herberge. Ferraros Limousinen parkten direkt vor den Treppenstufen, die zum Foyer führten, von den Insassen keine Spur. Quer davor stand Rubens Citroën, mit weit aufgerissenen Türen, ebenfalls verlassen. Vom mobilen Einsatzkommando war weit und breit nichts zu sehen.

Nach kurzem Zögern gingen Louanne, Geraldine und Alexandros, die ihren Wagen in einigem Abstand geparkt hatten, auf das Gebäude zu. Während sich Geraldine dicht bei ihr hielt, lief Alexandros voraus und verschwand Sekunden später in der Vorhalle des Hotels. Louanne war die Einzige, die eine Waffe trug, was den anderen als ausländische Staatsbürger nicht gestattet war. Instinktiv öffnete sie das Holster und legte ihre Hand um den Knauf der Pistole.

»Sollen wir auch hineingehen?«, fragte Geraldine.

Louanne konnte ihr keine Antwort darauf geben. Sie wusste ganz einfach nicht, was in einer solchen Situation richtig oder falsch war. Nur eines war klar: Die Sache lief aus dem Ruder.

Dann, plötzlich, Schreie aus dem Inneren des Gebäudes. Und gleich darauf ertönte ein scharfer Knall.

»Merde!«, rief Louanne und zog die Pistole.

Sie rannten auf den Eingang zu, aus dem ihnen jetzt Menschen entgegenkamen. Verängstigte Gäste und Personal, erkennbar an der Kleidung. Zeitgleich ertönte das Geheul von Sirenen. Mannschaftswagen schossen um die Kurve. Am Himmel knatterte ein Helikopter.

Ein zweiter Schuss war zu hören, auch er kam aus dem Haus. Die nächsten Minuten erlebte Louanne wie im Fieberrausch. Immer mehr Uniformierte drängten sich in den engen Gängen des Hotels, Befehle wurden gebrüllt. Louanne verlor ihre Mitstreiter aus den Augen, dafür sah sie, wie Männer in Handschellen abgeführt wurden, wohl Ferraros Leibwachen und die Fahrer. Dann kam eine Frau mit einem kleinen Mädchen an der Hand. Beide weinten, und auch sie waren begleitet von Gendarmen. Ferraros Frau und die Tochter, vermutete Louanne und ging weiter.

Vor einem Zimmer im zweiten Stock traf sie auf Kasimir, blass wie der Tod.

»Was ist passiert?«, fragte sie.

»Wir sind zu spät gekommen«, antwortete er mit erstickter Stimme, und erst jetzt sah Louanne das Blut an seinen Händen.

»Ich habe noch versucht, ihn zu retten, aber einer der Schüsse war tödlich.«

Louanne drängte sich an ihm vorbei und betrat das Zimmer. Dort stand Ruben, zu seinen Füßen eine zusammengekrümmte Gestalt. Der V-Mann!

»Ruben!«, rief Louanne. »Was ist schiefgelaufen?«

Ruben, äußerlich gefasst, aber mit ungewöhnlich fahlen Wangen, deutete auf die Schusswunden in Bauch und Brust des Toten. »Ferraro muss den Schwindel durchschaut haben. Er hat unseren Mann erledigt und ist geflüchtet. Ich bin ihm noch nachgerannt, habe ihn aber verloren. Also bin ich umgekehrt und hierher zurückgelaufen.« Er schüttelte den Kopf, als wolle er das alles nicht wahrhaben. »Ich rannte, so schnell ich konnte. Aber wie Kasimir schon sagte: Jede Hilfe kam zu spät.«

»Ferraro ist das gewesen?«, fragte Louanne, noch immer entsetzt über den blutigen Ausgang des verdeckten Einsatzes. »Gibt es Zeugen?«

»Nur mich«, sagte Ruben. »Die Frau und das Kind waren in einem der anderen Zimmer, als es passierte. Und falls einer der Leibwächter etwas gesehen hat, wird er schweigen. Denn tut er das nicht, wäre das sein Todesurteil, weil das Syndikat Rache nehmen würde.«

»Dann haben wir nur deine Zeugenaussage und können sonst nichts beweisen.«

»Doch«, sagte Ruben und öffnete die Faust. Darin lag eine Klarsichthülle, die einen Manschettenknopf enthielt. »Den hielt unser Mann in der Hand. Er muss ihn Ferraro im Gerangel vom Jackett gerissen haben. Damit kriegen wir Ferraro dran. Dann sitzt er den Rest seines Lebens ein. Wenn nicht wegen Drogenhandels, dann eben wegen Mord.«

»Dazu müssen wir ihn aber erst einmal schnappen«, antwortete Louanne weniger zuversichtlich.

Wie aufs Kommando tönte Kims kräftiger Bass durch den Flur. »Ich habe ihn!«, rief er so laut, dass es jeder im Haus hören konnte. »Das Schwein hatte sich in der Küche verkrochen. Zwischen den Abfällen.«

RUBEN

Nun war er echt gespannt! Was hatte Geraldine, der alte Besen, wohl ausgeheckt? So wie sie vor der Tafel stand, flankiert von zwei stattlichen Topfpalmen, die wie Leibgarden neben ihr aufragten, musste es etwas ganz Tolles sein. Sie platzte ja geradezu vor Siegesgewissheit. Man durfte also gespannt sein.

Das waren die anderen auch. Als Ruben sich im Wintergarten umschaute, blickte er in Gesichter, in denen viele Fragezeichen standen. Wie es aussah, hatten Kim, Kasimir und Louanne ebenso wenig Ahnung von dem, was auf sie zukam, wie er selbst.

»Möchten Sie auch einen Tee?«

»Wie bitte?«

Marisa stand neben ihm und lächelte höflich.

»Ob Sie auch einen Tee möchten?«, wiederholte sie die Frage diesmal lauter.

»Haben Sie auch Kaffee?«

»*Avec plaisir.*« Sie schenkte ihm aus einer zweiten Kanne ein.

Nachdem alle mit Heißgetränken versorgt waren, ergriff Geraldine das Wort. Während sie sprach und in genüsslicher Langsamkeit sämtliche Namen aufzählte, die auf der Tafel standen und in irgendeiner Weise etwas mit dem Fall zu tun hatten, schwang sie einen ausfahrbaren Teleskopstift, die veraltete Version eines Laserpointers. In getragenem Tonfall nannte sie Stichworte zu jedem der Namen, um anschließend eine Zusammenfassung des bisherigen Ablaufs zu liefern. »Während sich die Ermittlungen anfangs kurzzeitig auf externe Personen wie die Schauspieler konzentrierten und anschließend Koch Gustave in den Fokus geriet, haben sich nach und nach Anhaltspunkte dafür ergeben, dass auch wir selbst nicht frei von jedem Verdacht sind. Denn sogar für uns lassen sich Motive konstruieren, die nicht leicht von der Hand zu weisen sind«, referierte sie und kehrte dabei ihr lupenreines Oxfordenglisch heraus.

Ruben riss schon jetzt der Geduldsfaden. »Wenn du deinen Vortrag weniger zelebrieren würdest und stattdessen zur Sache kämst, wäre uns mehr gedient.«

»Vor allem denjenigen mit schwacher Blase«, pflichtete Kim ihm bei. »Ich habe schon drei Tee intus.«

Geraldine lächelte Ruben an, doch ihr Blick war eisig. »Nur Geduld, *sweethearts*. Wir wollen nichts überstürzen, immerhin sind wir doch im Urlaub, *right?*«

Er nahm das mit brummigem Unmut hin.

Als Nächstes ging Geraldine jeden Namen ihrer eigenen Runde durch und verknüpfte ihn mit sehr unkonkreten, ja schwammigen Anspielungen. Wohl weil sie ihren Freunden nicht zu kräftig auf die Zehen treten wollte. Ihm zum Beispiel unterstellte sie indirekt, dass Alexandros ihm durch seine attraktive Erscheinung, seinem Charme und dem Schlag bei manchen Frauen öfter mal die Show gestohlen habe, was einen Egomanen wie Ruben zutiefst gekränkt haben musste. Das sollte ein Mordmotiv sein? Lächerlich!

Ruben kam allmählich zu der Überzeugung, dass Geraldine sich nur aufspielen wollte, in Wahrheit aber nichts zu bieten hatte. Doch dann gab es eine unerwartete Kehrtwendung.

»Wir haben uns also mit Außenstehenden ebenso beschäftigt wie mit uns selbst«, fuhr Geraldine fort. »Gewisse Personen sind dabei jedoch in den Hintergrund geraten und haben bei unseren Untersuchungen bislang keinerlei Rolle gespielt.«

Geraldine gab ihren Platz vor der Tafel auf und ging auf Marisa zu, die gerade dabei war, die leeren Tassen einzusammeln und auf ein Tablett zu stellen.

»Marisa, mein Kind«, sprach sie die Bedienstete an. »Sie haben den Toten gefunden. Wir alle haben Ihren entsetzten Schrei gehört. Außer Kim und Ruben vielleicht, weil sie etwas harthörig sind.«

»Sehr witzig«, entgegnete Ruben. »Auch ich konnte den Schrei hören.«

»Es muss schrecklich für Sie gewesen sein«, sagte Geraldine, wieder an das Zimmermädchen gerichtet. »Ich stelle es mir so vor: Sie gehen allein durch den kalten, dunklen Keller, was an sich schon etwas Beängstigendes an sich hat. Und dann, plötzlich, stolpern Sie beinahe über einen Toten. Entsetzlich.«

»Ja, es war schlimm«, stimmte Marisa mit schwacher Stimme zu.

»Bitte?«, fragte Ruben.

»SIE SAGT, ES WAR SCHLIMM!«, schrie ihm Kim ins Ohr.

»Ich bin nicht taub!«, fuhr Ruben ihn an. »So viel wie du kriege ich allemal mit.«

»Offenbar nicht.«

»Was?«

»OFFENBAR NICHT! Kauf dir endlich auch mal so ein Gerät, wie ich es benutze«, sagte Kim und tippte mit dem Zeigefinger auf den Apparat in seinem Ohr.

»Sie sind im Keller gewesen, um ein oder zwei Flaschen aus dem Kabinett zu holen, ja?«, erkundigte sich Geraldine bei Marisa. »Das haben Sie bei der Polizei zu Protokoll gegeben, richtig?«

»Ja, so war es«, bestätigte Marisa mit bangem Blick.

Ruben beobachtete aufmerksam, wie ihre Augen ängstlich hin und her flitzten.

»Nun, ich bin selbst noch einmal im Weinkeller gewesen«, redete Geraldine ruhig weiter. »An dem Abend, als es passiert war, herrschte dort unten ja viel zu viel Trubel, um sich in Ruhe umsehen und ein Bild von den örtlichen Gegebenheiten machen zu können. Daher habe ich das nachgeholt, diesmal allein und ohne Ablenkung. Dabei fiel mir auf, dass die Nische, in der Alexandros lag, vom Kabinett aus gar nicht einsehbar ist. Jedenfalls nicht, wenn man nicht gezielt danach sucht, denn diese Stelle des Gewölbes ist kaum beleuchtet.«

»Aber ich habe ihn gesehen«, versicherte Marisa. »Als ich dort unten war, um den Wein zu holen, hatte ich mit einem Mal so ein seltsames Gefühl. Ich ging tiefer hinein in den Keller, schaute mich um, und da lag er plötzlich vor mir. Regungslos und voller Blut.«

»Sie sind also quasi einer Eingebung gefolgt«, fasste Geraldine zusammen. »Gut, lassen wir das für den Moment mal so gelten.«

Ruben ertappte sich dabei, wie er Geraldine an den Lippen hing und jedem ihrer Worte gebannt lauschte. Es war wohl doch nicht alles heiße Luft: Sie hatte tatsächlich etwas herausgefunden. Um ja nichts zu verpassen, legte er die rechte Hand hinter die Ohrmuschel und beugte sich vor. Kim machte es genauso.

»Eine andere Frage, Marisa«, knüpfte Geraldine an. »Warum haben Sie sich eigentlich in diesem Hotel anstellen lassen? Es gibt größere Häuser ganz in der Nähe, die händeringend Personal suchen und wahrscheinlich besser zahlen.«

»Mir gefällt es hier«, behauptete das Mädchen. »Ich ziehe einen Familienbetrieb den Clubs vor.«

»Und macht Ihnen die Arbeit Spaß?«

»Ja. Es ist okay.«

Ruben spürte, wie die Spannung stieg. Diese scheinbar harmlosen Fragen markierten die Wendung, Geraldine holte zum entscheidenden Schlag aus.

»Ihr Nachname lautet Petrocelli, richtig?«, erkundigte sich Geraldine wie beiläufig.

»Ja, so heiße ich.«

»Ein italienischer Name.«

»Ich komme aus Italien, ja.«

»Petrocelli ist also der Familienname, mit dem Sie sich auch für die Stelle im *Le Petit Hôtel* beworben haben.«

»Ja«, kam es jetzt sehr zögerlich.

»Aber ist es nicht so, dass es sich dabei in Wahrheit um den Mädchennamen Ihrer Mutter handelt, während Ihr tatsächlicher Familienname aber der Ihres Vaters ist?«

Marisa riss die Augen weit auf. Sie wich einige Schritte zurück und suchte Halt an einem Tisch. »Was wollen Sie von mir?«

»Dass Sie uns Ihren wahren Namen nennen!«, sagte

Geraldine sehr energisch. »Den, den Sie in Ihrem Vorstellungsgespräch offensichtlich verschwiegen haben.«

Voller Anspannung stand Marisa vor ihnen. Sie presste die Lippen fest aufeinander.

»Darf ich Ihnen auf die Sprünge helfen?«, fragte Geraldine. »Sie sind Marisa Ferraro, die Tochter von Marcello Ferraro persönlich.«

Schlagartig herrschte Stille. Überall ungläubige, überraschte und fassungslose Gesichter.

Auch Ruben war baff. Nie im Leben wäre er darauf gekommen. Dieses Mädchen war in seinen Augen allerhöchstens eine Statistin gewesen, er hatte überhaupt nicht richtig auf sie geachtet. Und nun das. Ungeheuerlich!

Doch es wurde noch besser: Kasimir, der sich die ganze Zeit im Hintergrund gehalten hatte, trat vor, streckte den rechten Arm aus und präsentierte ein silbern glänzendes Schmuckstück auf seiner Handfläche. »Dieser Ohrclip lag neben dem Toten, ich habe ihn eingesteckt«, erklärte er. »Gehört er Ihnen, Mademoiselle? Haben Sie ihn im Eifer des Gefechts verloren?«

Donnerwetter! Kasimir konnte sogar mit einem Indiz aufwarten, staunte Ruben. Und ausgerechnet er selbst stand mit leeren Händen da.

»Ist er Ihnen abhandengekommen, als Sie auf Alexandros schossen, um Ihren Vater zu rächen?«, bedrängte Geraldine die eingeschüchterte Marisa weiter. »Sie haben damals als Kind die Verhaftung Ihres Vaters miterlebt. Des Mannes, den Sie abgöttisch liebten und der Ihnen damit für immer genommen wurde. Während Sie größer und älter wurden, erwuchs in Ihnen der drängende Wunsch, es den Ihrer Meinung nach Schuldigen heimzuzahlen. Sie suchten und fanden eine Gelegenheit, indem Sie herausbekamen, dass wir uns einmal im Jahr in diesem Hotel treffen. Deshalb ließen Sie sich hier als Zimmermädchen anstellen. So schafften Sie es, unsere Nähe zu suchen – eine tödliche Nähe.« Ihr Zeigefinger schnellte drohend nach vorn. »Geben Sie es zu: Sie haben Alexandros getötet, und als Nächstes wollten Sie sich den Rest unserer Runde vorknöpfen. Einen nach dem anderen. Wollten Sie uns alle erschießen oder der Abwechslung halber zu Gift greifen, vielleicht in den Kaffee oder Tee gemischt?«

»Was?« Kim starrte entsetzt auf seine Tasse.

»Nein!«, schrie Marisa so laut, dass selbst Ruben zusammenzuckte. »So ist es nicht gewesen! Ich bin keine Mörderin!«

»Aber Sie sind Ferraros Tochter?«, rief Ruben. »Oder streiten Sie das ab?«

»Nein, das streite ich nicht ab.« Mit weit aufgerissenen Augen sah Marisa ihn an. »Ich bin seine Tochter. Aber mit dem Mord habe ich nichts zu tun! Glauben Sie mir: Ich war das nicht!«

»Ein wirklich seltsamer Zufall«, meinte Louanne. »Dass Sie ausgerechnet in dem Hotel arbeiten, wo sich die Erzfeinde Ihres Vaters treffen.«

»Ich kann das erklären«, entgegnete Marisa und wich Schritt für Schritt weiter zurück.

»Für Erklärungen ist es reichlich spät«, sagte Ruben streng. »Unser Freund ist tot, und wie es aussieht, haben Sie ihn auf dem Gewissen.«

»Nein, nein, warten Sie!«, flehte Marisa und stieß mit dem Rücken an die Wand.

»Bleiben Sie, wo Sie sind«, befahl Kim und ging auf sie zu.

Als sich auch die anderen näherten, schnappte sie sich die nächstbesten Gegenstände, um damit nach ihnen zu werfen. Erst flog ein Teller, dann eine Tasse, die klirrend zersprangen.

»Geben Sie auf, Marisa, es hat doch keinen Zweck«, appellierte Geraldine an sie, während sie sich die Hände über den Kopf hielt. Unwillkürlich fragte sich Ruben, ob sie damit ihren Schädel oder den neuen Hut schützen wollte.

Marisa antwortete Geraldine mit fliegenden Löffeln. »Ich war's nicht! Ganz bestimmt! Und das ist auch nicht mein Ohrclip! Ich habe keinen Ohrring mit Perle!«

Wohl durch den Lärm alarmiert, erschien Capitaine Lefèvre in der Tür, gefolgt von seinem Adjutanten. »Was ist hier los?«, brüllte er.

»Dürfen wir Ihnen die vermutliche Täterin präsentieren?«, fragte Geraldine. »Marisa Petrocelli alias Marisa Ferraro, die Tochter des berüchtigten Drogenbosses.«

Lefèvre reagierte genauso, wie es die anderen getan hatten, nämlich mit Sprachlosigkeit. Seine nächste Reaktion war, die junge Frau als neue Hauptverdächtige festzunehmen. Da Marisa nichts mehr hatte, womit sie werfen konnte, und der einzige Fluchtweg durch den Adjutanten versperrt wurde, ergab sie sich in ihr Schicksal und ließ sich abführen. Dabei kam sie sehr dicht an Ruben vorbei, der sah, wie niedergeschlagen sie wirkte, aber auch Entschlossenheit und Stolz in ihrem Blick las. Dieser Kampf war noch nicht zu Ende, nahm er an.

Das Tohuwabohu hatte sich kaum gelegt, als Geraldine Ruben am Arm streifte und mit hochmütigem Gehabe zuraunte: »Dieses Jahr fällt der Pokal an mich, *my darling*. Daran besteht ja wohl kein Zweifel.«

LOUANNE

Marisa, Ferraros kleine Prinzessin. Plötzlich waren die alten Erinnerungen wieder präsent.

Louanne ging auf die Terrasse, weil sie dringend frische Luft brauchte und einen Moment allein sein wollte. Den Blick auf das aufgewühlte Meer gerichtet, dachte sie an den Prozessauftakt zurück, damals, vor beinahe zwanzig Jahren. An den mit dunklem Holz vertäfelten Raum, den streng blickenden Richter mit der staatstragenden Robe und den struppigen weißen Augenbrauen und an die bis auf den letzten Platz besetzten Zuschauerbänke. Draußen vor den geschlossenen Flügeltüren warteten Presseleute aus ganz Europa, an jeder Ecke stand ein Justizbeamter mit geschulterter Maschinenpistole. Sie dachte an den schweigsamen Angeklagten, der das Reden seinen Anwälten überließ und die Verhandlung mit hämischer Miene verfolgte. So als hätte er wirklich geglaubt, er werde den Schwurgerichtssaal als freier Mann verlassen, und keinen Augenblick mit seiner Verurteilung als Mörder gerechnet. Was für ein Irrtum!

Vor allem aber dachte Louanne an das Mädchen mit den schwarzen Lackschühchen und dem flachsgrünen Kleid, das sich von ihrer Mutter losriss, weil sie bei ihrem Papa sein wollte. Ehe sie Ferraro auf dem Anklagestuhl erreichen konnte, hatten die Gerichtsdiener die Kleine geschnappt und trugen sie zurück hinter die Balustrade. Es half nichts, dass sie verzweifelt strampelte, schrie und einem der Vollzugsbeamten in die Hand biss. Ihre Mutter schloss sie darauf in die Arme und versuchte, sie zu trösten. Und dabei hatte sie immer wieder ihren Namen genannt: *Marisa.*

Warum, fragte Louanne sich jetzt, war ihr diese Parallele nicht aufgefallen? Wahrscheinlich, weil sie keinen Zusammenhang zwischen einem netten, aber unscheinbaren Zimmermädchen und dem verzweifelten Kind von einst herstellen konnte. Weil auch andere den Namen Marisa trugen und weil die junge Frau von heute kaum Ähnlichkeit mit der kleinen Marisa aufwies, jedenfalls nicht, wenn man nicht danach suchte.

Und trotzdem! Louanne ballte ihre Hand zur Faust und trommelte auf das Geländer, das die Terrasse von der steil abfallenden Böschung trennte. Mit etwas mehr Aufmerksamkeit hätte sie erkennen müssen, wer Marisa war und was sie im Schilde führte. Dass sie es nicht bemerkt hatte, schrieb Louanne ihren nachlassenden Instinkten zu. Sie war eben doch nicht mehr die gewiefte Agentin von einst.

Ein kühler Wind fuhr ihr um die Ohren, die Luft roch nach Schnee. Doch würde es wirklich schneien? Das hatte Louanne in all den Jahren, in denen sie hierherkamen, nie erlebt.

Wieder dachte sie zurück an die Verhandlung. Einige Passagen gegen Ferraro hatte sie im Gedächtnis behalten: Neben dem herzergreifenden Auftritt der kleinen Marisa war das vor allem das Schlussplädoyer des Verteidigers, der – wohl im Auftrag seines Mandanten – jeden Handel mit der Anklage ausschloss und bis zuletzt einen klaren

Freispruch forderte. Aber der Richter hatte die von der Staatsanwaltschaft dargelegte Version des Tathergangs plausibel gefunden und zeigte sich von Ferraros Schuld überzeugt. Unter den Blicken einer breiten Öffentlichkeit mit Berichterstattung in ganz Europa wurde Marcello Ferraro schließlich wegen vorsätzlichen Mordes zu lebenslanger Haft verurteilt, die er seitdem in einem Hochsicherheitsgefängnis in seiner italienischen Heimat verbüßte. Und nun, knapp zwanzig Jahre später, trat die Tochter in die Fußstapfen des Vaters – auch an Marisas Händen klebte jetzt Blut.

Louanne schnappte erschrocken nach Luft, als sie eine starke Hand auf ihrem Rücken spürte. So kräftig, dass sie aus dem Gleichgewicht geriet. Ihr Oberkörper fiel nach vorn, kippte gefährlich weit über die Brüstung. Mit beiden Händen klammerte sie sich ans Geländer, um nicht in die Tiefe zu stürzen.

»Warum denn so schreckhaft?« Ruben umfasste ihre Schulter und zog sie zurück auf die sichere Seite.

»Bist du verrückt?«, fuhr Louanne ihn an. »Solche Scherze sparst du dir in Zukunft bitte!« Sie war wütend, das Herz schlug ihr bis zum Hals.

»Es tut mir leid. Ich wusste nicht, wie tief du in Gedanken versunken warst.« Er lehnte sich neben sie ans Gitter und musterte sie forschend. »Worüber hast du gegrübelt?«

»Darüber, ob es wohl noch schneien wird«, behauptete Louanne.

»Schneien?« Ruben verzog das Gesicht. »Darauf kann ich gern verzichten. Kühl und feucht, mehr ist Schnee ja nicht. Gefrorener Regen, weißes Elend. – Und jetzt sag mir, was dich wirklich beschäftigt.«

»Kannst du dir das nicht denken?«

Ruben nickte. »Das mit Marisa, diesem Biest, kam ziemlich überraschend, nicht wahr? Um ehrlich zu sein, hat Geraldine mit ihrer Enthüllung auch mich kalt erwischt. Auf die Idee muss man erst mal kommen! Dass uns diese alte Geschichte einholt und uns Ferraro nach all der Zeit einen Racheengel in Gestalt seiner Tochter auf den Hals hetzt, ist doch der Hammer! Ich meine: Damals, vor meinem Auftritt als Kronzeuge, habe ich jede Minute damit gerechnet, dass jemand versucht, mich umzupusten. Aber heute doch nicht mehr!«

»Ja, eine echte Offenbarung«, pflichtete Louanne ihm bei. »Doch wenn man genauer darüber nachdenkt, erschließt sich, was sie dazu getrieben hat. Dann kann man Marisas Motivation in gewisser Weise nachvollziehen.«

»Hört sich an, als würdest du diesen kleinen Teufel verteidigen.«

»Ganz sicher nicht. Es geht mir nur darum, das Motiv zu ergründen.« Louanne suchte nach geeigneten Worten, um Ruben ihre Empfindungen begreiflich zu machen. »Marisa ist quasi als Halbwaise aufgewachsen, nur mit ihrer Mutter. Sie musste bei ihren Besuchen im Gefängnis durch eine zentimeterdicke Panzerglasscheibe miterleben, wie ihr Vater älter und älter wurde.« Louanne bemühte sich, Marisas Gefühlsleben für Ruben verständlich zu machen. Obwohl, um Verständnis ging es eigentlich nicht, denn dass sie Alexandros aus ihrer Mitte gerissen hatte, würde sie ihr nie verzeihen. Trotzdem wollte Louanne herausfinden, warum Marisa so gehandelt hatte.

»Eine Halbwaise, der es zumindest materiell an nichts fehlte«, hielt Ruben dagegen. »Ferraro hat vom Gefängnis aus dafür gesorgt, dass es seiner Familie finanziell gut geht. Da haben es Kinder von weniger begüterten Knastbrüdern schwerer. Ich gehe davon aus, dass sie und ihre Mutter keinen Mangel litten.«

»Trotzdem wollte sie sich nicht mit ihrem Schicksal abfinden und wurde für ihren Vater zur Mörderin«, sagte Louanne voller Überzeugung, »denn aus ihrer Perspektive ist nicht ihr Vater der Böse, sondern wir sind es, weil wir ihre bis dahin unbeschwerte Kindheit zerstört haben.«

»Ach Gottchen, wenn du weiter so redest, empfinde ich am Ende auch noch Mitleid mit dieser Killerin.«

»Um Mitleid geht es nicht«, stellte Louanne noch einmal klar.

»Jaja, du willst nur das große Warum klären. Ich kann dir sagen, warum das geschehen ist, denn es ist ganz simpel: Der Apfel fällt nicht weit vom Stamm.« Ruben schlang die Arme um die Brust. »Es ist verdammt unangenehm hier draußen. Ich wundere mich, wie du es hier so lange ohne Jacke aushältst, du bist doch sonst so verfroren. Lass uns wieder reingehen zu den anderen.«

»Geh nur vor«, sagte Louanne. »Ich brauche noch einen Augenblick.« Die Kälte war jetzt ihre geringste Sorge.

GERALDINE

»Wenn Sie sie verhören, will ich dabei sein«, verlangte Geraldine von Lefèvre. »Immerhin habe ich Sie überhaupt auf diese Fährte gebracht.« Doch der Capitaine ließ sie einfach stehen und zog sich mit Marisa in seinen schäbigen kleinen Vernehmungsraum zurück. Selbst schuld, dachte Geraldine verärgert, denn wäre Lefèvre ein wenig zugänglicher, hätte sie ihm gestattet, die Verdächtige im Wintergarten zu befragen, was für ihn und seinen Assistenten weitaus komfortabler gewesen wäre.

»Dieser *flic* sperrt uns einfach aus«, grummelte sie vor sich hin. »Was bildet der sich eigentlich ein?«

»Gräme dich nicht«, sagte Kim zu ihr. »Ich glaube, ich habe da eine Idee.« Mit diesen Worten verschwand er im Flur und wuchtete seine Pfunde die Treppe hinauf.

Geraldine sah ihm fragend nach. Was denn für eine Idee?

Da sich auch Louanne und Ruben zurückgezogen hatten, sie aber jemanden zum Reden suchte, wandte sich Geraldine an den einzig Verbliebenen: Kasimir.

Der machte mit seinem zerknitterten Anzug und dem strähnigen grauen Haar nicht den Eindruck, als würde er die Energie aufbringen, gemeinsam mit Geraldine um eine Beteiligung an den offiziellen Ermittlungen zu kämpfen. Aber sie wollte nichts unversucht lassen. »Ist es nicht eine

Unverfrorenheit, wie man uns behandelt?«, sprach sie ihn an. »Als ob wir einfache Zaungäste wären.«

Kasimir richtete seine müden Augen auf sie. »Wir haben getan, was wir konnten. Jetzt ist die Polizei am Zuge.«

»Ach was!«, schimpfte Geraldine und schüttelte dabei so heftig den Kopf, dass ihr um ein Haar das extravagante Hütchen vom Haar gerutscht wäre. »Noch ist nichts bewiesen, und so wie ich diesen schlafmützigen Capitaine bisher erlebt habe, vermasselt er es, wenn er ohne uns weitermacht. Trotz des Ohrclips als Beweis.«

»Ohrclip?« Kasimir kräuselte die Stirn.

»Der Perlenohrschmuck«, erinnerte ihn Geraldine. »Der, den du neben Alexandros' Leiche gefunden hattest.«

»Ach ja.« Er tippte sich an die Stirn. »Natürlich ...«

Geraldine seufzte. Dann fasste sie ihn mit sanftem Druck am Ellenbogen und dirigierte ihn zu einem Stuhl. Sie selbst nahm neben ihm Platz.

»Was ist?«, fragte Kasimir.

Geraldine stieß einen weiteren Seufzer aus, denn es fiel ihr nicht leicht, offen mit ihm zu reden. »Wir sind enge Freunde, Kasimir, das stimmt doch?«

»Ja, natürlich.« Er sah sie verwundert an. »Weshalb fragst du?«

»Weil ich eigentlich immer der Meinung war, dass eine Freundschaft auch dazu da ist, sich einander anzuvertrauen, wenn man Probleme hat und Hilfe braucht.«

Kasimir zögerte, bevor er antwortete: »Das kommt darauf an, oder? Ruben wäre sicherlich der Letzte, der uns eingestehen würde, wenn etwas nicht in Ordnung wäre. Das würde sein Stolz gar nicht zulassen. Und Kim? Ja, er redet viel und gern, aber sagt er uns auch, was ihn wirklich belastet? Die Kilos allein sind es sicher nicht. Außerdem gibt es ja die unausgesprochene Regel: keine Krankengeschichten.«

»Lassen wir diese dumme Regel mal beiseite.« Geraldine fixierte ihn mit festem Blick. »Wie steht es mit dir, Kasimir?«

»Was soll mit mir sein?«

»Du hast kein Sterbenswörtchen darüber verloren, dass du umgezogen bist.«

»Ich ... ja, ich ...« Er schluckte. »Ich bin noch nicht dazu gekommen. Woher weißt du das überhaupt?« Seine Augenlider flatterten. »Ja, ich habe meine alte Wohnung aufgegeben. Sie war einfach zu geräumig für mich, und der Garten war zum Schluss nur noch eine Belastung. Ich kann mich nicht mehr so gut bücken, du weißt ja: die Hüfte, und beim Unkrautjäten ...«

»Mach mir bitte nichts vor«, unterbrach Geraldine ihn. »Ich weiß, dass du in einer Einrichtung untergekommen bist, die auf Demenzkranke spezialisiert ist. Und ich weiß, dass du dich dort nicht abgemeldet hast, bevor du nach Le Lavandou gereist bist.«

Kasimir biss sich auf die Unterlippe. »Ludwina steckt dahinter, richtig? Hat meine Nichte etwa meine Freunde abtelefoniert, um herauszufinden, wo ich bin?«

Geraldine verneinte. »Kasimir, sei bitte ehrlich zu mir. Warum bist du in diesem Heim, und aus welchem Grund hast du dich einfach davongestohlen?«

»Hast du etwa unsere goldene Regel vergessen?«

»Ich habe bereits gesagt, dass ich nichts davon halte. Du kannst dich nicht hinter irgendwelchen Regelwerken verstecken, die jeder so auslegt, wie es ihm gerade passt. Mir machst du nichts vor.«

Zunächst sah es so aus, als würde er sich weiterhin sträuben, doch schließlich lenkte er ein, pochte mit den Fingerkuppen gegen die Schläfe und sagte: »Es stimmt etwas nicht in meinen Kopf. Ich merke es an Kleinigkeiten, bin vergesslich geworden.«

»Du hast dich also selbst darum gekümmert und dich für betreutes Wohnen entschieden?«

»Nein, nicht wirklich.«

»Hat deine Nichte dafür gesorgt, dass du in diese Pflegeeinrichtung gehst?«

Er nickte. »Ich habe wohl ein paarmal die Wohnungstür offen gelassen, den Briefkasten nicht ausgeleert und nicht daran gedacht, die Herdplatte abzudrehen«, räumte Kasimir zerknirscht ein. »Es gab auch einige Termine, die ich versäumt habe. Beim Arzt und einmal einen Geburtstag, zu dem ich eingeladen war. Die Aussetzer haben sich gehäuft, leider.«

»Du kamst nicht mehr allein zurecht?«

Kasimir senkte den Kopf. »Ludwina hat mich überzeugt, dass es besser für mich ist, ins Heim zu ziehen. Dort habe ich mein eigenes Zimmer und konnte viele von meinen Büchern mitnehmen. Man gibt auf mich acht, ich nehme an Kursen teil: Jogging fürs Gehirn.« Eine steile Furche bildete sich auf seiner Stirn, als er fortfuhr: »Aber das gibt Ludwina nicht das Recht, mir nachzuspionieren. Schließlich bin ich nicht entmündigt, sondern nach wie vor ein freier Bürger!«

»Du hättest sie wenigstens informieren können, meinst du nicht auch?«

»Sie hätte mich nicht reisen lassen«, entgegnete Kasimir resigniert. »Ludwina kann sehr resolut sein, sie hätte das nicht erlaubt. Dieses sture polnische Mädchen!«

Geraldine sah ihn streng an, ihr Blick war unerbittlich. »Versprich mir, dass du sie anrufst und informierst, wo du dich aufhältst. Und sag ihr, dass deine Freunde bei dir sind.«

»Nun …«

»Versprich es mir! Du rufst sie noch heute an.«

»Also gut: versprochen.«

KIM

Ein Gutes hatte es ja, dass Kim sich technisch auf dem Laufenden hielt. Um bei den Computerspielen mit den meist deutlich jüngeren Konkurrenten Schritt halten zu können, besaß er nicht nur einen Laptop mit leistungsstarkem Prozessor und solider Grafikkarte, sondern auch die übrige Ausstattung eines Gamers: Kopfhörer, Webcams, Mikrofone, eben alles, was man so brauchte. Ruben mochte Kims Spielsucht missbilligen, aber jetzt konnten sie alle davon profitieren.

Als hätte er geahnt, dass es im Fall Alexandros demnächst einen Durchbruch geben würde, hatte Kim gestern Abend eine winzige Kamera, eine sogenannte Action-Cam, nebst Mikro in dem Abstellraum versteckt, den Lefèvre als Zweigstelle der Gendarmerie nutzte. Die Geräte arbeiteten kabellos und übertrugen Bild und Ton direkt auf Kims Notebook.

Über Nacht hatte er den Laptop in seinem Zimmer aufbewahrt, weil er nicht wollte, dass sich im Wintergarten noch einmal jemand ohne sein Wissen daran zu schaffen machte. Jetzt stöpselte er das Ladekabel ab, klemmte sich das Gerät unter den Arm und kehrte in ihr improvisiertes Hauptquartier zurück.

Dort traf er auf Kasimir und Geraldine, die beide so aussahen, als wäre ihnen eine gewaltige Laus über die Leber gelaufen. Aber er würde die zwei schon aufheitern!

»Aufgepasst, Freunde!«, rief er und klappte das Notebook auf. »Jetzt gibt es Live-TV aus der Besenkammer!«

Geraldine schaute neugierig auf, und auch Louanne und Ruben, die gerade hereinkamen, wirkten interessiert.

Kim betätigte einige Tasten, dann erschien ein gestochen scharfes Bild auf dem Monitor, das den Capitaine, seinen Adjutanten sowie Marisa zeigte. Die beiden Polizisten saßen hinter einem Tisch, Marisa mit angespannter Körperhaltung auf einem dreibeinigen Hocker. Die Schminke verlaufen, mit nachlässig zusammengebundenen Haaren.

»Was ist das?«, fragte Geraldine erstaunt und sah Kim über die Schulter. »Wie hast du das hingekriegt?«

»Das willst du gar nicht so genau wissen«, sagte Kim und schaltete nun auch den Ton an; offenbar befanden sich die drei schon mitten im Verhör. Auch Ruben und Louanne traten jetzt hinzu und lauschten.

»... wenn Sie wirklich so felsenfest von der Unschuld Ihres Vaters überzeugt sind, verkennen Sie die Realitäten, Mademoiselle«, erklang Lefèvres dumpfe Stimme. »Marcello Ferraro gilt gemeinhin als einer der berüchtigtsten Drogenhändler in der jüngeren europäischen Kriminalitätsgeschichte. Ihr Vater war der Anführer des Crotone-Kartells, benannt nach seinem Geburtsort in Süditalien. Von Neapel aus hat er Drogen nach ganz Europa geliefert und sein Netzwerk mit Mord und Todesdrohungen im Griff behalten.«

»Das ist alles nicht bewiesen!«, protestierte Marisa. »Nichts davon konnte vor Gericht belegt werden.«

»Weil Ihr Vater ein Meister im Verwischen seiner Spuren ist«, erklärte Lefèvre, der sich mit der Causa Ferraro offenbar vertraut gemacht hatte. »Machen Sie sich und uns nichts vor: Ihr Vater war verantwortlich für diverse Drogendelikte in gewaltigem Ausmaß, Geldwäsche und das Horten von Schusswaffen. Er besaß die Vorherrschaft über die wichtigsten Transitrouten des Heroinhandels und hat daraus enormen Profit geschlagen. Seine legalen Geschäfte im Im- und Export dienten lediglich als Fassade.«

»Nein, nein, nein! Sehen Sie in den Akten nach: Nichts davon konnte man ihm anlasten«, entgegnete Marisa.

»Und trotzdem sitzt er hinter Gittern«, stellte Lefèvre nüchtern fest. »Rechtskräftig verurteilt wegen vorsätzlichen Mordes an einem Polizisten.«

»Ich kenne meinen Vater. Er hätte so etwas nie getan. Ich habe ihn niemals mit einer Pistole in der Hand gesehen.«

»Aber er besaß eine. Und selbst wenn nicht, dann ganz bestimmt seine Leibwächter«, insistierte Lefèvre. »Er brauchte sie sich nur mal kurz auszuleihen.«

»Die Tatwaffe ist nie gefunden worden!«, rief Marisa aufgebracht. »Als man meinen Vater festnahm, war er unbewaffnet.«

Das stimmte, erinnerte sich Kim. Sie waren damals davon ausgegangen, dass Ferraro die Pistole nach dem tödlichen Schuss aus dem Fenster geworfen hatte. Allerdings blieb das Beweisstück verschwunden, obwohl der bewaldete Hügel rund um das Hotel gründlich abgesucht worden war.

»Fest steht, dass es ausreichend Indizien gab, um ihn zu überführen.« Lefèvre ließ sich nicht beirren. »Sie sitzen einem Trugschluss auf, wenn Sie glauben, Ihrem Vater in irgendeiner Weise zu helfen, indem Sie diejenigen töten, die ihn ins Gefängnis gebracht haben.«

»Aber ich sagte es Ihnen doch: Ich bin das nicht gewesen! Ich habe den Toten gefunden, ja, doch geschossen hatte jemand anderes.«

»O ja, eine Familie von Unschuldslämmern«, ätzte Lefèvre. »So leicht kommen Sie mir nicht davon, junge Frau. Immerhin lag Ihr Ohrclip neben dem Toten. Von allein ist er wohl kaum abgefallen. Schon eher, als Sie die Pistole zogen und sich in die richtige Position brachten, um Monsieur Dimitriadis hinterrücks zu erschießen. Sehen Sie, hier ist das verräterische Schmuckstück.«

»Das ist nicht mein Ohrschmuck! Auch das habe ich bereits mehrfach gesagt!«

Lefèvre legte den Clip auf den Tisch, lehnte sich zurück und verschränkte die Arme hinter dem Kopf. »Na schön. Schieben wir Ihr ohne Frage vorhandenes Motiv für den Moment beiseite, und gehen wir davon aus, dass Sie Monsieur Dimitriadis nicht getötet haben. Und dass Sie auch nicht vorhatten, die anderen Mitglieder der Reisegruppe umzubringen.« Er legte eine dramaturgische Pause ein. »Wie erklären Sie dann Ihre Anwesenheit im *Le Petit Hôtel*? Wollen Sie mir weismachen, dass es ein Zufall ist, wenn Sie ausgerechnet zu dem Zeitpunkt als Zimmermädchen anfangen, wenn die Verfolger Ihres Vaters hier ihren Urlaub antreten?«

Marisa senkte den Kopf. »Nein«, flüsterte sie.

»Wie bitte? Geht es auch etwas lauter?«

»Ja! Bitte lauter!«, sagte Ruben, der sich über Kims Notebook bückte, damit er dem Dialog folgen konnte.

»Pssst!«, machte Geraldine.

»Nein«, wiederholte Marisa.

»Sie geben es also zu.« Lefèvre beugte sich nun wieder

vor und rieb sich die Hände. »Sie geben zu, dass Sie die Stelle im Hotel aus einem ganz bestimmten Grund angetreten haben. Nämlich, damit Sie denjenigen, die Ihren Vater vor Gericht gebracht haben, sehr nahe sein konnten.«

»Ja«, antwortete Marisa und hob langsam den Kopf. »Aber es ist anders, als Sie denken. Ich hatte nicht vor, irgendwem etwas anzutun.«

»Sondern?«

»Ich wollte die Menschen kennenlernen, die so viel Unglück über meine Familie gebracht haben. Wollte wissen, um welche Art von Leuten es sich handelt. Meine ganze Kindheit über habe ich mir ausgemalt, was für Unmenschen das sein müssen. Jetzt wollte ich mir Klarheit verschaffen, mir selbst ein Bild machen.«

Lefèvre sah sie verdutzt an. »Und wofür sollte das gut sein?«

»Ich möchte endlich meinen Frieden schließen mit dem, was war. Ich hatte gehofft, dass mir die Nähe zu diesen Personen erlaubt, sie zu verstehen und den alten Leuten vielleicht sogar zu verzeihen.«

Für mehrere Sekunden blieb es still. Dann hieb Lefèvre mit der Faust auf die Tischplatte.

Vor Schreck fiel Kim beinahe vom Stuhl, während Louanne einen Satz nach hinten machte.

»Unsinn!«, schrie Lefèvre. »Sie sind eine Ferraro! ›Auge um Auge‹ lautet Ihr Familiencredo. Alles, was Sie im Sinn hatten, war blutige Rache.«

»Nein, Sie liegen falsch, Capitaine! Das stimmt einfach nicht!«

Kim hörte nur noch mit halbem Ohr zu. Seine Zweifel wuchsen, ob Lefèvre Marisa den Mord an Alexandros tatsächlich würde nachweisen können. Denn bliebe sie bei ihrer Version, bräuchte es handfeste Beweise – und an denen mangelte es …

Eine vertrackte Situation, zumal Kim schwante, dass die Mördersuche trotz der überraschenden Enthüllung von Marisas Herkunft längst nicht abgeschlossen war.

GERALDINE

Die Polizei war bis auf den letzten Mann abgezogen, als sich Geraldine zum Fünf-Uhr-Tee in den Salon begab. Sie resümierte: Marisa war verhaftet und abgeführt worden; offenbar hatten die Erkenntnisse aus der Befragung in der Besenkammer zumindest dafür gereicht. Lefèvre musste sich seiner Sache sehr sicher sein.

Geraldine hingegen war es inzwischen nicht mehr.

Und dafür gab es Gründe: Marisa hatte sich während des Verhörs sehr authentisch verhalten. Geraldine konnte nicht die geringsten Hinweise erkennen, dass sie dem Capitaine etwas vorspielte. Das, was sie aussagte, hörte sich glaubhaft und aufrichtig an. Keinerlei Anzeichen in Gestik, Mimik und Tonfall deuteten darauf hin, dass sie log. Daraus folgerte Geraldine, dass Marisa entweder eine glänzende Schauspielerin war (was sie nicht annahm) oder aber die Wahrheit sprach.

Unbestritten blieb jedoch, dass die junge Frau sich ein völlig falsches Bild von ihrem Vater machte. Gerichtsfeste Beweise hin oder her: Bei Marcello Ferraro handelte es sich um einen Verbrecher, der das Gesetz mit Füßen trat. In dieser Hinsicht war Marisa völlig verblendet.

Geraldine goss sich Tee ein, worauf ihr ein Wohlgeruch aus Nelken und anderem Lebkuchengewürz in die Nase stieg. Claire hatte eine Weihnachtsmischung angesetzt.

Experimente bei Tee behagten Geraldine eigentlich nicht, doch sie sprang über ihren Schatten, kostete und schloss genießerisch die Augen. *»Excellent«*, murmelte sie.

»Das finde ich auch.«

Die Stimme hinter ihrem Rücken erschreckte Geraldine so sehr, dass ihr der Tee überschwappte. »Louanne! Ich habe dich überhaupt nicht bemerkt.«

Louanne bog um eine der Säulen, in der Hand hielt sie ebenfalls eine Tasse aus feinem Porzellan. »Kein Wunder, wenn du so sehr in Gedanken versunken bist. Marisa verhält sich nicht wirklich wie eine überführte Mörderin, nicht wahr?« Louanne sprach ihr aus der Seele.

»Richtig«, gab Geraldine zähneknirschend zu. »Aber erwarte nicht von mir, dass ich die imaginäre Trophäe als beste Detektivin vorschnell wieder herausrücke.«

Louanne lächelte schwach. »Von mir aus kannst du sie ruhig eine Weile behalten.« Sie nahm einen Schluck, wischte sich anschließend mit dem Finger um den Mund und sagte: »Das mit der Pistole hatte ich völlig vergessen.«

Geraldine zog fragend die Brauen nach oben, obwohl sie sofort wusste, auf was Louanne anspielte.

»Die Mordwaffe ist nie gefunden worden. Niemand weiß, wo Ferraro sie versteckt hat. Falls er sie überhaupt versteckt hat. Marisas Worte lassen einen daran zweifeln.«

»Natürlich hat er sie versteckt«, entgegnete Geraldine. »Oder aus dem Fenster geworfen, und es wurde nicht gründlich genug gesucht. Oder einer seiner Männer hat sie verschwinden lassen. In dem allgemeinen Durcheinander wäre das durchaus möglich gewesen.«

»Marisa behauptet, ihr Vater hätte nicht geschossen.«

»Marisa war ein kleines Kind von fünf Jahren und außerdem gar nicht in dem Zimmer, in dem es passierte. Wie sollte sie das also beurteilen können?«

»Ich weiß es nicht, aber erinnere dich: Es gibt nur einen Augenzeugen, der dabei war, als der tödliche Schuss fiel, nämlich Ruben. Kasimir kam ja erst kurz danach dazu. Es existieren ansonsten nur Beweismittel wie Ferraros Manschettenknopf.«

»Ein Augenzeuge reicht, oder? Noch dazu, wenn er Polizist ist«, widersprach Geraldine. »Und wie gesagt: Kurz nach ihm war Kasimir zur Stelle, der noch versucht hat, das Opfer wiederzubeleben.« Sie konnte sich gut an die damalige Situation erinnern.

»Aber da war es bereits zu spät«, erinnerte sie Louanne und stellte die Teetasse beiseite. »Machen wir uns nichts vor, Geraldine: Die Verurteilung von Marcello Ferraro, unser größter gemeinsamer Triumph und die Krönung unserer Berufskarrieren, stand auf tönernen Füßen. Bis auf Ruben hat keiner von uns mit eigenen Augen gesehen, wie Ferraro auf den Kollegen geschossen hat – und ob er überhaupt geschossen hat.«

»Willst du jetzt etwa alles infrage stellen?« Auch Geraldine setzte die Teetasse ab, allerdings mit so viel Verve, dass sich der Rest des Inhalts über den Boden verteilte.

»Nein«, sagte Louanne und wirkte wenig glücklich dabei. »Ich spreche nur die Zweifel aus, die ich schon früher hatte, die aber in der Euphorie um Ferraros Festnahme niemand hören wollte. Nicht einmal ich selbst. Wohl auch, weil mir der berufliche Erfolg wichtiger gewesen ist.«

Zweifel! Wie sehr Geraldine dieses Wort verabscheute. Es zog einem die Füße unter den Beinen weg und machte all das obsolet, was man sich mühselig erarbeitet hatte. Zweifel waren Gift für jede konstruktive und zielgerichtete Ermittlungsarbeit.

Ihre Kinder hatten sie auch oft mit Zweifeln behelligt, vor allem ihre Tochter Bethany. Zweifel am Fortkommen in der Schule, Zweifel in ihren Beziehungen, Zweifel an der Wahl des Berufs. Geraldine konnte dafür wenig Verständnis aufbringen und hatte Beth mit ihren pragmatisch-nüchternen Entgegnungen wohl mehrfach vor den Kopf gestoßen. Vielleicht mochte darin einer der Gründe liegen, weshalb ihre Tochter und deren Geschwister kaum noch Kontakt zu ihr pflegten und Geraldine ihre Enkelkinder so gut wie nie zu Gesicht bekam?

»Wie soll es sich denn sonst abgespielt haben, Louanne? Wenn nicht Ferraro den Polizeispitzel erschossen hat, wer dann?«

Ja, wer dann? Das fragte sich nun auch Geraldine selbst.

Lyon, Interpol-Generalsekretariat

Das Büro war modern, aber unspektakulär: hellgraue Schrankwand, Zimmerpflanze, die Akten sauber gestapelt auf dem Tisch. Man mochte kaum glauben, dass es sich um die Schaltzentrale einer der wichtigsten Spezialeinheiten handelte, in deren Führungsriege Louanne aufgenommen worden war. Sie war jetzt ein hohes Tier bei Interpol. Ein Aufstieg, den sie ihrer Beteiligung an Marcello Ferraros Verhaftung zu verdanken hatte.

Kasimir, der sich für eine Gastvorlesung an der Université de Lyon in der Stadt aufhielt, nutzte seine Anwesenheit, um ihr persönlich zu diesem Karrieresprung zu gratulieren. Jetzt, da er ihr gegenübersaß, fiel ihm wieder Louannes verblüffende Ähnlichkeit zu Danja auf, seiner heimlichen Jugendliebe. Das dunkle Haar, der sonnenbraune Teint, die grazile Statur. Sogar ihre Bewegungen ließen ihn an Danja denken. Einmal hatte er einen jungen Mann kennengelernt, der ähnlich feminine Züge aufwies und von dem er sich angezogen fühlte. Er ließ sich auf eine Affäre ein, erkannte aber bald, dass ihm dieser Mann nur als Ersatz diente. Bei der nächsten Männerbekanntschaft achtete er darauf, dass es keine Ähnlichkeit mit Danja oder Louanne gab.

»Es ist sehr nett, dass du vorbeischaust«, sagte Louanne, und ihre Augen lächelten. »Auch die anderen würde ich gern mal wiedersehen. Wäre schade, wenn wir uns aus den

Augen verlören nach all dem, was wir zusammen durchgemacht haben.«

»Das finde ich auch«, stimmte Kasimir zu und musterte die lieb gewonnene Freundin und Kollegin.

Louanne wirkte ausgeglichen. Sie ruhte in sich selbst, und nichts, was sie tat, schien unbedacht. Sie sprach konzentriert, mit sanfter Stimme, als sie ihm erzählte, wie sie dort hingekommen war, wo sie jetzt war.

»Der Job verlangt einem viel ab, man ist quasi rund um die Uhr im Dienst, aber ich kann mir nichts vorstellen, was mich beruflich mehr ausfüllen würde.«

Ja, dachte Kasimir, Louanne konnte stolz sein auf das, was sie erreicht hatte. Auch wenn das Privatleben dabei wahrscheinlich zu kurz kam. Sie und ihr Mann hatten keine Kinder. Ob gewollt oder nicht, darüber hatte sie nie ein Wort verloren, und er hatte sie natürlich nicht nach den Gründen gefragt. »Toll, dass du in einem Männerverein wie Interpol die Karriereleiter so weit nach oben gestiegen bist.«

Louanne lachte. »Nicht das Geschlecht ist entscheidend, sondern die Fähigkeiten, die jemand mitbringt«, sagte sie und fügte ernst hinzu: »Diese Frauenfragen stören mich, weil sie implizieren, dass immer noch in Stereotypen gedacht wird. Trotzdem stimmt es, was du sagst: Wenn es um die Verteidigung der Rechte von Frauen geht, dann können wir uns manchmal eben nicht aussuchen, welchen Kampf wir kämpfen wollen und welchen nicht. Ich hatte gehofft, dass wir das alles mit dem Jahrtausendwechsel hinter uns lassen würden.«

So weit war es noch lange nicht, dachte Kasimir. Dort, wo die Laufbahn für Frauen bei der Polizei endete, begann sie für viele Männer erst. Umso mehr freute er sich für Louanne, die sich vom Streifendienst über die Kriminalpolizei bis in die Führungsriege bei Interpol hochgearbeitet hatte. Das verlangte ihr viele Opfer ab, aber wie hatte sie einmal so treffend gesagt? »Natürlich blicke ich in Abgründe, aber wenn man es schafft, Straftaten aufzuklären oder zu verhindern, ist es das wert.«

Genau in diesem Satz jedoch erkannte Kasimir auch ein Problem: Hatten sie die letzte große Straftat wirklich aufgeklärt? Daran hatte auch Kim kurz nach Ferraros Festnahme schon Bedenken geäußert, denn dass die Tatwaffe partout nicht aufzutreiben war, ließ ihm keine Ruhe. Geraldine tat sich zusehends schwer mit dem Täterprofil, das sie über Monate hinweg erarbeitet hatte: Ferraro, der in der Untersuchungshaft keinen Deut von der Unschuldsversion abwich, fügte sich einfach nicht richtig in das Bild, das sie von ihm entworfen hatte. Selbstverständlich würde die Eiserne Lady niemals offen einen Irrtum eingestehen, aber bei ihrem letzten Telefonat hatte man es ihr angemerkt, wie Kasimir fand. Sogar Alexandros war inzwischen auf Abstand gegangen und meldete sich kaum noch. Und Louanne? Kasimir brannte es unter den Nägeln, endlich ihre Einschätzung darüber zu erfahren. Und zwar ehrlich und ungeschönt.

»Ich habe dich als sehr stringent erlebt. Dem Zufall überlässt du nichts«, leitete er ein.

»Na ja, ich gebe mir Mühe, aber das trifft sicherlich nicht immer zu, schon gar nicht im Privaten. Und doch stimme ich dir zu: Stringenz braucht man in diesem Job, besonders in der Funktion, in der ich jetzt bin«, bestätigte sie und ergänzte: »Außerdem Disziplin und Flexibilität.«

»Ja, das sehe ich genauso«, stimmte Kasimir zu. »Allerdings muss man sich fragen, ob wir im Fall Ferraro nicht *zu* flexibel gehandelt haben.«

Louannes Körperhaltung verriet, dass er einen wunden Punkt angesprochen hatte: Sie versteifte sich. »Ist es also doch nicht bloß ein Höflichkeitsbesuch? Wie schade.«

»Nimm es mir nicht übel, aber die anderen liegen mir in den Ohren mit ihren Vorbehalten. Dir wird es nicht anders gehen, oder?«

Louanne verzog den Mund. »Ja, ich weiß, was du meinst. Im Grunde genommen stützt sich die Anklage auf eine Zeugenaussage sowie ein einziges Indiz, den abgerissenen Knopf. Das ist ziemlich dünn, aber ...«

»Aber?«

»Es muss reichen«, erklärte Louanne zuversichtlich.

»Du bist also von Ferraros Schuld überzeugt?«, vergewisserte sich Kasimir.

»Dass er ein Verbrecher ist, daran bestehen ja wohl keinerlei Zweifel.«

»Das meine ich nicht, Louanne. Ich möchte von dir wissen, ob du zu seiner Schuld als Mörder stehst. Oder ob unsere Front zu bröckeln beginnt.«

Louanne schwieg einige Sekunden, bevor sie darauf antwortete: »Wir haben das Ganze ins Rollen gebracht, jetzt können wir es nicht mehr stoppen.«

»Können wir nicht?«

»Nein. Für mich ist dieser Fall abgeschlossen. Der richtige Mann sitzt in Haft, und ich denke, die anderen werden früher oder später zu der gleichen Überzeugung kommen. Ruben ist es ohnehin schon die ganze Zeit.«

»Danke«, sagte Kasimir erleichtert. »Diese Vergewisserung habe ich gebraucht. Ich wollte Klarheit darüber, ob wir weiterhin dahinterstehen.«

Er sagte das, obwohl er Louannes Zweifel in ihren Augen lesen konnte. In diesem Moment wurde ihm bewusst, dass sie eine Art Kitt benötigten, der den Zusammenhalt auch in Zukunft garantierte. Ein Kitt in Form regelmäßiger Treffen, die der Verbrüderung beziehungsweise Verschwesterung dienten.

Spontan schlug er vor: »Was hältst du davon, wenn wir uns wiedersehen? Ich meine, wir alle: Geraldine, Alexandros, Kim, Ruben, du und ich? Wenn wir ein paar Tage zusammen verbringen, um ganz in Ruhe über alles zu reden? Nicht in einem offiziellen Rahmen, sondern ganz privat.«

Louanne hatte Vorbehalte: »Wozu soll das gut sein?«

»Hast du nicht selbst gesagt, dass du die anderen mal wieder treffen möchtest?«

»Ja, schon ...«

»Du suchst nach Anlässen? Wie wäre es damit: Wir sollten aufarbeiten, was uns umtreibt. Und mehr noch: versuchen, unsere Freundschaft zu erhalten.«

»Hm«, machte Louanne nachdenklich. »Überstunden habe ich genug, um ein paar Tage auszuspannen. Ja, ich wäre dabei. Einen passenden Treffpunkt wüsste ich übrigens auch.«

»Ach ja? Wo denn?«

»Liegt das nicht auf der Hand? Im *Le Petit Hôtel.*«

LOUANNE

Die fünfzehn Minuten auf dem Stepper taten ihr gut. Bei dem Gerät handelte es sich nicht gerade um das neueste Modell, was auch für die anderen Trainingsmaschinen im hoteleigenen Fitnessraum galt, doch es erfüllte seinen Zweck. Louanne trieb ihren Puls nach oben, während ihr der Schweiß aus allen Poren trat.

Sie war allein in dem kleinen Raum und ging davon aus, dass das auch so bleiben würde. Umso erstaunter war sie, als ausgerechnet Geraldine um die Ecke bog: in einem rosafarbenen Trainingsanzug im Stil der Achtzigerjahre und anstelle des obligatorischen Hutes mit einem – ebenfalls rosa – Schweißband um die Stirn. Als wäre es das Selbstverständlichste der Welt, sagte sie: »*Hi*« und stieg auf einen Crosstrainer.

»Du trainierst?«, bemerkte Louanne, die ehrlich überrascht war.

»Du doch auch«, lautete die pragmatische Antwort. »In unserem Alter muss man was tun, wenn man in Form bleiben will.«

»Absolut richtig«, stimmte Louanne zu, lief weiter, merkte dann aber, dass Geraldine mit der Bedienung des Geräts nicht zurechtkam. »Moment«, sagte sie und stieg ab, um der Freundin zu helfen.

Louanne versuchte sich an der etwas sperrigen Einstellung für Gewicht und Belastung, da sagte Geraldine: »Wo wir gerade unter uns sind …«

»Ja?«, fragte Louanne, ohne von dem Bedienfeld aufzusehen.

»Unsere Unterhaltung neulich, als wir über den Suizid meiner früheren Kommilitonin sprachen, für den ich mich mitverantwortlich fühle, ist etwas einseitig gewesen, findest du nicht auch?«

»Wie meinst du das?«

»Ich meine, dass auch du dich mir gegenüber mehr öffnen solltest. Das wäre doch nur fair, oder?«

Louanne ahnte, worauf Geraldine abzielte. Sie war nicht gekommen, um Sport zu treiben, sondern um Louanne unter vier Augen zu sprechen und auf den Zahn zu fühlen. »Was willst du von mir hören?«

»Dein großes Geheimnis«, erklärte Geraldine, worauf Louanne zunächst annahm, sie wollte über ihr Verhältnis zu und mit Ruben reden.

Doch Geraldine war auf etwas anderes aus. »Der Unfall damals, spätabends nach dem Kongress: Wer hat da wirklich am Steuer gesessen?«

Louanne meinte, ihr Herzschlag würde aussetzen. Dann schnürte sich ihre Kehle zusammen wie jedes Mal, wenn sie an dieses schreckliche Ereignis zurückdachte …

Eine mondlose Nacht im Herbst des Jahres 1999. Louanne sieht die schmale, unbeleuchtete Landstraße vor sich. Lediglich die Autoscheinwerfer werfen ihr fahles Licht auf den regennassen Asphalt. Sie sind mit mäßiger Geschwindigkeit unterwegs, im Radio spielen sie einschläfernde Songs. Ihr fällt es schwer, die Augen offen zu halten. Plötzlich taucht ein

Radfahrer auf. Er trägt dunkle Kleidung und ist ohne Rücklicht unterwegs. Mitten auf der Straße fährt er Schlangenlinien! Alles geht ganz schnell, sie haben keine Chance, zu reagieren und auszuweichen. Bremsen kreischen, dann tut es einen dumpfen Schlag. Gleich darauf ist es still. Totenstill.

»Alexandros saß mit dir im Wagen und gab an, er habe das Auto gesteuert«, frischte Geraldine ihre Erinnerungen auf. »Das hat damals niemand in Zweifel gezogen. Aber bei dem Unfallfahrzeug handelte es sich um deinen Mietwagen, habe ich das richtig im Gedächtnis? Weshalb bist du dann nicht selbst gefahren?«

»Weil ich etwas getrunken hatte«, antwortete Louanne. »Deshalb habe ich Alexandros den Schlüssel gegeben.«

»Ach ja, richtig.« Geraldine nickte. »Du warst beschwipst. Wärst du am Steuer gesessen, dann hättest du in jedem Fall eine Mitschuld bekommen. So aber wurde die Angelegenheit als tragischer Unfall zu den Akten gelegt. Was für ein Glück für dich.«

Louanne biss die Zähne zusammen. Es lag auf der Hand, worauf Geraldine hinauswollte. Sie vermutete, dass Alexandros und sie die Plätze erst nach dem Unfall getauscht hatten und Alexandros sie mit dieser Tatsache später unter Druck setzte oder sogar erpresste. »Ich war an diesem Abend Beifahrerin«, bekräftigte Louanne und sah ihrer Freundin fest in die Augen. »Ich hatte den Sitz gerade nach hinten gekippt, um etwas zu dösen, weil mir die ganze Zeit die Augen zufielen. Erst Sekundenbruchteile vor dem Unfall bin ich halb wach geworden, da knallte es auch schon, und Glas splitterte. Der Radfahrer war sofort tot.«

Geraldine neigte den Kopf. »Das ist die Wahrheit?«

»Ja«, sagte Louanne bestimmt und dachte, dass Geraldine es nicht nachprüfen konnte. Und auch niemand anderes. Denn der einzige weitere Beteiligte an diesem Unfall war nun ebenfalls tot.

KIM

Er wollte allein sein an diesem Abend, deshalb zog sich Karl-Wilhelm gleich nach dem *dîner* ins kleine Kaminzimmer zurück, das gleichzeitig als Hausbibliothek diente. Eine sehr bescheidene Büchersammlung, noch dazu ausschließlich mit französischen Titeln. Aber Kim war ja nicht wegen der Bücher in diesem Raum, sondern weil er es sich mit seinem Bier bequem machen wollte, ohne dass ihn ständig jemand in ein Gespräch verwickelte. Er brauchte eine Auszeit, um die vielen Eindrücke zu verarbeiten, die seit seiner Anreise auf ihn einprasselten.

Außerdem war er müde, weil es ihn angestrengt hatte, den Gesprächen beim Abendessen zu folgen. Wenn die anderen gleichzeitig redeten, verschwammen ihre Stimmen zu einem unerträglichen Rauschen. Ein einziger Wortbrei. Deshalb hatte er das Hörgerät noch während des Hauptgangs ausgeschaltet, um wenigstens das Dessert ohne Dröhnen im Ohr genießen zu können.

Mit einem Stöhnen ließ er sich in einen breiten Ohrensessel sinken, den er sich als Ruheoase für die nächsten ein oder zwei Stunden auserkoren hatte. Er führte das Glas zum Mund und ließ das gut gekühlte Getränk in seinen Mund strömen. O ja, was für eine Wohltat, selbst wenn die Franzosen sicher nicht die besten Biere brauten.

Nach dem Öffnen der zweiten Flasche merkte er, wie der

Ballast allmählich von ihm abfiel: Diese Schwere und Unbeweglichkeit, die ihn tagein, tagaus begleiteten, und das ständige Gefühl von Unzulänglichkeit. Seine körperlichen Schwächen, die sich mit jedem neuen Lebensjahr mehr bemerkbar machten, schränkten ihn ein. Auch die Spielsucht – ja, es war eine Sucht! – bereitete ihm Sorgen, nicht nur, was seine finanzielle Situation betraf. Nein, das Leben war für ihn längst keine Freude mehr. Da bot das Bier leider nur einen schwachen Trost.

Aber immerhin einen verlässlichen. Kim trank aus, lehnte sich zurück und schloss die Augen.

Was, wenn er jetzt einschlafen und nie wieder aufwachen würde? Nie wieder Schmerzen spüren, keine Zukunftsängste mehr, kein Kopfzerbrechen wegen des Schuldenbergs. Und niemand könnte ihn wegen des heftigen Streits behelligen, den er mit Alexandros an dessen Todestag gehabt hatte. Ihn wunderte, dass dieses Thema noch nicht zur Sprache gekommen war. Von mindestens einer Person wusste er, dass sie es mitbekommen haben musste.

Warum sagte Louanne nicht, dass sie gesehen hatte, wie Kim Alexandros an den Kragen gegangen war?

HUGO

Sein spätabendlicher Kontrollgang führte Hugo vom Empfang in den Salon und durch die anderen Aufenthaltsräume. Dabei überprüfte er Türen und Fenster und sammelte ein, was die Gäste bei ihren späten Aktivitäten so alles hinterlassen hatten. Teller mit Käseresten im Foyer, Espressotassen an der Bar, zwei Bierflaschen in der Bibliothek.

Für ihr Alter waren diese Rentner wirklich extrem umtriebig, dachte er. Einfach nicht totzukriegen. Es hätte ihn nicht gewundert, einen oder mehrere von ihnen noch anzutreffen, obwohl es weit nach Mitternacht war. Eigentlich konnte ihm das ja nur recht sein, denn je öfter sie im Hotel blieben, statt auszugehen, desto mehr konsumierten sie und füllten ihm die Kasse. Im Grunde genommen die perfekten Kunden und treu noch dazu. Wenn sie doch nur nicht so verdammt neugierig wären …

Er erreichte den Wintergarten, den Claire den Alten als eine Art Clubzimmer überlassen hatte. Sehr zu Hugos Missfallen, denn damit gab es einen weiteren Raum, der gereinigt werden musste. Auf dem Tisch standen benutzte Gläser und Tassen, die er einsammeln musste, und auf dem Boden lagen überall Baguette- oder Croissantbrösel. Da müsste Marisa gleich morgen früh mit dem Staubsauger drübergehen.

Kopfschüttelnd ging er weiter, um vor der von Palmen umrahmten Schiefertafel stehen zu bleiben. Mit Klebeband waren dort Fotos befestigt, die den Toten im Keller zeigten. Hugo schluckte und versuchte, nicht zu genau hinzusehen. Auf der anderen Seite der Tafel waren einige Namen notiert, darunter der von Gustave, der jedoch mit einem großen X durchgestrichen war. Anders als sein eigener Name: Hugo Martin fand sich neben seiner Frau Claire in einer Reihe wieder, die wohl alle Verdächtigen im Mordfall enthielt. Unverschämt!, ärgerte er sich, eine Anmaßung! Er wollte sich schon abwenden, als sein Blick noch einmal die Bildergalerie streifte. Dabei blieb er an einem Foto ganz unten in der Ecke hängen, das er bisher übersehen hatte. Es zeigte einen Perlenohrclip. Etwa der, den die Polizei Marisa zuordnete? Hugo schob den Kopf vor und näherte sich dem Bild bis auf wenige Zentimeter. Er kannte diesen Schmuck, und dass er ihn hier auf einem Foto sah, brachte ihn noch mehr gegen die alten Leute auf.

Die Schnüffelei der selbsterklärten Freizeitermittler übertraf diesmal alles, was Hugo aus den Vorjahren kannte. Schon in früheren Jahren hatte er sie mitunter in die Schranken weisen müssen. Sie gaben einfach keine Ruhe und akzeptierten nicht, dass da ein Punkt war, an dem sie aufhören mussten.

Hugo fand, dass dieser Punkt jetzt erreicht war. Die Altdetektive mussten aufhören, jeden Stein umzudrehen und für ständig neue Unruhe zu sorgen. Sonst würden Dinge ans Licht kommen, die besser im Dunkeln blieben.

Tote sollte man ruhen lassen, oder?

LOUANNE

Nur die Notbeleuchtung spendete ein karges Licht, als sich Louanne durch den Flur ins Treppenhaus schlich, hinunterging ins Foyer und weiter in die Küche. Wahrscheinlich war das eine Sparmaßnahme der Martins, um die Stromkosten zu drücken. Louanne sollte es recht sein, so sah sie wenigstens niemand.

Zwei Uhr war es inzwischen, mitten in der Nacht. Sie fand die Küche wie erwartet verwaist vor, daher huschte sie auf ihren Plüschpantoffeln über den Fliesenboden bis zu den drei großen Kühlschränken hinter der Kochinsel, zögerte kurz und entschied sich für den rechten. Sie zog die Tür auf, und ein verzücktes Lächeln trat ihr auf die Lippen. Freudig juchzend streckte sie die Finger nach einer Schale Macarons aus. Eine bunte Vielfalt, die auf diverse Geschmacksrichtungen schließen ließ, eine bestimmt leckerer als die andere.

»In deinem Nachthemd hätte ich dich fast für ein Gespenst gehalten.«

Louanne fuhr zusammen, als sie die Stimme hörte. Sie schlug die Kühlschranktür zu und sah sich Kim gegenüber.

»Allerdings ein sehr hübsches Gespenst«, fügte er rasch hinzu, weil er merkte, wie sehr sein plötzliches Erscheinen Louanne erschreckt hatte.

Kim steckte in einem weit fallenden himmelblauen Bademantel, die Haare waren zerzaust, um den Mund herum glänzte die Haut speckig. Das kam wohl von dem Hühnerschlegel, den er – zur Hälfte abgenagt – in der Hand hielt.

»Du bist also auch eine nächtliche Naschkatze«, stellte Kim mit einem Zwinkern fest. »Macht dich noch sympathischer.«

Louanne zuckte mit den Schultern. »Leugnen ist ja wohl zwecklos, oder?«

»Ach, weißt du, in unserem Alter kann jeder Tag der letzte sein. Ein ungesunder Lebenswandel trägt zwar auch nicht gerade dazu bei, unsere irdische Existenz zu verlängern, aber so ganz ohne Laster wäre sie doch schwer erträglich.«

»Da ist etwas Wahres dran, ja.«

»Was würde ich mich ärgern, wenn ich tot wäre, und ich hätte nicht gefressen, gesoffen und geraucht. Über die anderen Dinge schweigen wir.« Kim machte die Kühlschranktür wieder auf. »Bitte!«, forderte er Louanne auf. »Tu dir keinen Zwang an, und bediene dich!«

Kurz darauf lehnten sie einträchtig nebeneinander an der Spülstation und genossen ihre nächtlichen Snacks.

»Ich kann ohnehin nicht mehr durchschlafen«, gestand Kim. »Ich hatte mir vorhin zwei Bier in der Bibliothek gegönnt und mich dann hingelegt, aber die Müdigkeit war nicht von langer Dauer. Da habe ich mir gesagt: Ehe ich Löcher in die Decke starre oder mich hin und her wälze, mache ich lieber einen Ausflug in die Kombüse.«

»Bei mir klappt's mit dem Schlafen auch nicht mehr so gut«, erwiderte Louanne. Das galt zumindest dann, wenn sie vergaß, ihr Schlafmittel einzunehmen.

»Was sagst du eigentlich zu unserem diesjährigen Treffen?«, fragte Kim, nachdem er den letzten Fetzen Fleisch vom Knochen gezogen hatte. »Anders als sonst, nicht wahr?«

»Ja, sehr anders. Allein schon wegen Alexandros' Tod.«

»Ein erschütternder, tragischer Auftakt – und trotzdem sind wir noch hier und nicht überstürzt abgereist.«

»Wir mussten ja als Zeugen bereitstehen.«

»Ach was, auch ohne Lefèvre wären wir geblieben. Weil wir wissen wollen, wer es getan hat. Und weil uns dieses Spiel reizt.«

»Es ist kein Spiel, diesmal nicht.«

»Wie man's nimmt.« Er stieß sich von der Kante ab. »Moment, ich hole mir nur schnell einen zweiten Schlegel.«

»Sicher, dass es erst der zweite ist?«, rief Louanne ihm hinterher.

Mit einem Hühnerteil für sich und einer Schale *mousse au chocolat* für Louanne kam er zurück. In schweigendem Einvernehmen machten sie sich über die Kalorienbomben her.

»Was ich dich schon die ganze Zeit fragen wollte«, setzte Kim an und wischte sich mit der flachen Hand über den Mund. »Am Tag von Alexandros' Tod habe ich mich mit ihm gestritten. Es ging ganz schön zur Sache – und du hast es mitbekommen, richtig?«

Louanne antwortete nicht.

»Ich habe mich natürlich gewundert, dass du mich nicht darauf angesprochen hast«, fuhr Kim fort. »Auch den anderen gegenüber hast du kein Wort darüber verloren, zumindest glaube ich das, denn sonst wäre mein Name ganz dick umkringelt auf Geraldines Verdächtigenliste gelandet. Warum verschweigst du das?«

»Weil ich nicht mitbekommen habe, worum es ging«, sagte Louanne. »Und weil ich nicht glaube, dass du ein Mörder bist.«

»Kannst du dir da wirklich so sicher sein?«, fragte Kim und musterte sie herausfordernd. »Um ehrlich zu sein: Ich bin ein übler Zocker, der Haus und Hof verspielt hat. Damit ich überhaupt noch über die Runden komme, musste ich mir etwas borgen. Bei Alexandros fand ich ein offenes Ohr, er stellte mir einen Wechsel aus. Die Rückzahlung habe keine Eile, hatte er mir versprochen. Doch jetzt, ganz plötzlich, wollte er das Geld wiederhaben. Von heute auf morgen. Das ging natürlich nicht, denn woher sollte ich es nehmen?«

»Das war der Auslöser eures Streits?«

»Genau, Alexandros setzte mir sozusagen die Pistole auf die Brust.«

»Die du ihm abgenommen hast, um ihn zu erschießen …«

»Ich habe das bildlich gemeint. Aber es war ihm bitterernst.«

Louanne legte grübelnd den Finger ans Kinn. »Was denkst du: Weshalb hatte er es plötzlich so eilig damit? Wofür brauchte er das Geld?«

»Das konnte ich mir anfangs auch nicht erklären.«

»Inzwischen aber schon?«

Kim nickte mit vieldeutiger Miene. »Ich glaube, Alexandros war auf die Kohle angewiesen, weil er seinerseits unter Druck gesetzt wurde.«

»Von einem anderen Geldverleiher?«, spekulierte Louanne.

»Oder von einem Erpresser«, entgegnete Kim. »Jemandem, der etwas über Alexandros wusste und ihn damit in der Hand hatte. Fragt sich nur, was.«

KASIMIR

Der Perlenohrclip – plötzlich war er wieder da. Er lag zu seinen Füßen auf dem königsblauen Teppich mitten im Hotelflur. Kasimir bückte sich danach und hob ihn auf. Wo kam er her? Hatte die Polizei ihn nach Marisas Verhaftung nicht sichergestellt? Weshalb lag das Schmuckstück nicht in der Asservatenkammer, wo es hingehörte?

Das Prachtexemplar fühlte sich geschmeidig und glatt an. Ein Glanzstück aus Perlmutt, in perfekter Vollendung, was für eine wunderschöne Laune der Natur! Kasimir betrachtete die Perle eingehend, während er darüber nachdachte, wem er sie schenken könnte. Louanne, der Unerreichbaren? Oder Piotr, für den er einmal genauso geschwärmt hatte, in gewisser Weise. Das war lange her, er hatte ihn fast vergessen. Doch jetzt bog er um die Ecke. Wie durch ein Wunder sah er unverändert aus. Jung und vor Kraft strotzend. Federnden Schrittes kam Piotr auf ihn zu, mit umwerfendem Lächeln.

Kasimir lächelte zurück und streckte die Hand aus, um ihm die Perle zu geben. Ein Geschenk, eine Geste, er hatte ja nichts anderes. Inzwischen war sie gewachsen, war so groß wie ein Taubenei. Die Oberfläche glänzte in den Farben eines Regenbogens. Und feucht war sie, als hätte man sie gerade erst aus der Muschel geschnitten. So nass, dass es von seiner Hand tropfte. Das Wasser sammelte sich auf dem Boden und stieg rasch an. Schon leckte es an Kasimirs Hosenbeinen, gleich danach erreichte es die Knie. Wind kam auf, pfiff und blies und erzeugte Wellen, die brausend gegen die Wände klatschten.

»Schnell!«, rief Piotr gegen den stärker werdenden Sturm an. »Gib mir die Perle, ehe du sie verlierst.«

Welche Perle? Was meinte Piotr bloß? Kasimir kämpfte gegen die tosende Gischt an und hielt nach ihm Ausschau. Nach wem? War da nicht gerade jemand gewesen? Die nächste Welle baute sich auf. Höher und bedrohlicher als jede andere. Sie stürzte direkt über Kasimir zusammen.

»Hilfe!«, schrie er. »Ich ertrinke!«

Keuchend setzte er sich in seinem Bett auf. Er war schweißgebadet. Von draußen drang das Rauschen der Brandung in sein Zimmer. Er hatte nach dem Lüften vergessen, das Fenster wieder zu schließen. Kasimir schlug die Decke zurück, stand auf und machte es zu. Schlaftrunken taumelte er zurück zum Bett und sah auf den Wecker. Vier Uhr morgens. Er legte sich wieder hin und dachte an Piotr, einen längst abgelegten Freund. Wie kam er gerade jetzt auf ihn?

DER FÜNFTE TAG

GERALDINE

Die Sonne fiel fahl durch die regennasse Markise. Mit Weihnachtsstimmung hatte das wenig zu tun, dachte Geraldine mit Blick nach draußen auf die Terrasse. Zugegeben, alpine Verhältnisse durfte sie hier nicht erwarten, aber auch nicht dieses Schmuddelwetter. Hätte sie Regen gewollt, dann hätte sie genauso gut in London bleiben können. Dort gab es wenigstens den herrlich überbordenden Weihnachtskitsch in der Oxford Street, der festliche Stimmung verbreitete, von Modehäusern gern ergänzt durch behandschuhte Schaufensterpuppen auf Schlitten, gezogen von Rentieren mit rot blinkenden Nasen.

Als sie sich abwandte, um zu ihrem Tisch im Salon zu gehen und zu frühstücken, lief sie geradewegs Ruben in die Arme.

»Um Gottes willen!«, rief er. »Was hast du denn angestellt?«

»Ich nehme an, du meinst mal wieder meinen Hut.«

»Ja! Hast du ihn verkehrt herum aufgesetzt?«

Banause!, dachte sich Geraldine und ließ Ruben ohne ein weiteres Wort stehen.

»Lass dich nicht ärgern«, raunte Louanne ihr zu. Sie stand am Büfett und bediente sich aus der Obstschale.

Geraldine winkte ab. »Da stehe ich drüber.« Einen Moment lang dachte sie darüber nach, sich ebenfalls ein vitaminreiches Frühstück zusammenzustellen, aber dann entschied sie sich für in Ei gebackenen Toast mit Sirup.

»Das war alles nicht sehr erfreulich gestern«, meinte Louanne, nachdem sie sich an einen Ecktisch gesetzt hatten, weit weg von dem Tisch, an dem Ruben Platz genommen hatte. »Die letzten Jahre sind immer so unbeschwert gewesen. Eine Wohltat. Die Kriminalfälle, mit denen wir uns befassten, waren bloß Fiktion. Ein Schauspiel zur allgemeinen Belustigung. Aber diesmal ist alles anders. Diesmal wird …«

»… ziemlich viel schmutzige Wäsche gewaschen?«, führte Geraldine den Satz zu Ende.

»Ganz genau! Findest du nicht auch, dass die Stimmung inzwischen ziemlich gekippt ist? Dass wir uns necken, gehört ja irgendwie dazu, aber nun wird es manchmal geradezu giftig.«

»Ja, aber ist das nicht normal nach dem, was geschehen ist? Vergiss nicht: Einer von uns ist ermordet worden, und wir können immer noch nicht hundertprozentig ausschließen, dass es jemand aus unseren Reihen getan hat.«

Louanne schluckte. »Eigentlich will ich diesen Gedanken gar nicht an mich heranlassen.« Sie ließ die Obstschale unangerührt und sah sich nach Ruben um, der genüsslich in ein Croissant biss. »Kannst du eigentlich noch ruhig schlafen?«, fragte sie dann. »Ich jedenfalls nicht.«

»Weil du dir Sorgen machst, dass dir etwas passiert? Dass sich nachts jemand in dein Zimmer schleicht? Wenn Ruben das täte, dann wohl mit einem anderen Ziel, als dich zu erschießen.«

»Geraldine, also bitte!« Louanne funkelte sie erbost an.

»*Sorry*, das ist mir so rausgerutscht.« Sie tätschelte ihr

die Hand. »Natürlich weiß ich, was du meinst. Man muss sich fragen, ob man noch sicher ist. Das geht mir genauso. Wahrscheinlich wäre es das Beste, so bald wie möglich abzureisen. Was kein Problem mehr sein dürfte, denn die Gendarmerie wird uns nicht aufhalten, nachdem mit Marisa eine mögliche Täterin gefunden ist.«

»Ja, es wäre vernünftig, die Koffer zu packen«, stimmte Louanne zu. »So schnell wie möglich, vielleicht gleich nach dem Frühstück.«

»Du hast leicht reden. Du brauchst ja nur in den TGV zu steigen und bist zwei Stunden später zu Hause. Wir anderen müssten erst unsere Flüge umbuchen.«

»Wenn es um Leben und Tod geht, sollte es daran nicht scheitern.«

Sprach da tatsächlich die Angst aus Louannes Worten? Geraldine sorgte sich ebenfalls, und das Vertrauensverhältnis zu ihren langjährigen Weggefährten war zumindest angekratzt. Aber freiwillig das Feld zu räumen, ohne Gewissheit über die wahren Hintergründe von Alexandros' Tod zu haben, kam für sie schlichtweg nicht infrage. Und für Louanne vermutlich ebenso wenig.

»Hast du deine Minibarrechnung denn schon bezahlt?«, fragte Geraldine sicherheitshalber nach.

Mit verbissener Miene schüttelte Louanne den Kopf. »Nein, ich werde es auch nicht so bald tun. Ich sagte ja nur, dass es vernünftig wäre.«

»Vernünftig«, griff Geraldine das Wort auf. »Ich fürchte, wenn das unser Maßstab wäre, hätten wir es nicht so weit gebracht.«

»Haben wir es denn wirklich weit gebracht?«, überlegte Louanne skeptisch. Sie war heute ein echter Morgenmuffel. »Oder ist es nicht vielmehr so, dass wir uns etwas vorgemacht haben mit unserem tollen Fang, für den wir uns seit zwanzig Jahren gegenseitig in den Himmel loben?«

Geraldine griff zum Besteck, teilte mit energischem Schnitt den Toast und schob ihrer Freundin die Hälfte herüber. »Iss etwas Ordentliches, *sweetheart*, und hol dir einen schwarzen Tee dazu. Danach sieht die Welt schon wieder ganz anders aus. Gehören wir zwei etwa zu der Sorte, die sich leicht ins Bockshorn jagen lässt?«

Louanne verschmähte auch den Toast. »Ich weiß nicht, zu welcher Sorte wir zählen. Zu den alternden Frauen?«

»Ladys, meine Liebe. Wir sind zwei toughe Ladys!«

Geraldine meinte die zarte Andeutung eines Lächelns zu erkennen. Das war wichtig. Denn würde Louanne wirklich das Handtuch werfen und das Hotel vorzeitig verlassen, würde Geraldine eine Mitstreiterin verlieren – die einzige Person, die sie momentan für halbwegs verlässlich hielt. Ruben gegenüber war sie inzwischen mindestens ebenso argwöhnisch wie Kim. Und auch Kasimir hatte bei ihr aufgrund seiner Geheimniskrämerei an Punkten eingebüßt.

Apropos Kim und Kasimir: Wo steckten die beiden bloß? Ob sie das Frühstück heute ausfallen ließen?

KIM

»Ich kann mir etwas Besseres vorstellen, als früh am Morgen im Nieselregen Boule zu spielen«, rief Kim, der den kleinen Koffer mit den schweren Kugeln in der Hand trug. »So ein Mistwetter! Wenn es doch wenigstens schneien würde.«

»Im Schnee rollen sie nicht so gut und werden leicht abgelenkt«, gab Kasimir zu bedenken. »Außerdem haben wir uns vorgenommen, eine Partie zu spielen, dann sollten wir das auch tun.«

»Als ich mich von dir dazu überreden ließ, konnte ich nicht ahnen, dass ich dabei triefend nass werde und mir wahrscheinlich eine Höllenerkältung einfange.« Kim tropfte das Wasser von der Hutkrempe. »Lass uns zurück ins Hotel gehen und es später noch einmal versuchen.«

»Später ist der Platz wahrscheinlich von den Einheimischen belegt … Aber gut, wenn du meinst, dann kehren wir eben um.«

Kim ließ sich das nicht zweimal sagen und setzte seinen schweren Körper in Bewegung. Den Hügel hinauf zum Hotel, wo hoffentlich eine schöne heiße Tasse Kaffee auf ihn wartete.

Während Kim nach wenigen Metern zu schnaufen begann und keuchend nach Luft rang, bemerkte er, dass auch Kasimir nicht viel schneller vorankam. Er hatte ja dieses

Hüftproblem, wie so manche in ihrem Alter. Hüfte, Knie – nur die wenigstens ließen so etwas noch operieren. Weil sie befürchteten, dass sie sich danach gar nicht mehr bewegen konnten. Oder weil sie die Narkose scheuten, aus Angst, nie wieder daraus aufzuwachen. Bei Kim war es ja ganz ähnlich. Auch er mied operative Eingriffe jeder Art, selbst die jährlichen Routineuntersuchungen waren ihm inzwischen ein Gräuel, da sie meist bloß schlechte Nachrichten und unbequeme Verhaltensmaßregeln zur Folge hatten. Er suchte seinen Hausarzt nur im äußersten Notfall auf, erst recht seit der unerfreulichen Prostatadiagnose.

Als sie am Hotel ankamen, stand Kim trotz der niedrigen Temperaturen der Schweiß auf der Stirn. Foyer und Rezeption fanden sie verwaist vor. Was Kim nicht wunderte, da es ja kaum Personal gab: Erst war der Koch Gustave zeitweise ausgefallen, dann hatte die Gendarmerie sich das Zimmermädchen geschnappt. Hugo und Claire mussten den Betrieb mehr oder weniger allein stemmen und waren wahrscheinlich gerade damit beschäftigt, die Zimmer herzurichten.

»Lass uns gleich in den Salon gehen und nachsehen, ob uns die anderen etwas vom Frühstück übrig gelassen haben«, schlug Kim vor, doch Kasimir hielt ihn zurück.

Er legte den Zeigefinger auf die Lippen und nickte in Richtung Rezeption.

»Hörst du sie nicht?«, flüsterte Kasimir ihm ins Ohr.

»Wen soll ich hören?«

»Die Martins«, antwortete Kasimir. »Klingt, als ob sie streiten.«

Kim hatte nichts gehört. Er tippte mit der Kuppe seines

Zeigefingers auf das Hörgerät, um es lauter zu stellen, was allerdings wenig brachte.

»Sie sind im Hinterzimmer und sehr erregt«, vermutete Kasimir.

»Erregt?«

»Sie regen sich auf.«

Kim, der rein gar nichts davon mitkriegte, ärgerte sich über die zunehmende Taubheit, gegen die auch der Apparat in seinem Ohr nur bedingt half. Entschlossen trat er auf die Rezeption zu. »Ich muss näher ran!«

»Aber, pssst, leise!«, warnte ihn Kasimir.

Den Oberkörper über den Empfangstresen gelegt, konzentrierte sich Kim ganz und gar auf seinen Gehörsinn, diesmal mit Erfolg. Er wurde Ohrenzeuge einer hitzigen Auseinandersetzung zwischen den Eheleuten. Zwar hielten sich beide so weit im Zaum, dass sie einander nicht anbrüllten und die Aufmerksamkeit der Hotelgäste erregten, aber es ging ordentlich zur Sache.

»Das kannst du dem Weihnachtsmann erzählen, aber nicht mir!«, ereiferte sich Hugo. »Für wie naiv hältst du mich?«

»Und ich sage dir jetzt zum dritten Mal, dass es nicht meiner ist!«, hielt Claire dagegen. »Du hast dich getäuscht.«

»Ich täusche mich nicht, und das weißt du genau. Ich habe den Ohrclip erkannt, weil ich ihn dir geschenkt habe. Die Form und die Farbe und die Perle. Alles passt.«

»Das konntest du doch gar nicht sehen, weil der Kommissar ihn bei Marisas Festnahme nur ganz kurz gezeigt hat.«

»Aber im Wintergarten, wo die Alten ihre Beweise zusammentragen, hängt ein Foto von dem Ding. Geh hin und schau dir das Bild an, dann wirst du sehen, dass ich recht habe. Es ist nicht Marisas Schmuck, sondern deiner. Aber das weißt du ja selbst.«

»Nein, nein, nein, es ist nicht meiner. Du irrst dich, Hugo!«

»Na gut. Wenn du dir so sicher bist, lass uns ins Schlafzimmer gehen und nachsehen. Dann müssten ja beide Clips in der Schatulle liegen, der fürs rechte Ohr und der fürs linke. Also? Gehen wir?«

»Warum sollte ich? Von dir lasse ich mich zu gar nichts drängen.«

»Wie du willst. Dann schaue ich allein nach!«

»Das tust du nicht! Hände weg von meinem Schmuckkasten!«

Kim tauschte einen Blick mit Kasimir, der gedankenvoll die Stirn kräuselte. »Was hat das zu bedeuten?«, fragte Kim.

»Es geht um einen Ohrclip«, flüsterte Kasimir.

»Ja, um den, den du im Keller neben Alexandros gefunden hast.«

»Habe ich?«

»Aber ja! Streng gefälligst deine grauen Zellen an, und erinnere dich!«

Kim ärgerte sich über die Zerstreutheit seines Freundes und lauschte weiter aufmerksam dem Disput der Martins.

»Wenn du mir beide Clips zeigst, bin ich zufrieden und lasse dich in Ruhe«, erklärte Hugo, worauf Claire ein beinahe hysterisches Lachen ausstieß.

Schließlich gab sie nach. »Du hast es geschafft«, sagte sie. »Wenn du es unbedingt wissen willst: Ja, es ist wahrscheinlich meiner. Ich muss ihn verloren haben. Aber ich habe wirklich nicht die leiseste Ahnung, wie er in die Nähe dieses Toten gekommen sein kann.«

»Wirklich nicht?«

»Jetzt hör aber auf! Du bist selbst oft genug im Weinkeller und weißt, wie schlecht die Beleuchtung ist. Wenn man dort etwas so Kleines verliert, findet man es nie wieder. Ich hatte den Clip schon seit ein paar Tagen vermisst, wollte aber nichts sagen, weil es ja ein Geschenk von dir war. Du wärst sicher ärgerlich gewesen. Wahrscheinlich hat er sich gelöst, als ich ein paar Vorräte hochgeholt habe – lange vor dem Mord an Monsieur Dimitriadis.«

»Wenn das so ist, warum hast du dich dann nicht gemeldet, als Capitaine Lefèvre den Clip als Beweis gegen Marisa angeführt hat? Weil du dachtest, der Verdacht könnte sonst auf dich fallen?«

»Ja, natürlich! Du hättest genauso gehandelt.«

»Aber nur, wenn ich ein schlechtes Gewissen hätte.«

»Eine großartige Unterstützung bist du nicht gerade. Von dem eigenen Ehemann sollte man mehr Rückhalt erwarten können.« Sie seufzte. »Was ist nur aus uns geworden?«

»Das frage ich mich auch. Manchmal weiß ich nicht, ob ich meine eigene Frau überhaupt noch kenne.«

Der Streit ebbte ab, und Kim zog Kasimir von der Rezeption fort, denn jeden Moment konnte einer der Martins hinter dem Vorhang hervorkommen, der das Hinterzimmer von dem Empfang trennte.

»Hast du alles mitbekommen?«, raunte Kim Kasimir zu.

»Ja, wahrscheinlich mehr als du«, revanchierte sich Kasimir für die Anspielung auf seine Senilität.

»Angeblich hat Claire den Ohrclip Tage vor dem Mord verloren. Wahrheit oder Lüge? Wenn ich mich nicht täusche, trug sie während des Servierens beim Krimidinner Ohrschmuck, später dann aber nicht mehr.«

»Auf so etwas achtest du?« Kasimir war überrascht.

»Wenn ich eines gelernt habe in all den Jahren als Polizist, dann ist es, genau hinzusehen.«

»Sei froh, dass du dich fürs Sehen entschieden hast, denn mit dem Hören würdest du nicht mehr weit kommen«, kommentierte Kasimir ungewohnt forsch.

»Wie bitte?« Kim lachte. »Ein kleiner Scherz. Ich höre immer noch genug, um nicht den Anschluss zu verlieren.« Er dirigierte Kasimir in eine Sitzecke im hinteren Teil des Foyers, die aus drei ausgesessenen, aber sehr bequemen Ledersesseln bestand. »Ich muss dir etwas gestehen«, begann er vorsichtig, kaum dass er sich mit einem erleichterten Stöhnen niedergelassen hatte.

»Ach ja?« Kasimirs eng zusammenstehende Augen musterten ihn neugierig durch die dicken Brillengläser.

»Du bist nicht der Einzige, der etwas vom Tatort mitgenommen hat.«

»Hast du wohl auch einen Ohrclip gefunden? Womöglich das Gegenstück zu meinem?«

»Nein, nein, viel besser!« Kim machte es spannend. »Ich hatte das goldene Los gezogen und war voller Hoffnung, mit diesem Beweisstück den Fall lösen zu können. Dann aber kam mir Geraldine zuvor, indem sie Marisa überführte. Ich war also zu spät dran.«

»Worum geht es denn?«, wollte Kasimir wissen. »Was hast du im Weinkeller eingesteckt?«

»Ich will es dir sagen, denn ich benötige deine Hilfe, um

mein Fundstück zuzuordnen. Sollten sich die Anschuldigungen gegen Marisa als haltlos erweisen, habe ich vielleicht noch eine Chance. Korrigiere: haben *wir* noch eine Chance.« Er sah ihn verschwörerisch an. »Aber kein Wort darüber zu Ruben. Ich musste ihm versprechen, mit ihm zu paktieren, und wenn er herausfindet, dass wir zwei etwas aushecken, macht er mir die Hölle heiß. Trotzdem ziehe ich das lieber mit dir durch.« Mit diesen Worten tauschte er seine Hand in die Jackentasche, holte ein Stofftaschentuch hervor und präsentierte dem staunenden Kasimir eine kupferfarbene Kapsel, die er in das Tuch eingewickelt hatte.

»Eine Patronenhülse!« Kasimirs Augen traten für einen Moment fast aus ihren Höhlen. »Donnerwetter!«

»Nimm sie ruhig selbst«, ermutigte Kim ihn und reichte ihm das Stofftuch mit dem metallenen Indiz.

Ehrfurchtsvoll nahm Kasimir die Hülse entgegen und hielt sie dicht vor seine Brillengläser. »Wo hast du sie gefunden?«, fragte er, nachdem er sie eine volle Minute von allen Seiten betrachtet hatte.

»Kasimir?« Kim sah ihn streng an. »Das habe ich dir doch gerade erklärt.«

»Natürlich! Im Weinkeller, neben Alexandros' Leiche.«

»Kannst du damit etwas anfangen? Ich habe lediglich festgestellt, dass die Hülse schon angelaufen beziehungsweise korrodiert ist. Es kann sich nicht um fabrikneue Munition handeln, so viel steht fest. Vielleicht lag sie schon länger in den Katakomben, und es besteht überhaupt kein Zusammenhang mit Alexandros' Tod.«

Kasimir antwortete zunächst nicht, sondern sah sich das kleine Metallstück weiterhin genau an, wobei er es vorsichtig auf dem ausgebreiteten Tuch hin und her rollen ließ.

»Dann frage ich mich allerdings, wer die Kugel wann abgeschossen hat und warum«, redete Kim weiter. »Außerdem müsste es schon ein großer Zufall sein, wenn ich die Reste eines alten Geschosses ausgerechnet neben einem Toten mit Schussverletzungen finde.«

»Ich kenne diese Art von Munition«, sagte Kasimir schließlich und löste seinen Blick von der kleinen Hülse. »Genau so eine habe ich schon einmal in den Händen gehalten.«

»Kein Wunder«, sagte Kim etwas enttäuscht. »Die neun Millimeter Parabellum ist eine der weltweit am weitesten verbreiteten Patronen für Selbstladepistolen.«

»Das meine ich nicht«, sagte Kasimir mit ernstem Ausdruck und gab ihm die Hülse zurück. »Sieh genau hin! Erkennst du die kleinen, trichterförmigen Einkerbungen am unteren Rand? Drei Stück, dicht nebeneinanderliegend. Ich erinnere mich genau an diese Charakteristika, die beim Auswurf aus dem Lauf einer ganz bestimmten Pistole verursacht worden sind. Exakt die gleichen Hülsen mit denselben Beschädigungen haben wir damals bei der Leiche unseres V-Manns sichergestellt.«

Kim machte große Augen, und auch Kasimir schien kaum glauben zu können, worauf er da gestoßen war.

»Ergo muss Alexandros mit derselben Waffe erschossen worden sein: jener Pistole, die seit zwanzig Jahren als verschollen gilt. Irrtum ausgeschlossen«, folgerte Kasimir.

Kim atmete tief ein und blies geräuschvoll die Luft aus. »Willst du mir weismachen, dass du vergisst, über was wir vor fünf Minuten gesprochen haben, du dich aber an winzige Kratzspuren an einem Geschoss erinnern kannst, das du vor zwei Jahrzehnten einmal kurz in den Fingern gehabt hast?«

»Ja, so ist es wohl«, sagte Kasimir und senkte bedrückt den Kopf. »Das Langzeitgedächtnis ist nicht das Problem.«

Kasimir hatte Kim viel zu denken gegeben. Die wichtigste Erkenntnis lautete, dass die lange vermisste Tatwaffe offenbar wieder aufgetaucht war: diejenige, mit der Marcello Ferraro seinerzeit die tödlichen Schüsse auf den verdeckten Ermittler abgegeben hatte. Doch wo war sie die ganze Zeit gewesen? Wer hatte sie aus der Versenkung geholt, um sie erneut einzusetzen? Und wo befand sie sich jetzt, in diesem Moment? Sollte sie etwa noch ein weiteres Mal abgefeuert werden?

»Das kommt wirklich überraschend«, stellte Kim fest und wuchtete sich aus dem Sessel. »Darauf brauche ich eine Stärkung. Lass uns endlich frühstücken gehen.«

RUBEN

Geraldine, die alte Schachtel, war ihm gleichgültig. Dass sich aber auch Louanne von ihm abwandte und ihn mied – mehr noch als sonst –, machte Ruben zu schaffen. Mochte sie ihn denn gar nicht mehr?

Er verließ den Salon, schlenderte durchs Foyer und sah Kim und Kasimir, wie sie in ein Gespräch vertieft auf ihn zukamen. Noch hatten sie ihn nicht bemerkt, was Ruben gelegen kam, da er momentan kein Interesse daran hatte, sich mit ihnen abzugeben. Er suchte und fand eine Möglichkeit, sich vor den beiden zu verbergen, indem er sich hinter einen Paravent stellte, der eine Telefonkabine verdeckte.

Er wartete ab, bis die beiden an ihm vorbeigezogen waren. Zwei alte Knaben, der eine tatterig, hinkend und dürr, der andere mit schleppendem Gang und unter seinem Gewicht keuchend. Eure Tage sind gezählt, Jungs, dachte Ruben bei sich und fühlte sich dabei seltsam jung. Weil er körperlich fitter war? Oder weil er sich den beiden auch geistig überlegen fühlte? Egal, jedenfalls tat es gut zu wissen, dass die Zeit ihm offenbar weniger Zugeständnisse abverlangte als seinen Altersgenossen.

Plappernd wie zwei Klatschtanten bogen die zwei um die Ecke. Gerade wollte Ruben sein Versteck verlassen, da tauchten die nächsten Besucher auf. Zu seinem Erstaunen öffneten sich die Schiebetüren am Eingang diesmal für Capitaine Lefèvre und …

Ruben musste zweimal hinsehen, um zu begreifen, wer den Gendarm begleitete. Konnte das überhaupt sein? Müsste sie nicht in Untersuchungshaft sitzen, statt hier unbehelligt herumzulaufen?

Aber es war so, Ruben musste den Tatsachen ins Auge blicken. Und die waren, dass man Marisa offenbar auf freien Fuß gesetzt hatte. Ohne Handschellen und Eskorte brachte Lefèvre sie zurück. Das Mädchen stand nicht länger unter Arrest, so viel war klar.

Geraldines Traum von der einfachen Lösung war damit ausgeträumt. Sie mussten sich darauf einstellen, dass es weitere Nachforschungen geben würde. Eine neue Chance für Ruben? Vielleicht. Allerdings stellten weitere polizeiliche Ermittlungen auch ein Risiko dar. Eines, auf das er gern verzichtet hätte.

LOUANNE

Louanne war die breite, geschwungene Treppe, die den Speisesalon mit dem Foyer verband, zur Hälfte nach unten gegangen, da hielt sie abrupt inne. Am Empfang standen Capitaine Lefèvre und Marisa. Das Mädchen trug noch ihr Zimmermädchenoutfit, in dem der Gendarm sie in Gewahrsam genommen hatte – aber keine Fesseln. Was nur bedeuten konnte, dass der Haftbefehl gegen sie nicht von Bestand gewesen war.

Dass Lefèvre sie begleitete, war sicherlich kein Zufall. So, wie er sich umsah, schien er nur darauf zu lauern, die Reaktionen der Anwesenden beobachten und interpretieren zu können. Es machte ganz den Eindruck, als hätte er seinen Mörder doch noch nicht gefunden. Nun musste er weiterbohren. Damit war ja zu rechnen gewesen.

Louanne sondierte sekundenkurz die Lage, sah, wie die Martins aus dem Hinterzimmer der Rezeption spähten, bemerkte, dass sich Ruben hinter einem Paravent versteckt hielt und Kim und Kasimir am Fuß der Treppe standen, um nach oben in den Salon zu flüchten.

Da sie nicht die geringste Lust hatte, die Erste zu sein, die Lefèvre sich vorknöpfte, folgte Louanne einem intuitiven Entschluss, fing Kasimir auf halber Strecke ab und hakte sich bei ihm unter.

»Da bist du ja«, flötete sie und übersah Lefèvre und

Marisa dabei geflissentlich. »Auf geht's zur Klippenwanderung!«

Ein spontaner Einfall, denn praktischerweise trug Kasimir bereits Schal und Mantel. Ihren eigenen Mantel hatte sie griffbereit an der Garderobe neben dem Eingang zurückgelassen. Louanne zog ihren sich leicht sträubenden Begleiter mit sich, warf dem überrumpelten Capitaine ein flüchtiges *»Bonjour!«* zu, schnappte sich ihre Sachen und beeilte sich, mit Kasimir an die frische Luft zu kommen.

»Louanne, ich muss mich doch sehr wundern«, protestierte Kasimir, kaum dass sie draußen waren. »Klippenwanderung? Waren wir verabredet?«

Er wusste es wirklich nicht, das erkannte Louanne an seinem unsicheren Blick. Sollte sie ihn in dem Glauben lassen, dass er die angebliche Verabredung aus dem Gedächtnis verloren hatte? Dann wäre es ein Leichtes, ihn und vor allem sich selbst für eine Weile aus Lefèvres Schusslinie zu bringen. Aber es wäre auch unfair und gemein.

»Nein, Kasi«, sagte sie vertrauensvoll und ermunterte ihn trotzdem zum Weitergehen. »Ich hatte nur kein Verlangen, mich schon wieder von Capitaine Lefèvre ausquetschen zu lassen. Bevor ich das tue, muss ich mir selbst über einiges klar werden. Vielleicht geht es dir genauso.«

Kasimir atmete auf, es schien ihm nicht unrecht zu sein, eine Zeit lang nur mit Louanne zu verbringen, obwohl das Wetter wirklich nicht das beste war. Als sie den schmalen Weg erreichten, der auf die wild umtoste Steilküste zuführte, zauderte er jedoch. »Ich weiß nicht, ob ich dem noch gewachsen bin.«

»Ob du mir noch gewachsen bist oder der Wanderung?«, scherzte Louanne.

»Der Wanderung«, antwortete Kasimir. »Der Boden ist nass und rutschig, außerdem tut so ein Auf und Ab meiner Hüfte gar nicht gut.«

»Keine Bange, wir laufen nur so weit, wie wir uns das zutrauen.« Sie hatte natürlich bemerkt, dass ihr alter Bekannter nicht mehr ganz sicher auf den Beinen war, doch hatte sie die Strecke mit der malerischen Aussicht auf versteckte Buchten und schroffe Felsvorsprünge als nicht besonders anspruchsvoll in Erinnerung.

Nachdem sie ein Ginsterfeld in winterlichem Grau passierten, erreichten sie den Einstieg und folgten dem sanft ansteigenden Pfad.

»Mir geht so vieles durch den Kopf«, begann Louanne. »Wenn Marisa es nicht getan hat, wer dann? Könnte es am Ende wirklich einer von uns gewesen sein? Aber wer und warum?«

»Diese Fragen kann ich dir nicht beantworten, bedaure. Aber du solltest wissen, dass es neue Erkenntnisse gibt.«

»So? Welche denn?« Louanne umrundete eine knorrige Kiefer, die den Weg halb verdeckte, und wartete, bis Kasimir zu ihr aufgeschlossen hatte.

»Kim und ich haben ein Gespräch zwischen den Martins belauscht. Hugo hielt seiner Frau vor, dass es ihr Ohrclip gewesen sei, den ich gefunden habe und den Capitaine Lefèvre Marisa andichten wollte.«

»Das ist ja interessant.«

»Außerdem …« Kasimir unterbrach sich, als er mit seinem linken Fuß auf einem hervorstehenden Stein abglitt. »Die Feuchtigkeit. Es ist teilweise sehr, sehr rutschig hier. Ich habe ja gesagt, dass das keine gute Idee ist.«

»Ja, lass uns langsam machen, wir haben es ja nicht

eilig«, sagte Louanne und zügelte das Tempo. »Was wolltest du gerade sagen? Es gibt noch eine zweite Neuigkeit?«

»Bitte, wie?«

»Du hast angefangen, mir von einer zweiten Erkenntnis zu berichten. Kim und du, ihr seid auf etwas gestoßen?«, fragte sie geduldig.

»Ja, richtig. Es wird Kim nicht recht sein, wenn ich es ausplaudere, aber ich bin der Meinung, die Zeit der Einzelgänge sollte allmählich vorbei sein.«

»Finde ich auch.«

»Es dreht sich um eine Patronenhülse, die Kim neben dem toten Alexandros aufgelesen hat. Er hat sie mir gezeigt, und ich habe sie wiedererkannt. Abgefeuert wurde das Projektil aus derselben Waffe, durch die damals unser V-Mann starb: Luger, neun Millimeter Parabellum.«

Louanne machte auf dem Absatz kehrt und stellte sich Kasimir gegenüber. »Bist du sicher?«

»Absolut sicher. Selbst nach all den Jahren habe ich mich an die charakteristischen Merkmale an der Hülse sofort erinnert. Nur eine einzige Waffe kann so etwas hervorgerufen haben, das ist so verlässlich wie der Fingerabdruck eines Menschen.«

»Weißt du, was das bedeuten könnte?«, fragte sie und spürte deutlich ihr Herz schlagen. »Dass der frühere Mörder noch einmal zugeschlagen hat. Wer sonst sollte Zugriff auf diese spezifische Waffe haben?«

»Aber das kann nicht sein, oder? Ferraro verbüßt nach wie vor seine Strafe, von einer Entlassung ist mir nichts bekannt.«

»Vielleicht müssen wir umdenken«, sagte Louanne nachdenklich und merkte, wie sich ein Knoten in ihrem

Kopf löste. »Ferraro hat vor Gericht bis zum Schluss seine Schuld an dem Mord bestritten. Was letztendlich den Ausschlag für seine Verurteilung lieferte, war Rubens Aussage als Kronzeuge.«

»Ja, das stimmt«, bestätigte Kasimir. »Ruben hatte alles genauestens zu Protokoll gegeben, auch Ferraros Versuch zu fliehen. Weit kam er ja nicht.«

»Er vielleicht nicht, seine Waffe aber schon«, erinnerte Louanne. »Sie wurde trotz intensiver Bemühungen nicht gefunden, obwohl man Ferraros Fluchtweg sorgfältig abgesucht hatte.«

»Worauf willst du hinaus?«

»Liegt das nicht auf der Hand?« Sie musterte Kasimir eindringlich. »Wie groß ist dein Zutrauen zu Ruben?«

»Nun, Ruben ist …« Kasimir rang nach Worten. »Er tritt manchmal etwas großspurig auf, aber er ist ein guter Polizist.«

»Das war nicht meine Frage. Ob du ihm vertraust, möchte ich wissen.«

»Ich, äh, ich glaube nicht«, rang sich Kasimir durch und ließ die Schultern hängen.

»Mir geht es mittlerweile leider genauso«, sagte Louanne und dachte: Trotz allem, was sie mit Ruben verband, oder gerade deswegen.

»Welche Schlüsse ziehst du?«, fragte Kasimir zaghaft.

»Welche ziehst du denn?«

»Dass nicht Ferraro auf unseren Mann geschossen hat, sondern Ruben? Und dass Ruben die Waffe damals einfach eingesteckt hat, weil niemand auf die Idee gekommen wäre, sie bei ihm zu suchen. Aber warum? Welchen Grund sollte Ruben dafür gehabt haben?«

»Ruhm, Ehre, Beförderung und mehr Geld«, zählte Louanne auf. »Er wollte für sich in Anspruch nehmen, den Mastermind des Verbrechens auf frischer Tat ertappt zu haben. Ruben ist ein ungemein ehrgeiziger und willensstarker Mensch, der seine Interessen durchsetzt, koste es, was es wolle.«

Kasimir schüttelte ungläubig den Kopf. »Weshalb hat Ferraro dann nicht gegen Ruben ausgesagt? Da er sich zum Zeitpunkt des Schusses im gleichen Raum aufhielt, muss er doch alles mitbekommen haben.«

»Ganz einfach, weil er genau wusste, dass ihm niemand glauben würde. Ein Polizist tötet den eigenen Kollegen und beschuldigt den Verbrecher – diese Situation war dermaßen aberwitzig, dass Ferraro sich keinerlei Chance ausrechnete, mit der Wahrheit durchzukommen. Also ergriff er die Flucht.«

»Vor Gericht hätte er trotzdem gegen Ruben aussagen können.«

»Und welchen Beweis hätte er anführen sollen? Es hätte Aussage gegen Aussage gestanden. Nein, nein, Ferraro ist schlau genug, um zu erkennen, wann das Spiel gelaufen ist.« Louanne machte eine Pause, bevor sie relativierte: »Ruben ist ein Mensch, der wirklich vor nichts zurückschreckt. Und ich weiß, wovon ich rede. Aber trotzdem – für einen Mörder halte ich ihn nicht, selbst wenn jetzt vieles gegen ihn spricht. Es muss also noch eine andere Möglichkeit geben, die alles erklärt.«

Kasimir war anzumerken, wie stark ihn die Denkanstöße bewegten und wie sehr ihn diese Erkenntnisse verbunden mit der körperlichen Anstrengung strapazierten. »Sei mir nicht böse, Louanne«, sagte er. »Mir wird das alles zu viel.

Ich möchte zurück ins Hotel und mich auf meinem Zimmer ausruhen.«

Louanne hatte dafür volles Verständnis. Sie selbst wollte noch nicht umkehren, sie brauchte jetzt Bewegung und frische Luft, damit sie sich weiter mit der Hypothese beschäftigen konnte, die sie soeben entwickelt hatte.

»Schaffst du es allein zurück?«, fragte sie. »Ich würde gern noch ein Stück weiterlaufen.«

»Ja, sicher«, beteuerte Kasimir. »Das schaffe ich. Lass dich nicht aufhalten!«

»Eines noch«, gab Louanne ihm mit auf den Weg. »Erzähle auch den anderen von dem Projektil und der Waffe. Wie du schon sagtest: Die Zeit der Einzelaktionen ist passé, wir müssen jetzt alle auf dem gleichen Wissensstand sein, wenn wir dieses Rätsel lösen und weiteres Unheil verhindern wollen.«

»Das mache ich«, versprach Kasimir. »Sobald ich wieder im Hotel bin, spreche ich mit den anderen.«

Louanne sah ihm nach und wartete ab, bis ihr Freund die unebenen Stellen des Pfades hinter sich gelassen hatte. Nun setzte sie den sich windenden und zunehmend schmaler werdenden Weg fort, ohne auf die malerischen Ausblicke zu achten. In ihrem Geist arbeitete es unermüdlich, ihre Konzentration galt dem Fall beziehungsweise den Fällen. Oder gehörten die beiden Toten doch zu ein und demselben Fall? Diente der zweite nur zur Vertuschung des ersten, weil Alexandros Ruben auf die Schliche gekommen war und ihn dazu bewegen wollte, endlich reinen Tisch zu machen?

Mit forschem Schritt war sie unterwegs und nahm nur beiläufig wahr, wie abschüssig und schmal der Trampelpfad wurde und wie tief es neben ihr hinabging. Das Meer schäumte gute zehn Meter weiter unter ihr und brach sich an vorgelagerten Felsnadeln, die wie spitze Stacheln in die Höhe ragten.

Ruben – konnte es wirklich sein, dass er sie all die Jahre an der Nase herumgeführt hatte? Und dass Ferraro nur aufgrund einer Finte hinter Gittern saß?

Hinter der nächsten Biegung verjüngte sich der Weg noch stärker. Die Hangseite war zur Hälfte abgerutscht und ins Meer gestürzt. Louanne konnte einzelne Pfosten des ehemaligen Zauns in der Gischt erkennen. An dieser Stelle musste sie sich eng an die Felswand drücken, um weiterzukommen.

In diesem Moment hörte sie ein Geräusch. Ein Rascheln im Gebüsch. Louanne blieb stehen und sah sich um. War Kasimir ihr doch gefolgt? Das wäre unvernünftig und höchst leichtsinnig von ihm.

Es raschelte wieder. Da musste wirklich jemand sein. Ganz in der Nähe!

»Hallo?«, rief Louanne, ohne sich von der Stelle zu rühren. »Wer ist da? Kasimir, bist du es?«

Keine Antwort. Stattdessen ertönte ein weiteres Geräusch. Louanne war das nicht geheuer. Wenn ihr hier jemand auflauerte und ihr einen Stoß versetzte, würde sie hinunterfallen, sich das Genick brechen oder ertrinken. Es würde wie ein Unfall aussehen, und angesichts des Zustands des Wanderwegs würde niemand daran zweifeln. Sie merkte, wie sich ihr die Kehle zuschnürte.

Statt weiterzugehen, tastete sie sich am rauen Fels entlang zurück bis zu der Stelle, wo der Weg breiter wurde. Neben ihr raschelte es abermals, Louanne schnappte nach

Luft. Kurz darauf sprang ein großer schwarzer Vogel aus dem Geäst und flatterte davon.

Louanne entspannte sich. Doch auch sie wollte jetzt zurück zum Hotel. Je schneller, desto besser.

FRANÇOIS BAPTISTE LEFÈVRE

Das fiel ihm nicht leicht. Wahrhaftig nicht! Aber was konnte er schon tun?, dachte er, als er die Hotellobby verließ. Capitaine Lefèvre musste die junge Frau laufen lassen, weil er nichts Belastbares gegen sie in der Hand hatte und der Untersuchungsrichter keine Haftgründe sah. Marisas bloße Herkunft, ihre Familiengeschichte, reichte nicht aus, um sie festzusetzen. Nach Koch Gustave der zweite Fehlschlag in dieser Angelegenheit. Höchst ärgerlich.

Er ließ seinen Wagen den Hotelhügel hinabrollen, ohne wirklich auf die Straße zu achten. Gedanklich stand er immer noch im Foyer und fokussierte sich auf das Mädchen, das ihm so viele Rätsel aufgab. Vielleicht war Marisa ja wirklich unschuldig, erwog Lefèvre, und ihre Aussage, dass sie nur hergekommen sei, um die Häscher ihres Vaters kennenzulernen und sich mit ihnen zu versöhnen, stimmte.

Doch klang das nicht eher nach einem schönen Märchen? Lefèvres Erfahrungen sagten ihm jedenfalls, dass er weder auf Marisas Worte noch auf ihre traurigen großen Augen hereinfallen, sondern sich lieber an die nackten Fakten halten sollte.

Und diese Fakten waren, dass Marisa einen beträchtlichen Aufwand betrieben hatte, um sich diese Stelle als Zimmermädchen zu besorgen und ihre Identität zu verschleiern. Wäre es ihr tatsächlich nur um eine Aussprache mit den alten Leuten gegangen, hätte sie das wesentlich leichter haben können, dafür hätte sie doch bloß zum Telefonhörer greifen müssen.

Nein, nein, was auch immer diese Frau im Schilde führte, es musste mehr dahinterstecken als der Wunsch, ein angebliches Kindheitstrauma aufzuarbeiten und diesen Menschen zu vergeben.

Also musste Lefèvre sie an der langen Leine führen. Sie glauben lassen, dass er sich nicht mehr für sie interessierte. Dann würde sie vielleicht unvorsichtig werden und einen Fehler begehen.

Hoffentlich nur keinen, der ein weiteres Menschenleben forderte.

Le Lavandou, Le Petit Hôtel

»Auf einer Skala von eins bis fünf, wobei die Eins für die schlechteste Bewertung steht und die Fünf für die beste, gebe ich der Wahl unseres Treffpunkts eine Eins.« So drückte Kim gegenüber dem neben ihm sitzenden Kasimir sein Missbehagen aus. Kasimir war fast zeitgleich mit ihm am Flughafen in Nizza eingetroffen, nun teilten sie sich ein Taxi für den Rest der Strecke. »Es gibt ja wohl genügend andere Orte, die einladender und vor allem weniger vorbelastet sind als dieses Hotel in Le Lavandou. Aber wahrscheinlich soll genau darin der Reiz liegen. Jeder von uns hat seine ganz speziellen Empfindungen, wenn er an *Le Petit Hôtel* denkt.«

»Ja, das ist die Intention«, pflichtete Kasimir ihm bei. »Es geht darum, die Erinnerung wachzuhalten, was am besten am Ort des Geschehens gelingt.«

»Die Idee ist zwar auf Louannes und deinem Mist gewachsen, aber so richtig überzeugt klingst du selbst nicht«, insistierte Kim.

Nach kurzem Nachdenken gestand Kasimir ein: »Ja, ich muss zugeben, ganz wohl ist mir nicht bei dem Gedanken, dorthin zurückzukehren. Vielleicht sind Louanne und ich doch etwas übers Ziel hinausgeschossen.«

Kim sah sich bestätigt. »Ganz genau! Wenn es nämlich nur darum gehen soll, unsere Freundschaften zu pflegen, könnten wir das genauso gut in einem netten Wellnesstempel irgendwo auf halber Strecke machen, meinetwegen in Belgien. Ich bin nicht so sentimental, dass ich mich in die Kulissen unserer glorreichen Vergangenheit stellen muss, um mich gut zu fühlen.«

»Aber die anderen haben zugestimmt, also soll es wohl so sein«, sagte Kasimir. Es klang irgendwie fatalistisch.

Das Taxi bog auf die Seitenstraße ein, die sich zum Hotel emporschlängelte. Durch die Bäume hindurch sah Kim das Zinnoberrot der Dachschindeln aufleuchten. Gleich waren sie da, und der geschwungene Schriftzug mit dem Hotelnamen tauchte auf. Als sie auf das Hauptportal zurollten, freute er sich doch mehr, als er sich selbst eingestehen wollte.

Vor der Tür stand Hoteliersgattin Claire Martin. Eine sehr attraktive Frau, soweit Kim das beurteilen konnte, denn er war nicht besonders anspruchsvoll in diesen Dingen. Auf jeden Fall eine Frau mit Ausstrahlungskraft und mehr Geschäftssinn als ihr Mann, so viel hatte Kim am Rande des Polizeieinsatzes mitbekommen, der zu Ferraros Festnahme geführt hatte. Während Hugo Martin danach nicht mehr in Erscheinung getreten war, meldete Claire Schadensersatzsprüche an und forderte eine Wiedergutmachung für die zerstörten Möbel und Teppiche, kaum dass der Pulverdampf verflogen war. Das Beste aus der Situation machen, lautete wohl ihre Devise. Kim hatte sie mit dieser Haltung beeindruckt, denn wer konnte schon etwas Gutes daran finden, die Polizei im Haus zu haben, noch dazu, wenn sie sich aufführte wie eine Herde wild gewordener Büffel? Schlimmer konnte eigentlich nur ein Feuerwehreinsatz sein, wenn das Löschwasser dem Mobiliar zusetzte und die Tapeten von den Wänden schwemmte. Wie es hieß, hatte sie am Ende einen ganzen Batzen Geld von den Behörden erhalten und wahrscheinlich sogar einen guten Schnitt gemacht.

Jede Wette, dass es auch Claire gewesen war, die die Reservierung von Geraldine, Ruben und Co. ohne jedes Wenn und Aber entgegengenommen hatte und sie mit offenen Armen empfing. Ihr Mann hatte ganz bestimmt Vorbehalte angemeldet.

Möglicherweise, so überlegte Kim, während seine Laune sich mehr und mehr besserte, war die Ortswahl für ihr Wiedersehen gar nicht so übel. Er musste zugeben, dass die Erinnerungen, die gerade in ihm aufstiegen, ein gewisses Prickeln auslösten. Diese Mischung aus Nostalgie und leiser Aufregung war durchaus anregend. Die nächsten Tage dürften allemal spannend werden. Spannend und unterhaltsam.

Es war kurz vor Weihnachten, das Foyer mit einer zimmerhohen Tanne geschmückt, an deren Zweigen Dutzende Lichter und bunte Kugeln hingen. Sehr adventlich zeigte sich auch der Salon, in dem Kim auf seine Bekannten traf: Geraldine war in ein Gespräch mit Louanne vertieft und nahm ihn kaum zur Kenntnis, dafür freute sich Ruben umso mehr, nicht länger der einzige Mann in der Runde zu sein, denn Alexandros würde erst am darauffolgenden Tag eintreffen.

Der hoch gewachsene Holländer hatte sich an einer Winterbowle bedient, die nach Orangenscheiben und Rum duftete, in der anderen Hand hielt er einen Teller mit Vanilleeis und heißem Zwetschgenmus.

Kim gönnte sich ebenfalls einen ordentlichen Schluck aus dem Bowletopf.

»Wie geht es dir?«, fragte er. »Hätte nie geglaubt, dass

wir einen Termin finden, an dem alle Zeit haben. Es hat ja auch jeder noch andere Verpflichtungen neben dem Job. So knapp vor dem Fest hat mich meine Frau nur ungern gehen lassen. Sie sagt, jetzt würden alle Erledigungen an ihr hängen bleiben. Obwohl ich ja glaube, dass ihr das in Wahrheit sogar ganz recht ist, weil ich ihr dann nicht im Weg stehe und sie einfach machen kann. Andererseits bin ich trotzdem für den Baum zuständig, auf den letzten Drücker musste ich noch einen besorgen. Die Tanne oder vielmehr Fichte hat Heidrun aber nicht gefallen, also musste eine andere her, weshalb ich um ein Haar den Flug verpasst hätte. Langer Rede kurzer Sinn: Es ist nicht einfach gewesen, diesen Termin einzuhalten.«

»Ach was! Wo ein Wille ist, da ist auch ein Weg«, entgegnete Ruben. »Gerade jetzt, um die Feiertage, kann man sich doch für eine Weile loseisen. Ich finde, wir sollten diesen Termin für die nächsten Jahre beibehalten. Warne deine Frau ruhig schon mal vor.«

Kim zog die Brauen nach oben. »Du willst daraus eine feste Einrichtung machen?«

»Warum nicht? Es ist eine feine Sache, immer mal wieder mit denjenigen zusammenzukommen, mit denen man Europa von einer der größten Geißeln der letzten Jahre befreit hat.«

Ruben neigte zur Übertreibung, fand Kim. Außerdem sah der Niederländer ihm während des Gesprächs nicht in die Augen, sondern spähte an Kims Kopf vorbei hinüber zu den Frauen. Seine Schwärmerei für Louanne konnte Ruben schlecht kaschieren, beziehungsweise er versuchte es erst gar nicht. Wahrscheinlich lag darin der wahre Grund, weshalb ihm das Treffen so am Herzen lag.

»Wird das auf die Dauer nicht zu eintönig werden?«, fragte Kim.

»Was wird eintönig?«

»Immer die gleichen vorweihnachtlichen Zusammenkünfte. So etwas kann schnell öde werden.«

»Nicht, wenn genug zu trinken da ist!« Ruben lachte und hob sein Glas. »Außerdem gibt es ja ein Programm.«

Zu seinem Erstaunen erfuhr Kim von der Theatertruppe, die für sie auftreten sollte, um sie in einem gespielten Kriminalfall mitwirken zu lassen. Das hatte tatsächlich seinen Reiz, musste Kim zugestehen. Überdies hatte er großes Interesse daran, sich mit Alexandros auszutauschen. Dieser betrieb neben seinem Job bei der Küstenwache neuerdings ein lukratives Geschäft mit Grundstücken und könnte ihm vielleicht ein paar Tipps geben, wie er sein Geld investieren sollte. Heidrun lag ihm damit in den Ohren, dass sie nicht genug für die Rente beiseitegelegt hatten und er sich mal schlaumachen sollte. Viel abzwacken konnte Kim allerdings nicht für solche Dinge, denn im Gegensatz zu Alexandros hatte er ja keinen Nebenerwerb. Woher sollte er das Geld also nehmen?

»Ob es den Martins passt, dass wir uns hier breitmachen, weiß ich freilich nicht«, redete Ruben weiter. »Ich glaube, Hugo hätte uns am liebsten an eine andere Adresse vermittelt, weil ihm die Aufregung rund um unseren Einsatz noch in den Knochen steckt, aber seine Frau ist geschäftstüchtig. Louanne sagte, dass Claire nicht gezögert hat, die Buchung anzunehmen.«

Ganz wie er vermutet hatte, dachte Kim. Über die Rolle der Martins in der Ferraro-Geschichte hatte er bisher nicht sonderlich viel nachgedacht. Dass der Drogenboss sich ausgerechnet dieses kleine Hotel ausgesucht hatte, um sein künftiges Europageschäft unter Dach und Fach zu bringen, war doch ein Zufall gewesen, oder? Es hatte nicht den geringsten Anhaltspunkt für eine Beteiligung der beiden gegeben. Wie es im Untersuchungsbericht hieß, hatten die Martins nichts mit Ferraro zu tun gehabt, sondern waren ungewollt in die Affäre verwickelt worden. Dennoch blieben bei Kim leise Zweifel bestehen.

»Jedenfalls wird es bestimmt nicht langweilig«, wurde Ruben nicht müde zu betonen. »Wir können uns miteinander unterhalten, abends die Bar unsicher machen und das Theaterstück crashen, indem wir den Mörder schon nach fünf Minuten entlarven. Uns macht ja so leicht keiner was vor.« Er schmunzelte mit einem gefährlichen Blitzen in den Augen. »Und dann gibt es ja noch diejenigen unter uns, die den Aufenthalt dafür nutzen werden, die Suche fortzusetzen.«

»Die Suche nach was?«, fragte Kim.

»Nach der Tatwaffe. Die Pistole, mit der Ferraro unseren V-Mann erschossen hat, ist immer noch verschollen. Vielleicht steckt sie ja irgendwo in einer Nische oder klemmt hinter einer Heizung und wartet nur darauf, endlich erkennungsdienstlich erfasst zu werden.«

Kim glaubte nicht daran. Nicht nach den vielen Monaten, die inzwischen verstrichen waren. Und selbst wenn es so wäre, könnte nicht jeder ein Interesse daran haben, sie aufzustöbern. Eigentlich auch Ruben nicht, der die Verhaftung Ferraros für sich beanspruchte. Denn würde die Waffe keine Spuren von Ferraro aufweisen, könnte ihn das in Erklärungsnöte bringen. Auch die anderen aus ihrem Ermittlungsteam, inklusive Kim selbst, würden nicht gut dastehen. Da wäre es doch besser, wenn alles so bliebe, wie es war.

Wie auch immer es gelaufen sein mochte: Mit Ferraro saß bestimmt nicht der Falsche hinter Gittern.

GERALDINE

»Darf ich mich zur dir gesellen?«

Die Frage kam von Ruben. Geraldine hätte sie gern überhört. Nicht ohne Grund hatte sie sich von Claire eine dicke Wolldecke geben lassen, um sich darin einzuhüllen. Damit lag sie ausgestreckt auf einer Liege auf der Dachterrasse und genoss die wenigen Strahlen der Nachmittagssonne, die das vormittägliche Regengebiet mittlerweile vertrieben hatte. Sich zu sonnen, darauf musste sie zu Hause in London um diese Jahreszeit nämlich verzichten. Auch die englischen Winter fielen zwar vergleichsweise mild aus, doch bekam man im Dezember meist nur dicke, dunkle Wolken zu Gesicht oder den berühmt-berüchtigten Nebel, der von der Themse aufstieg und sich wie die Tentakel eines riesigen Oktopus über die Stadt legte.

Welche Wohltat war dagegen die südfranzösische Wintersonne, deren Wärme sie gern allein und unbehelligt auf ihren Wangen gespürt hätte. So etwas respektierte Ruben natürlich nicht, wahrscheinlich merkte er nicht einmal, dass er störte. Er zog sich eine zweite Liege heran, deren metallische Füße geräuschvoll über den Steinboden kratzten, machte sich darauf breit und blies genussvoll die Luft aus.

»Ja, hier lässt es sich aushalten«, sagte er so laut und selbstgefällig, wie es nur ein Holländer fertigbrachte.

Geraldine blinzelte ins Licht und erkundigte sich: »Möchtest du etwas Bestimmtes von mir?«

»Nein, nein, alles gut. Ich habe mich nur gefragt, wo du steckst, und siehe da: Du lässt es dir auf der Terrasse gut gehen.«

»Du hast mich also gesucht. Warum?«

»Ach, aus keinem bestimmten Grund. Ich bin im Wintergarten gewesen, weil ich hoffte, dich dort anzutreffen.«

»Was sollte ich da noch verloren haben? Wir können unser Büro auflösen, der Fall ist abgeschlossen.«

»Ist er das?«

»Hast du daran Zweifel? Du bist doch bloß auf meine Trophäe aus.«

»Du hast selbst Zweifel, das weiß ich längst. Außerdem wird dir nicht entgangen sein, dass Capitaine Lefèvre Marisa postwendend wieder im Hotel abgeliefert hat. Das bedeutet, dass die *flics* nicht genug gegen sie in der Hand haben und jetzt nach einem anderen Täter suchen müssen. Oder aber sie halten an der Das-Zimmermädchen-ist-es-gewesen-Theorie fest und warten darauf, dass sie sich durch irgendetwas verrät, zum Beispiel, indem sie die Tatwaffe noch einmal aus dem Versteck holt, das ihr Vater ihr verraten hat. Dafür spricht, dass Lefèvre zwar gegangen ist, aber sein Adjutant in der Nähe herumlungert. Er sitzt in einem auffällig unauffälligen Renault und beobachtet von dort das Hotel.«

Geraldine zog die Decke über ihrer Brust fester zusammen. »Ruben, halte mich bitte nicht für so naiv, dass ich dein Spiel nicht durchschaue. Du möchtest von mir hören, wen ich neben Marisa sonst noch unter Verdacht habe. Sobald du es weißt, gehst du dem nach und schreibst dir auf die Fahnen, einen neuen – den vermeintlich wahren – Täter ermittelt zu haben. Leider muss ich dich enttäuschen. Mir fällt niemand ein. Marisa hat das beste Motiv, und ihr Aufenthalt hier dient gewiss nicht nur ihrem Seelenfrieden.«

»Also war sie es doch?«

»Sie weiß es nicht!«, rief jemand. Die Stimme kam aus einer brusthohen Pflanzenrabatte, von jemandem, der dahinter saß.

Geraldine richtete sich auf. »Kim? Bist du das?«

Der mondrunde Kopf von Karl-Wilhelm tauchte hinter der Barriere auf. »Ja, ich bin's. Ich habe mich zurückgezogen, um in der seltenen Sonne zu dösen, aber bei eurem Gequatsche findet man ja keine Ruhe. Vielleicht sollte ich einfach mein Hörgerät abschalten.«

»Wie ist denn deine Meinung zu dem Fall, Kim?« Ruben ignorierte den Wunsch nach Stille. »Der Apfel fällt nicht weit vom Stamm. Wenn dieses Sprichwort auf Marisa zutrifft, steht sie ihrem Vater in nichts nach, und Geraldine würde recht behalten. Siehst du das auch so?«

»Ich gebe nicht viel auf Sprichwörter«, konterte Kim. »Außerdem hat die Annahme, dass sich Marisa im *Le Petit Hôtel* eingeschlichen hat, um uns einen nach dem anderen in die ewigen Jagdgründe zu befördern, eine ziemlich große Schwäche. *Sorry*, Geraldine.«

»Kein Grund, sich zu entschuldigen«, sagte sie. »Was stört dich an meiner Version?«

»Dass Marisa es sich weitaus einfacher machen könnte, wenn sie uns aus dem Weg räumen wollte, als auf jeden Einzelnen zu schießen, noch dazu mit einer uralten und demzufolge unzuverlässigen Waffe. Eine Bombe im Speisesaal würde reichen, um alle auf einen Schlag zu erwischen.«

»Woher sollte sie eine Bombe bekommen?«, fragte Geraldine.

»Ihr Vater hat bestimmt die nötigen Verbindungen, um so eine Höllenmaschine oder deren Bestandteile aufzutreiben.«

»Aber der sitzt im Kittchen. Und wenn du jetzt argumentierst, dass ein Verbrecher seines Kalibers auch aus dem Gefängnis heraus seine Fäden ziehen kann, dann wäre es ihm genauso gut möglich, einen professionellen Killer auf uns anzusetzen anstelle seiner Tochter«, hielt Geraldine dagegen, merkte aber selbst, dass sie dringend nach alternativen Tathergängen suchen mussten. Vielleicht sollte man das Wintergartenbüro doch revitalisieren?

Ruben wiegte den Kopf. »Ich versuche mal, deine Marisa-Hypothese zu retten, Geraldine, damit du nicht ganz so dumm dastehst.«

»Vielen Dank auch!«, gab Geraldine erbost zurück.

»Was haltet ihr von der Variante, dass Marisa bankrott ist und dringend Geld braucht? Das wollte sie sich von Alexandros holen, als sie von seinen Immobiliengeschäften erfuhr«, sagte er ins Blaue hinein. »Weil er nicht zahlte, schoss sie auf ihn.«

»Weshalb hätte er ihr überhaupt Geld geben sollen?«, fragte Kim zweifelnd. »Außerdem kann ich mir nicht vorstellen, dass jemand wie sie unter finanziellen Nöten leidet. Ihr Vater hat die Familie ganz bestimmt gut genug abgesichert. Mit Geldmitteln aus dem Crotone-Kartell, die sich nicht rückverfolgen lassen.«

»Das macht es ja so unverständlich«, äußerte Ruben.

»Warum arbeitet eine potenzielle Millionärin als Zimmermädchen?«

»Keine Ahnung. Ich halte Marisa zwar auch nicht für eine Mörderin, andererseits ist sie ganz bestimmt kein Unschuldslamm«, fand Kim. »Das weiß Lefèvre genauso gut wie wir, der Mann ist ja nicht auf den Kopf gefallen. Er will abwarten und sehen, was sie als Nächstes unternimmt.«

Ruben fand eine weitere Erklärung: »Oder er hat sie freigelassen und zurück ins Hotel geschickt, weil er das Mädchen als Köder für den echten Mörder benutzt. Wie ein Angler. Lefèvre will herausfinden, wer anbeißt.«

Da mochte etwas dran sein, überlegte Geraldine. Marisas Rückkehr könnte den wahren Täter gewaltig unter Druck setzen. Ihn vielleicht sogar dazu zwingen, sich aus der Deckung zu wagen.

Um wen auch immer es sich handelte: Der- oder diejenige musste einen triftigen Grund dafür gehabt haben, Alexandros zu erschießen. Ein starkes Motiv ...

Plötzlich hatte sie Alexandros wieder vor Augen, diesen lebenslustigen und ständig Pläne schmiedenden Mann, der sich selbst im Ruhestand nie ganz zur Ruhe gesetzt hatte. Seine diversen Geschäfte hatten ihn auf Trab gehalten.

Jeder von ihnen hatte gewusst, dass Alexandros seit Jahren Grundstücke und manchmal auch ganze Häuser an den Mann brachte, doch niemand hatte sich sonderliche Gedanken darüber gemacht. Es handelte sich ja bloß um einen Gelderwerb wie viele andere. Nun fragte sich Geraldine zum ersten Mal, wie Alexandros überhaupt an diesen Nebenjob gekommen war.

Wie es begonnen hatte. Woher das Geld für den allerersten Grundstückskauf stammte ...

HUGO

Weil Hugo sich mit seiner Frau nicht völlig zerstreiten wollte, suchte er das Gespräch mit ihr. Um ihr zu sagen, dass ihm seine Unterstellungen leidtäten und dass er selbstverständlich zu ihr hielt.

Um diese Zeit befand sie sich meistens in der Küche, um Gustave unter die Arme zu greifen. Dort wollte er sie zur Seite nehmen, um ihr gut zuzureden. Doch so weit kam es nicht, denn jemand anderes war schneller gewesen.

Hugo war im Treppenhaus auf dem Weg nach unten, da vernahm er Claires Stimme und die eines Mannes. Dem harten Akzent nach zu urteilen, handelte es sich um Monsieur »Kim« Becker. Und tatsächlich konnte er die beiden ein paar Schritte entfernt im Foyer sehen. Der Deutsche trug eine der hoteleigenen Wolldecken über der Schulter, wahrscheinlich kam er gerade von der Terrasse.

»Auf ein Wort, Madame Martin«, hörte Hugo ihn sagen und trat zurück in den Schatten. Dort wollte er abwarten, bis Becker gegangen war, um mit Claire allein zu sein. Ihr Privatleben ging niemanden etwas an, schon gar nicht diesen neugierigen Deutschen.

»Tut mir leid, ich habe es gerade sehr eilig«, sagte Claire und klang gehetzt.

»Aber warum denn? Ihr Zimmermädchen ist ja wieder da und kann helfen, und Gustave hat seine Töpfe und Pfannen im Griff«, entgegnete Becker. »Ich möchte Sie bloß etwas fragen.«

»Ich muss wirklich weiter.«

»Es dauert nicht lang, versprochen.«

»Nein, ich kann jetzt nicht. Und lassen Sie bitte meinen Arm los.«

Hugo ballte die Fäuste. Was wollte dieser ungehobelte Kerl von seiner Frau? Hugo war drauf und dran, sich einzumischen und dazwischenzugehen. Doch noch hielt er sich zurück.

»Gern, ich lasse Ihren Arm los. Trotzdem sollten Sie einen Augenblick bleiben und mir zuhören, was ich Ihnen zu sagen habe. Zufällig bin ich nämlich Ohrenzeuge einer Auseinandersetzung geworden, die Sie mit Ihrem Mann hatten.«

Verdammt!, ärgerte sich Hugo. Es hatte sie also jemand belauscht.

»Ich weiß nicht, wovon Sie sprechen«, behauptete Claire, aber es hörte sich nicht glaubwürdig an. Hoffentlich machte sie jetzt keinen Fehler, dachte Hugo.

»Sie und Ihr Mann redeten über den Ohrclip, der neben dem Leichnam meines Freundes Alexandros gefunden wurde. Der mit der Perle. Er gehört nicht Marisa, sondern Ihnen, stimmt das?«

»So ein Unsinn! Wie kommen Sie darauf?«

»Wie gesagt: Ich habe gehört, wie Sie und Ihr Mann darüber stritten. Wenn es wirklich Ihrer ist, sollte das die Polizei erfahren. Sicher haben Sie eine plausible Erklärung dafür, wie der Ohrring dort hingekommen ist, wo mein Freund ihn fand.«

»Ich wüsste nicht, was Sie das angeht.«

»Es handelt sich also tatsächlich um Ihren Schmuck?«

»Das habe ich nicht gesagt.«

»Werte Madame Martin, liebe Claire: Wollen Sie wirklich, dass ich mich mit dem, was ich gehört habe, an Capitaine Lefèvre wende?«

Claire begann zu schluchzen. Dann sagte sie mit tränenerstickter Stimme: »Ja, einer meiner Clips fehlt. Ich kann ihn nicht mehr finden.«

»Seit wann vermissen Sie das gute Stück?«

»Seit dem Abend ...« Wieder ein Schluchzen. »Seit dem Abend, als es passiert ist.«

»Und noch mal: Können Sie nachvollziehen, wie er dort hingekommen ist, wo er lag?«

»Ich ... ich ...«

»Ganz ruhig. Schildern Sie bitte einfach, wie es sich abgespielt hat.«

»Also gut, ich will es Ihnen sagen: Ich wollte Wein aus dem Keller holen, weil wir oben nicht genügend bereitgestellt hatten. Schon vor dem *dîner* ist ja einiges getrunken worden, und ich dachte, es reicht eventuell nicht für den ganzen Abend. Deswegen bin ich nach unten gegangen. Und dort sah ich Monsieur Dimitriadis dann auf dem Boden liegen, regungslos in einer Lache aus Blut. Ich habe mich fürchterlich erschrocken und die Arme nach oben gerissen, dabei muss es dann passiert sein, der Clip hat sich gelöst. Eine andere Erklärung gibt es nicht dafür.«

»Und danach? Warum haben Sie keine Hilfe geholt?«

»Er lag ganz steif da. Und die Augen – da war kein Leben mehr in seinem Blick. Sie wirkten wie ausgelöscht. Mir war sofort klar, dass er tot ist und ihm niemand mehr helfen kann.«

»Das konnten Sie sehen in der Dunkelheit?«

»Ich habe hingeleuchtet, mit dem Handy. Um mich zu überzeugen, ob er nicht doch nur besinnungslos war.«

»Trotzdem hätten Sie Alarm schlagen müssen. Warum haben Sie es nicht getan?«

»Ich weiß es nicht. Es muss wohl der Schock gewesen sein. Seit den Tagen um die Verhaftung von Monsieur Ferraro habe ich nicht mehr so etwas Schlimmes erlebt. Beim Anblick des Toten wurden plötzlich die alten Erinnerungen wieder wach, da bin ich in Panik geraten und einfach weggelaufen.«

»Sind Sie jemandem begegnet auf dem Weg in oder aus dem Weinkeller?«

»Nein, im Keller war niemand sonst, ich habe nichts bemerkt. Aber ich habe auch nicht darauf geachtet, denn ich wollte nur noch raus.«

»Und oben im Foyer?«

»Da waren die Theaterleute, mein Mann, einer der Gäste, der die Toilette aufsuchte, und Marisa. Auch sie hatte gemerkt, dass der Wein zur Neige ging, und wollte ebenfalls in den Keller.«

»Sie hätten sie vorwarnen und ihr den Schrecken ersparen können.«

»Glauben Sie mir bitte: Dazu war ich in diesem Moment nicht fähig. Ich stand völlig neben mir.«

»Eine letzte Frage, Madame Martin, dann halte ich Sie nicht länger auf.«

»Was denn noch?«

»Haben Sie eine Ahnung, wer es getan haben könnte? Wer die tödlichen Schüsse auf Alexandros Dimitriadis abgegeben hat?«

Claires Stimme verriet ihre Verzweiflung. »Ich möchte jetzt bitte gehen. Lassen Sie mich durch.«

Hugo hörte Schritte, und als Claire an ihm vorbeirannte, spürte er den Luftzug, den sie hinter sich herzog. Er wartete, bis sie in der Küche verschwunden war. Erst danach verließ er den Türrahmen, in dem er sich verborgen gehalten hatte.

Die Aussprache mit Claire musste warten. Erst einmal musste er in Ruhe nachdenken über das, was er gerade gehört hatte.

KIM

Es sprach für Geraldines Beharrlichkeit, dass sie trotz allem die meisten der Programmpunkte absolvierte, die zu ihren Jahrestreffen dazugehörten. Eine sture alte Lady, dachte Kim. Eine, die sehr an Konventionen und geregelten Abläufen hing. Dazu zählte auch das Wichteln, für das sie sich zur *Teatime* im Salon versammelten. Während Marisa im Hintergrund bereits damit beschäftigt war, das Büffet fürs Abendessen vorzubereiten, hatte Geraldine eine weiße Decke über den Tisch geworfen, auf der später die Präsente aufgebaut wurden. Vorher musste man die verpackten Geschenke in einen ausgedienten Kartoffelsack stecken, den Gustave beigesteuert hatte, und zwar so, dass die anderen nicht sehen konnten, welcher Karton von wem stammte. Um das Ganze etwas stimmungsvoller zu gestalten, stellte Geraldine einige Krippenfiguren daneben, die sonst auf der Fensterbank standen, und bat Marisa, die Musikanlage einzuschalten. Zu den Klängen von *Jingle Bells* wurden die teils liebevoll, teils zweckmäßig verpackten Geschenke auf dem Tuch verteilt.

»Können wir nun beginnen?« Nachdem Geraldine sich davon überzeugt hatte, dass sie die Aufmerksamkeit aller besaß, griff sie zielsicher zum größten Paket und suchte nach dem Namensschild. »Oh, für mich«, stellte sie erfreut fest. Nun forderte sie die anderen auf, ihre Präsente ebenfalls herauszusuchen, bevor sie sich in einer Art Stuhlkreis zusammensetzten.

Kim fand das Ganze kindisch, musste aber auch an Weihnachtsbespaßung im Seniorenheim denken. Alles nicht sein Fall. Trotzdem machte er mit, denn er wollte ja wissen, was in seinem Päckchen steckte, und auch, ob sich der von ihm Beschenkte freuen würde.

Wieder war es Geraldine, die den Anfang machte. Unter dem bunten Papier kam ein Karton zum Vorschein, bis zum Rand mit Packpapier gefüllt. Beherzt tauchte sie die Hand in das Papierknäuel und beförderte eine grazile Tasse samt Unterteller hervor.

Eine Teetasse, wie passend, dachte Kim. Und ziemlich hübsch. Da hatte sich jemand richtig Mühe gegeben.

Geraldine jedoch schien nicht sonderlich zufrieden zu sein, denn sehr schnell ließ sie das gute Stück wieder im Karton verschwinden und meinte schmallippig: »Danke an wen auch immer. Diese Art von Porzellan ist leider sehr, sehr anfällig für Teerückstände. Die braunen Ränder bekommt man kaum wieder weg, außer mit Scheuermilch oder Waschsoda, aber das greift die Glasur an. Ganz hübsch, doch leider nicht zu gebrauchen.«

Kasimir verzog gekränkt das Gesicht, wodurch klar wurde, wer der Schenkende war.

»Probier es mal mit deinem Gebissreiniger, Geraldine, vielleicht kriegst du sie damit sauber«, revanchierte sich Ruben anstelle von Kasimir.

Als Nächstes machte sich Louanne daran, ihr besonders hübsch umhülltes Geschenk zu öffnen. Sie zelebrierte das Auswickeln mit sichtlicher Vorfreude, klappte schließlich den Deckel auf, lief rot an und schlug ihn sofort wieder zu.

»Was ist denn drin?« Geraldine reckte den Hals.

»Ja, was hast du bekommen?«, wollte auch Kim wissen.

Louanne, deren Gesichtsfarbe einer reifen Tomate ähnelte, presste das Päckchen fest an sich. »Das, äh, behalte ich für mich.«

»Komm schon, das ist unfair«, fand Kim. »Jeder muss zeigen, was er geschenkt kriegt.«

»Ja, das finde ich eigentlich auch«, stimmte Kasimir zu. »Das ist ja Sinn der Sache.«

Doch Louanne weigerte sich standhaft und warf Ruben einen vorwurfsvollen Blick zu. Aus dessen verschmitzter Miene folgerte Kim, dass es sich um etwas Anzügliches handelte, im harmlosesten Fall um Dessous. Er traute Ruben allerdings auch ganz andere Dinge zu.

Kasimirs Präsent war in schlichtes Packpapier eingeschlagen, der Inhalt aber rührte ihn umso mehr. Tränen der Freude stiegen ihm in die Augen, und er musste die Brille absetzen, um sie sich trocken zu tupfen.

In der Hand hielt er ein Buch, dessen Umschlag ziemlich zerschlissen aussah, die Seiten waren vergilbt. Doch so behutsam, wie er es hielt und ehrfurchtsvoll darin blätterte, musste es etwas Besonderes sein.

»Eines der Frühwerke von Leon Jan Wachholz«, verkündete er ergriffen. »Sehr selten und nur noch antiquarisch erhältlich. Ich habe jahrelang danach gesucht.«

Wachholz, die Krakauer Ikone der Rechtsmedizin. Kein Wunder, dass Kasimir vor Freude heulte. Kim sah sich um und bemerkte, dass Louanne übers ganze Gesicht strahlte. Dann kam das Buch also von ihr.

Nur, wo hatte sie es so rasch auftreiben können? Ob sie schon vor der Reise darauf spekuliert hatte, dass ihr Los auf Kasimir fiel, und sie den Band schon im Gepäck dabeigehabt hatte? Oder hatte sie ihren Mann eingespannt, um das Buch aufzutreiben, und es sich per Expresskurier zuschicken lassen? Wie auch immer Louanne es angestellt hatte: Die Überraschung war ihr jedenfalls gelungen.

»Weiter geht's!« Geraldine klatschte antreibend in die Hände.

Kim war an der Reihe und ahnte selbst, worum es sich bei seinem Geschenk handelte, noch bevor er das Geschenkpapier aufgerissen hatte. Es roch verdächtig nach Seife, und wirklich hielt er wenig später einen Badezusatz mit Lavendelduft in der Hand. Seine Freude hielt sich in Grenzen, weil er das Baden schon lange aufgegeben hatte, aus Angst, dass er es nicht mehr aus der Wanne schaffte. Da er es Geraldine – der vermeintlichen Gönnerin – nicht gleichtun wollte, verkniff er sich einen entsprechenden Kommentar und stellte das Päckchen wortlos beiseite.

Ruben weidete sich an den Reaktionen der anderen, bevor er sich das Päckchen vornahm, das für ihn bestimmt war. Kim verfolgte aufmerksam, wie er zunächst eine golden schimmernde Schleife entfernte, um danach die Umhüllung von dem schmalen Kästchen zu wickeln. Zum Vorschein kam eine daumendicke Metallröhre mit Schraubverschluss, und Kim beobachtete mit einer gewissen Erleichterung Rubens zufriedenen Blick. Ruben entnahm dem Röhrchen eine torfbraune Zigarre, betrachtete sie genauestens und führte sie langsam unter seine Nase.

Bei der »Hedon Cigare Navarre Flaneur« handelte es sich um ein ganz und gar französisches Erzeugnis, komplett in Frankreich hergestellt. Kim hatte sie in einem örtlichen Tabakwarenladen gekauft und dafür tief in seine leeren Taschen greifen müssen.

Ruben las das Deckblatt und zeigte seine Verblüffung: »Dass so etwas wirklich in Frankreich angebaut werden kann?« Mindestens genauso überrascht gab er sich nach den ersten Zügen. Paffend schwärmte er von der »intensiven Karamellsüße« und leicht holzigen Note.

Geraldine hustete demonstrativ in ihre Faust. »Das kann nicht dein Ernst sein, Ruben! Rauchen ist nur im Kaminzimmer gestattet. Du verpestest die Luft!«

»Man wird sich ja wohl noch über ein Geschenk freuen dürfen«, entgegnete Ruben. »Wenn du deine Teetasse nicht benutzt, ist das dein Ding. Ich bin jedenfalls zufrieden mit dem, was ich bekommen habe.«

Louanne schien sich ebenfalls am schweren Rauch der Zigarre zu stören, und auch Kasimir ging auf Abstand.

Als dann Gustave um die Ecke bog und vorwurfsvoll den Kopf schüttelte, gab Ruben auf und zog sich auf die Terrasse zurück. Kim begleitete ihn.

»Danke«, sagte Ruben, als sie draußen standen. »Die ist doch von dir, oder?«

»Ja«, sagte Kim. »Freut mich, dass sie dir schmeckt.«

»Absolut, ja. Der Zugwiderstand ist perfekt, und auch das Abbrennverhalten lässt keine Wünsche offen. Ein wahrer Rauchgenuss.«

»Louanne war von ihrem Geschenk ja nicht ganz so verzückt ...«, merkte Kim an.

»Ach, das siehst du falsch. Sie war im ersten Moment vielleicht ein bisschen irritiert, aber sie wird schon ihre Freude mit dem Ding haben.«

»Dem Ding? O Mann, was hast du bloß in ihr Päckchen gesteckt?«

»Das sage ich nicht. Der wahre Gentleman schweigt und genießt.«

Kim konnte sich nur wundern. Ruben war und blieb unverbesserlich in seiner Einstellung und dem Verhalten Frauen gegenüber. Er war ein Hasardeur, der stets die Herausforderung suchte. Ein Herzensbrecher, allerdings einer, der immer allein geblieben war. Das gab Kim zu denken. »Seit Jahrzehnten hängst du dich an jeden Rockzipfel, hast dich aber niemals gebunden. Warum eigentlich?«, fragte er.

»Ich wurde im Geiste der Sechziger sexuell sozialisiert. Du weißt schon: ›Wer zweimal mit der Gleichen pennt, gehört schon zum Establishment‹«, lautete Rubens Antwort.

»Das bin ich auch, aber irgendwann hat man sich doch die Hörner abgestoßen.«

Ruben blies eine Qualmwolke aus. »Mag sein. Doch für eine echte Partnerschaft müsste man Kompromisse eingehen, und wenn ich eins aufs Tiefste verabscheue, dann ist es das.«

GUSTAVE

Allein würde er es heute nicht schaffen, und die Chefin hatte ihm vorhin bloß ein paar Handgriffe abgenommen, kaum der Rede wert. Deshalb war Gustave froh, dass Marisa zum Helfen in die Küche kam, nachdem sie im Speisesaal alles vorbereitet, die Tische eingedeckt und gelüftet hatte, um den lästigen Zigarrenrauch zu vertreiben. Während er sich um die Hauptgänge kümmerte, sollte sie das Dessert übernehmen: *Crème brûlée.* Gustave stand am Suppentopf, unterdessen erteilte er ihr Anweisungen.

»Setz erst einmal Wasser auf. Bis es kocht, verquirlst du zwanzig Eigelb mit dem Zucker. Aber nur so lange, bis es hellgelb ist.«

Marisa legte sofort los. Jeder Handgriff saß. Sie stand nicht zum ersten Mal in einer Küche, und trotzdem merkte Gustave immer wieder, dass sie nicht vom Fach war. Die Hotel- und Gastrobranche bedeutete für sie nur ein Gastspiel. Jetzt, da bekannt war, woher sie eigentlich kam, konnte er sich vorstellen, wie es bei ihr zu Hause zuging. Da erteilte wahrscheinlich sie die Befehle und ließ einfache Angestellte wie Gustave für sich springen.

»Jetzt die Sahne«, wies er sie an, während er selbst sich das Fleisch vornahm. »Steif schlagen und den Vanilleextrakt unterheben. Dann gibst du langsam die Ei-Zucker-Mischung dazu und verrührst beides vorsichtig.«

Dass Marisa, obwohl jeder wusste, wer sie wirklich war, einfach weitermachte und das Zimmermädchen gab, wunderte ihn total. Warum tat sie das? Auf das bisschen Geld, das ihr die Martins dafür zahlten, war sie ganz bestimmt nicht angewiesen. Und die alten Leute, für die sie sich abrackerte, hatten immerhin ihren Vater in den Knast gebracht. Wenn sie ihnen nichts antun wollte, weshalb blieb sie dann, anstatt den Job hinzuschmeißen und zu gehen? Konnte es sein, dass sie masochistisch veranlagt war oder so etwas Ähnliches?

»Fertig? Dann gießt du die Masse in die Tonförmchen, die auf der Arbeitsplatte stehen. Ganz vorsichtig, damit nichts danebengeht. Wenn du das hast, füllst du das heiße Wasser fingerhoch in die große Backform da drüben und stellst die Förmchen hinein. Das Wasserbad ist wichtig, damit die Creme von Dampf umhüllt ist und langsam und gleichmäßig im Ofen gart.«

Nein, wie ein Maso-Typ wirkte Marisa eigentlich nicht. Er hatte mal ein Mädchen gekannt, dem es gefiel, wenn man sie schlecht behandelte. Vielleicht war es aber auch nur ihre Masche, weil manche Typen darauf abfuhren. So oder so: Marisa verhielt sich völlig anders und hatte bestimmt bessere Gründe dafür, weshalb sie blieb und einfach weiterarbeitete.

»Jetzt ab in den Ofen damit! Ungefähr eine Dreiviertelstunde, bis die Ränder dunkel sind und die Cremes in der Mitte noch leicht wackeln. Später krönen wir das Ganze mit braunem Zucker und karamellisieren ihn mit dem Gasbrenner.«

Vielleicht, so dachte er bei sich, hatte Marisa doch etwas vor. Es blieb ja noch etwas Zeit, bis die alten Herrschaften abreisten. Plante sie ein besonderes Finale, eines, das es in sich hatte?

Gustave würde sie auf jeden Fall im Blick behalten. Denn wenn sie zum Beispiel vorhatte, das Essen zu vergiften, würde das mit Sicherheit auf ihn zurückfallen, und er verspürte nicht die geringste Lust, sich von diesem penetranten *flic* ein zweites Mal durch die Mangel drehen zu lassen.

»Gut so?«, fragte Marisa, nachdem sie die Schälchen im Wasserbad in den Ofen geschoben hatte und sich die Hände an der Schürze abwischte.

So wie sie ihn ansah, glaubte er nicht, dass Marisa imstande wäre, mit Gift zu hantieren. Dazu waren ihre Augen zu ehrlich und aufrichtig. Aber man wusste ja nie. Gustave hatte in seinem Leben schon so manchen und manche getroffen, über die er nur das Beste gedacht und anschließend böse Überraschungen erlebt hatte. Daraus hatte er gelernt: Schöne Augen können trügen.

RUBEN

Dass sich etwas zusammenbraute, war Ruben nur allzu bewusst. Da war die Zigarre, die er Kim zu verdanken hatte, nur ein schwacher Trost gewesen, immerhin aber hatte sie für eine angenehme Ablenkung gesorgt.

Ruben ging allein über den Strand, es wurde schon dunkel, und bald musste er umkehren, wenn er das Abendessen nicht versäumen wollte. Er musste unbedingt dabei sein. Nicht, weil er so großen Appetit hatte, sondern um nichts zu verpassen. Sie hatten nämlich einen Punkt erreicht, an dem jedes Gespräch, jede Bemerkung und sogar einzelne Gesten ausschlaggebend sein konnten. Sie standen dicht davor, den Schleier zu lüften und das offenzulegen, was einige von ihnen vielleicht schon ahnten, aber bislang nicht beweisen konnten.

Auch er selbst ging die bisher bekannten Fakten immer wieder durch, legte sich gedanklich die Hinweise zurecht: Marisa Ferraros rätselhafte Anwesenheit im Hotel, der Perlenohrclip, die Patronenhülse, die nicht auffindbare Pistole. Dazu Alexandros' Nebengeschäfte und die Verflechtungen und Abhängigkeiten, die sich daraus ergaben. Nicht zu vergessen die Verbindungen zur Vergangenheit, aus Rubens Sicht der entscheidende Faktor.

Auch die Namen aller Beteiligten ging er ein ums andere Mal durch: einerseits Marisa, Gustave, Hugo und Claire.

Und dann seine Freunde: Geraldine, Louanne, Kim und Kasimir. Es musste einen Zusammenhang geben zwischen einem dieser Namen, der Hülse, der Tatwaffe und dem Mord. Dieser Zusammenhang war meisterhaft verschleiert worden. Allerdings wohl dennoch nicht genug, denn der Schleier löste sich mehr und mehr auf.

Eine vorwitzige Welle umspülte die eine kleine Ansammlung von Treibgut. Dünnes Geäst und graugrüne, fadenförmige Wasserpflanzen, die Algen ähnelten. Ruben schob sie mit der Fußspitze beiseite und legte ein rot-weiß lackiertes Stück Holz frei. Nein, kein Holz, es war der Überrest eines Rettungsrings. Ruben betrachtete ihn nachdenklich. Welches Schiff ihn wohl verloren haben mochte? Oder hatte man ihn jemandem hinterhergeworfen, der über Bord gegangen war? Ob er überlebt hatte?

Ruben würde es niemals erfahren, denn für weitere Schlüsse gab das Stück Treibgut nicht genug her. Über die Umstände von Alexandros' Tod dagegen wussten sie inzwischen so viel, dass es für die Aufklärung sehr bald reichen könnte. Aber einer musste den Anstoß geben, die Sache zu Ende zu bringen. Noch zögerten sie alle.

Aus guten Gründen.

LOUANNE

Das Abendessen hatte sie schläfrig gemacht. Gustave hatte sich selbst übertroffen, sie fühlte sich satt und zufrieden. Dass Louanne Sehnsucht nach ihrem Bett verspürte, hatte wohl auch mit der Klippenwanderung inklusive Nervenkitzel zu tun. Auch das viele Grübeln über Alexandros, Marisa, deren Vater und Ruben zehrte an ihr.

Deswegen verzichtete sie auf die Partie Rommé, zu der die nimmermüde Geraldine noch zu später Stunde ins Kaminzimmer einlud, schlug auch den Schlummertrunk mit Kim aus und zog sich gähnend zurück.

Allein im Zimmer, fielen mit den Kleidern die vielen, teils belastenden Gedanken von ihr ab, die sie den Tag über begleitet hatten. Sie schlüpfte in ihr Nachthemd, öffnete das Fenster und ließ die kühle Meeresluft hinein. Herrlich!, dachte sie, während ihre Augen den klaren Nachthimmel nach Sternschnuppen absuchten.

Sie ließ das Fenster offen, während sie ins Bad ging, um sich bettfertig zu machen. Auch an ihre Tabletten musste sie denken. Eine gegen die Schilddrüsenüberfunktion, an der sie seit ihren Fünfzigern litt, die sie dank der Medizin aber gut im Griff hatte. Und eine Pille, damit sie in den Schlaf fand. Ein Präparat auf homöopathischer Basis, von dem ihr Hausarzt nicht viel hielt, aber ihr half es. Und darauf kam es ja an, auch wenn sie wusste, dass die Wirkung wohl auf reiner Einbildung beruhte.

Der kleine Raum war gut durchgelüftet, als sie das Bad verließ. Frische Luft und trotzdem nicht zu kalt. Louanne schloss das Fenster, schlug die Bettdecke zurück und streckte sich aus. Ihr Kopf versank in dem weichen Federkissen, und sie beschloss, gleich zu schlafen, anstatt noch ein paar Seiten auf ihrem E-Reader zu lesen, wie sie es sonst tat. Sehr schnell dämmerte sie weg und fiel in einen tiefen, ruhigen Schlaf.

Sie wusste nicht, wie spät es war, als sie durch ein Geräusch geweckt wurde. Im Zimmer war es stockdunkel, und sie musste sich erst einmal zurechtfinden. Louanne lauschte in die Stille und fragte sich, ob sie wirklich etwas gehört oder nur geträumt hatte.

Nichts rührte sich. Außer dem leisen Ticken der Uhr auf dem Sims über der Heizung war nichts zu hören. Gerade wollte sie sich zur Seite drehen und weiterschlafen, da fiel ihr ein: Hatte sie die Tür abgeschlossen? Louanne war sich nicht sicher, und da ihr diese Frage sonst keine Ruhe lassen würde, tastete sie nach ihrer Brille, warf die Decke zurück und stand auf. Als sie die Klinke drückte, gab sie nach, und die Zimmertür schwang auf. Louanne ärgerte sich über ihre Nachlässigkeit, zog die Tür zu und schloss ab. Zur Sicherheit gleich doppelt.

Doch als sie sich wieder hinlegte, war an Schlaf nicht mehr zu denken. Dafür war sie jetzt viel zu aufgedreht. Die Uhr zeigte aber gerade erst halb vier, also zu früh, um die Nacht zu beenden. Ob sie noch eine weitere Tablette nehmen sollte?

Besser wäre es wohl, überlegte Louanne und stand noch einmal auf. Sie ging zum Bad, knipste das Licht an – und stieß einen erstickten Schrei aus.

»Was zum Teufel …?« Louanne fasste sich an den Ausschnitt ihres Nachthemds und wich zwei Schritte zurück. »Kasimir! Was machst du in meinem Zimmer?«

Kasimir, der noch immer vollständig angezogen war, sah sie verstört an. »Ich, äh …«

»Was hast du hier verloren?«, wiederholte Louanne ihre Frage. Der erste Schreck ließ nach und wich Wut und Empörung.

»Das ist dein Zimmer?«, fragte Kasimir und rückte sich die Brille zurecht.

»Natürlich ist das mein Zimmer! Die Nummer drei. Du bist, soviel ich weiß, in der fünf untergebracht! Meine Güte, Kasimir, wo kommst du denn bloß her?«

»Ich war noch in der Bibliothek, habe am Kamin gesessen und bin eingenickt. Dann bin ich aufgewacht und in mein Zimmer gegangen.«

»Nein, Kasimir! Du bist in mein Zimmer gegangen!« Mit diesen Worten fasste sie ihren verwirrten Freund am Ärmel seines Jacketts und zog ihn aus dem Bad. Sie dirigierte ihn zur Tür, sperrte auf und schob ihn hinaus in den Flur. »Du musst in Nummer fünf, *compris?*« Sie streckte alle Finger der rechten Hand aus. »Fünf!« Dann drückte sie die Tür ins Schloss und verriegelte sie erneut. Ihr Herz pochte wild, als sie sich an den Türrahmen lehnte und mehrmals tief durchatmete.

Es wurde immer schlimmer mit ihm, dachte sie, während sie aufgebracht durch den Raum schritt. Der arme Kerl verlor allmählich seinen Verstand.

Noch immer aufgewühlt, ließ sie sich auf der Bettkante nieder und dachte über Kasimir nach. Seine Senilität nahm bedenkliche Züge an. Oder war sein nächtlicher Besuch gar kein Aussetzer gewesen? Hatte er sich etwa bei ihr eingeschlichen, um ihr aufzulauern? Eine beängstigende Vorstellung …

DER SECHSTE TAG

RUBEN

Das erste Mal, seit sie in Le Lavandou eingetroffen waren, zog Ruben sich die Joggingschuhe an. Halb acht, eigentlich gar nicht seine Zeit, aber Frühsport machte man eben in der Früh! Einige Kilometer am Strand entlang, zwischendurch ein paar Kniebeugen und Dehnübungen, das würde ihn wach machen und kräftigen. Denn er musste fit sein. Heute mehr denn je!

Ruben spurtete los, ließ die Meeresluft in seine Lunge strömen und freute sich, dass seine Knie so klaglos mitspielten. Er kam gut voran, ließ bald den Hotelhügel hinter sich und bog auf den Strandweg ein. Niemand sonst war um diese Zeit unterwegs, außer den Möwen, die sich nur widerwillig aus seiner Laufroute vertreiben ließen. Mit krächzenden Schreien breiteten sie die Flügel aus und hoben ab, nur um direkt hinter ihm wieder zu landen und ein Bein unters Federkleid zu stecken. Faule Viecher! Ruben dagegen war voller Energie und glücklich darüber, heute Morgen seinen inneren Schweinhund überwunden zu haben.

Der anfänglichen Euphorie folgte die Erkenntnis, dass er das forsche Tempo nicht lange halten konnte. Er senkte seine Laufgeschwindigkeit so lange, bis er seinen Rhythmus gefunden hatte und die Atemzüge gleichmäßig wurden.

Schon als junger Mann hatte Ruben mit dem Joggen angefangen, auch wenn es damals noch nicht so hieß, sondern einfach nur Langstreckenlauf genannt wurde. Er hatte an diesem Sport festgehalten, weil er sich ohne großen Aufwand betreiben ließ, die Kondition stärkte und ein Gegengewicht zur Schreibtischarbeit bot. Fast noch wichtiger erschien ihm der Nebeneffekt, dass der viele Sauerstoff, der sich beim Laufen in seinem Blut anreicherte, das Denken anregte. Überlegungen, die er im Sitzen oder Stillstehen nicht zu Ende führen konnte, zeigten während des Joggens plötzlich ein paar neue Zusammenhänge und führten nicht selten zu guten Lösungen. Bei so manchem Fall hatte es ihm geholfen, wenn er sich die Sportschuhe anzog und den Gedanken freien Lauf ließ – im wahrsten Sinne des Wortes.

Auch heute gelang es ihm, durch Bewegung den Geist zu öffnen. Blitzlichtartig schossen ihm wieder einzelne Aspekte durch den Kopf, die allesamt mit Alexandros' Tod zu tun hatten. Mit seinem Tod und der Vorgeschichte, die in unmittelbarem Zusammenhang mit Marcello Ferraros Verhaftung stand.

Den Blick geradeaus gerichtet und gleichmäßig atmend fragte sich Ruben, was Alexandros wohl selbst zu alledem gesagt hätte. Ob er geahnt hatte, was passieren würde? Ob er es am Ende sogar herausgefordert hatte? Ruben hielt das inzwischen für möglich. Zumindest aber musste Alexandros gewusst haben, dass er in Gefahr schwebte. In einer tödlichen Gefahr, die in seinem direkten Umfeld lauerte. Denn die Person, die es höchstwahrscheinlich getan hatte, war für Alexandros keine unbekannte.

KIM

Der letzte Tag war angebrochen, ihre gemeinsame Woche fast vorüber. Morgen um diese Zeit würde Kim schon am Bahnhof stehen, bereit für die Heimreise. Während er sich am Frühstücksbüfett bediente und den Teller mit Würstchen, Speck und Spiegelei belud, wurde ihm bewusst, wie schnell die Tage verronnen waren. Hatte es in den Vorjahren immer mal wieder Phasen von Eintönigkeit gegeben und Gespräche, die ihn mehr oder weniger ermüdeten, konnte dieses Mal keine Rede davon sein. Der Eindruck, die Luft wäre raus aus den obligatorischen Jahrestreffen, war einem neuen Hochgefühl gewichen. Dadurch, dass sie sich mit einem echten, realen Kriminalfall befassten, waren die Stunden wie im Flug vergangen.

Die ständige geistige Herausforderung und das Beschäftigen mit dem Fall hatte außerdem zur Folge, dass er sich vitaler fühlte. Sogar seine Spielsucht hatte sich mit einem Mal in Luft aufgelöst, seit Tagen verschwendete Kim keinen Gedanken an Tippspiele, Online-Wetten oder Zocken um Geld. Doch nun würde alles bald vorbei sein. Und das, obwohl der Fall ganz offensichtlich nicht gelöst war.

Viel zu viele Fragen blieben unbeantwortet: Woher war die Pistole gekommen, die so viele Jahre als unauffindbar galt, und wo steckte sie jetzt? Wer hatte sie die ganze Zeit über aufbewahrt, und was hatte er oder sie noch damit vor? Welches Motiv gab es, ausgerechnet Alexandros zu töten? Und, und, und …

Kim balancierte den übervollen Teller zu einem Tisch am Fenster und machte es sich bequem. Er spießte die Gabel in eines der kleinen Würstchen, aus dem winzige Fettspritzer aufstieben und sich auf seinem Hemd verteilten.

»So ein Mist«, murmelte er ärgerlich, denn nach den sechs Tagen hatte er kein unbenutztes Ersatzhemd mehr dabei. Ungelenk wischte er mit einer Serviette über die Flecken, was es nur noch schlimmer machte.

»Kann ich Ihnen behilflich sein?«, bot eine helle, freundliche Stimme an. »Wenn Sie es nach dem Frühstück wechseln und mir geben, kann ich es für Sie durchwaschen. Bis heute Nachmittag ist es fertig.«

Kim sah auf und blickte in das freundlich-offene Gesicht von Marisa. Sie war also tatsächlich immer noch im Einsatz und tat so, als wäre nichts geschehen.

Er räusperte sich und zog die Mundwinkel nach oben. »Das wäre sehr … ähem … sehr freundlich.«

»Gern«, sagte sie und hielt ihm eine Porzellankanne entgegen. »Kaffee?«

»Ja.« Abermals ein Hüsteln. »Gern, danke.«

Marisa behielt ihr Lächeln bei, während sie eingoss.

»Es ist schön, Sie wieder bei uns zu haben«, fühlte sich Kim verpflichtet zu erwähnen.

Während des Einschenkens kam ihm Marisa sehr nahe. Kim nahm ihr jugendliches Parfüm wahr und meinte sogar, die Wärme ihrer Haut zu spüren. Aber wahrscheinlich war das nur der heiße Kaffee.

»Ist das so?«, fragte sie. »Mir kam es so vor, als wäre es

ganz praktisch gewesen, dass ich die Mörderin von Monsieur Dimitriadis sein sollte.«

»Praktisch?«, fragte Kim und lehnte sich zurück, um ihrer Nähe zu entkommen. »Praktisch für wen?«

»Für Sie und Ihre Freunde. Sie wollten doch mal wieder einen großen Fall lösen, danach haben Sie sich alle gesehnt. Mit meiner vorübergehenden Festnahme sah es ja so aus, als hätten Sie Ihr Ziel erreicht.«

»Wir haben kein Interesse daran, eine Unschuldige hinter Gitter zu bringen«, machte Kim deutlich.

»Wie sieht es dann bei meinem Vater aus?«

»Ihr Vater ist nicht unschuldig. Das wissen Sie genauso gut wie wir.«

Marisa nahm das mit unverbindlicher Miene zur Kenntnis und stellte ein Milchkännchen und einen Zuckerspender neben der Tasse ab.

»Finden Sie, dass ich eine gute Servicekraft bin?«, fragte sie.

Kim wusste nicht, worauf dieses Gespräch hinauslief. Er fühlte sich zunehmend unwohl in seiner Haut. Am besten wäre es gewesen, er hätte sich von Anfang an taub gestellt. Tauber, als er wirklich war. »Ja, ich habe keinen Grund zur Klage«, antwortete er ausweichend.

»Das freut mich, denn eigentlich ist das gar nicht mein wahrer Job.«

Kim konnte nicht anders, als diese Bemerkung zu hinterfragen. »Was machen Sie denn sonst so?«

»Ich habe meinen Bachelor of Science an der Universität von Bologna gemacht.«

»Ach, tatsächlich?«, fragte Kim überrascht. »In welcher Fachrichtung?«

»Kriminologie. Alle Aspekte der Kriminalwissenschaften, einschließlich Verbrechensmuster, Ursachen, Methoden und theoretischer Konzepte. Das volle Programm. Im Grunde genommen bin ich also eine von Ihnen.«

LOUANNE

Obwohl Geraldine ohne Punkt und Komma redete, bekam Louanne davon kaum etwas mit, sondern stocherte in ihrem Magerquark herum, den sie mit Obststücken und einem Tropfen Honig angereichert hatte. Ihre ganze Aufmerksamkeit galt dem Tisch am Fenster, wo Kim saß und seit geraumer Zeit mit Marisa tuschelte. Worüber mochten die beiden sprechen? Kims Gesichtsausdruck nach zu urteilen, heizte ihm die junge Ferraro ganz schön ein. Zu gern hätte Louanne den Platz gewechselt, um den beiden näher zu sein und mehr zu erfahren.

»Bist du heute überhaupt anwesend, oder sitze ich bloß deinem seelenlosen Körper gegenüber?«, fragte Geraldine pikiert. »Ich habe den Eindruck, dass du mir gar nicht zuhörst.«

»Tut mir leid«, sagte Louanne. »Ich habe furchtbar schlecht geschlafen.« Was stimmte, denn sie hatte nach dem verstörenden Erlebnis bis zum Sonnenaufgang wach gelegen.

»Kein Wunder, dass du keinen Schlaf findest, wenn Kasimir neuerdings als Nachtgespenst unterwegs ist«, erwiderte Geraldine verständnisvoll; Louanne hatte ihr von dem unerwünschten Besuch berichtet. »Apropos: Wo steckt er eigentlich? Ich habe ihn heute noch nicht gesehen, obwohl er ja zu den Frühaufstehern zählt. Und Ruben fehlt auch.«

»Wenn man vom Teufel spricht«, sagte Louanne und nickte zur Tür, wo Rubens stattliche Silhouette zu erkennen war. Heute trug er einen Trainingsanzug und hatte sich ein Frotteetuch um den Hals gelegt, ganz der Sportsmann. Sie verfolgte ihn mit Blicken bis zum Büfett. Dann schob sie ihren Stuhl zurück und stand auf. »Entschuldige mich einen Moment, meine Liebe. Ich hole mir nur eben einen Nachschlag.«

»Du hast ja nicht mal deinen Quark angerührt.«

Louanne ließ Geraldines Hinweis unbeantwortet und stellte sich neben Ruben vor die Anrichte. »Hast du einen Augenblick Zeit für mich?«, fragte sie in eindringlichem Ton.

Ruben drehte sich langsam um und sah auf sie herab. »Guten Morgen erst einmal.«

»Morgen. Kommst du mit raus? Auf die Terrasse?«

»Ist es nicht ein bisschen früh für ein *Tête-à-tête?*«

»Mach keine dummen Witze, sondern komm einfach mit.«

Draußen empfing sie ein lebhafter Wind.

»Ich habe gerade trainiert, und meine Haare sind noch feucht«, sagte Ruben verdrießlich. »Hoffentlich erkälte ich mich nicht, wenn ich hier so im Luftzug stehe.«

»Das dürfte dein geringstes Problem sein.« Louanne stellte sich ihm gegenüber und sah ihn streng an. »Wir müssen reden.«

»Ja, das dachte ich mir«, sagte Ruben und zog die Schultern nach oben. »Was hast du auf dem Herzen?«

»Ich habe in letzter Zeit viel nachgedacht. Über unsere Freundschaften, über unseren größten Fall, über Aufrichtigkeit.«

»Aufrichtigkeit?«

»Ja, ganz genau. Ich bin zu der Überzeugung gelangt, dass du nicht aufrichtig bist und es nie warst. Weder damals, vor zwanzig Jahren, noch heute.«

Ruben kräuselte die Stirn. »Du sprichst in Rätseln.«

»Wirklich? Tue ich das?« Sie trat noch näher auf ihn zu und stellte sich auf die Zehenspitzen, um den Größenunterschied zwischen ihnen auszugleichen. »Es geht um die Pistole. Diese Waffe steht im Fokus, denn sie ist das verbindende Element zwischen Vergangenheit und Gegenwart. Du hast vor Gericht beeidet, Marcello Ferraro habe sie auf unseren Mann abgefeuert.«

»Richtig, so ist es gewesen.«

»Du warst als einziger Augenzeuge dabei«, vergewisserte sich Louanne.

»Ja, ich war dabei, als es passierte.«

»Du hast gesehen, wie Ferraro schoss und anschließend flüchtete – mit der Waffe in der Hand.«

»Nein, das habe ich nie behauptet«, widersprach Ruben. »Ich bin davon ausgegangen, dass er sie noch festhielt, als er mir einen Stoß versetzte und aus dem Zimmer rannte. Aber beschwören könnte ich es nicht. So habe ich es auch dem Richter geschildert.«

»Die Waffe könnte also ebenso gut im Raum geblieben sein.«

»Im Raum, im Flur, ich habe nicht gesehen, ob und wo Ferraro sie fallen ließ.«

»Gut. Kommen wir noch einmal auf die eigentliche Tat zu sprechen. Du hast als Zeuge beobachtet, wie Ferraro auf das Opfer schoss.«

»Ja, aber wir wiederholen uns, Louanne.«

»Hat er einen oder zwei Schüsse abgegeben?«

»Bei der Obduktion wurde festgestellt, dass unser Mann von zwei Kugeln getroffen worden war, eine davon tödlich.«

»Mich interessiert nicht, was die Obduktion ergab, sondern was du gesehen und gehört hast: Knallte es ein- oder zweimal?«

»Bin ich hier in ein Kreuzverhör geraten?«

»Ja! Und das ist dringend überfällig!«

»Ich kann es nicht mehr so genau sagen.« Ruben wand sich. »Ob es einer oder mehrere Schüsse gewesen sind, weiß ich nicht mehr. In der Stresssituation, in der ich mich befand, war ich einfach nicht dazu fähig, das zu unterscheiden.«

»Nehmen wir einmal an, es ist nur ein Schuss gewesen. Nehmen wir weiter an, dass Ferraro nach diesem Schuss die Pistole fallen ließ, dich aus dem Weg schubste und türmte. Könnte es dann nicht auch sein, dass jemand anderes die Waffe aufhob und den zweiten Schuss auf den Verletzten abgab?«

Ruben wurde blass. »Du willst doch nicht etwa behaupten, dass ich ...«

»Das würde zumindest erklären, weshalb die Pistole damals nicht gefunden wurde«, fuhr Louanne ungerührt fort. »Weder im Hotel noch im angrenzenden Wald. Denn wenn du den zweiten Schuss abgefeuert und die Waffe danach eingesteckt hast, hätte sie niemand entdeckt, weil man dich als Ermittler natürlich nicht durchsucht hätte.«

»Ich fasse es nicht«, gab Ruben matt von sich. »Ist das wirklich dein Ernst? Traust du mir so etwas zu?«

»Ich traue dir so einiges zu«, sagte Louanne wahrheitsgemäß.

Ruben schüttelte langsam seinen Kopf. Er wirkte erschüttert. Längst nicht mehr so selbstsicher und robust wie sonst, seine Hybris schien sich zu verflüchtigen. Auch sein Gesicht sah mit einem Mal älter aus. Die Maske war gefallen. »Was für einen Grund sollte ausgerechnet ich als Leiter der Aktion gehabt haben, unseren eigenen Mann zu erschießen?«

Louanne war um eine Antwort nicht verlegen. »Ein Bauernopfer. Dadurch, dass du Ferraro den Mord in die Schuhe geschoben hast, konnte er verurteilt werden, was deine weitere Karriere sicherstellte. Hätte nicht viel gefehlt, und du wärst Europol-Präsident geworden. Doch für diesen Spitzenposten bist du wohl ein wenig zu ungestüm veranlagt.«

Ruben lachte. Aber nicht aus Heiterkeit. Er saß in der Klemme und sah keinen Ausweg.

»Das ist Unsinn«, sagte er schließlich und ließ den Kopf hängen. »So ist es nicht gewesen.«

»Dann sag mir, wie es war«, forderte Louanne ihn auf. »Sag endlich, wie es abgelaufen ist. Was ist vor zwanzig Jahren wirklich passiert?«

Zunächst blieb Ruben stumm. Ziemlich lang, sodass Louanne schon unruhig wurde. Doch dann gab er sich einen Ruck.

»Also gut«, brach er sein Schweigen. »Ich will es dir erzählen. Du sollst hören, was schiefgegangen ist und was mir seitdem keine Ruhe lässt.«

KASIMIR

Es war wieder mal einiges aus dem Ruder gelaufen. Diese Sache letzte Nacht – das hätte einfach nicht passieren dürfen. Kasimir merkte immer deutlicher, wie ihm die Kontrolle entglitt. Er war nicht mehr Herr über sich selbst.

Betrübt und unsicher begab er sich in den Salon, viel später als sonst. Er hatte die Hoffnung, dass die anderen schon mit dem Frühstück fertig waren. Aber nein, so war es nicht: Geraldine saß an ihrem Platz, und auch Kim war da. Marisa füllte das Büfett noch einmal auf, und jetzt kamen durch die Terrassentür sogar noch Louanne und Ruben herein. Kasimir hätte sich am liebsten in Luft aufgelöst.

Zum Umkehren war es zu spät, denn Kim hatte ihn gesehen und rief ihn zu sich. »Leiste mir Gesellschaft, Kasi!«, bat er ihn. »Hol dir was zu essen, und komm zu mir. Die Würstchen sind aber leider schon aus.«

Kasimir besorgte sich ein Brötchen, Butter und Konfitüre und setzte sich zu Kim ans Fenster. Ein Blick nach draußen sagte ihm, dass es heute wieder ein grauer Tag wurde. Das passte zu seiner Gefühlslage.

»Lass es dir schmecken!«, sagte Kim und winkte nach Marisa. »Einen Kaffee für unseren Freund bitte! Er hat ihn offenbar nötig.«

»Danke, sehr freundlich«, sagte Kasimir und spürte den

bohrenden Blick von Louanne in seinem Rücken, die gerade an ihm vorbeiging.

»Heute ist unser letzter Tag«, plauderte Kim weiter. »Es könnte der Tag der Wahrheit werden.«

Kasimir sah ihn fragend an. »Du spielst auf den Fall an?«

»Sicher tue ich das! Es wäre doch schön, wenn wir den Mord an unserem Freund Alexandros noch aufklären könnten, bevor wir uns wieder in alle Winde verstreuen. Ich habe das vage Gefühl, dass es gelingen könnte.«

»Was macht dich so zuversichtlich?«

»Jeder von uns hat einige Puzzleteile gesammelt«, erklärte Kim verschmitzt. »Wir müssen sie nur zusammensetzen, und zwar alle gemeinsam. Anstatt dass ein jeder seine Stückchen für sich behält und allein nichts damit anfangen kann.«

»Höre ich da etwas von Puzzeln?« Claire Martin stand plötzlich vor ihrem Tisch. Frisch wie der junge Morgen, in einem ansprechenden Kostüm, das Haar locker auf die Schulter fallend. Sie sprach so laut, dass es auch die anderen Frühstücksgäste mitbekamen. »Das ist eine gute Idee, denn für heute planen wir ohnehin einen Spieleabend! Wir wissen ja, wie gern Sie das tun, und nach all den Strapazen der letzten Tage wollen wir zumindest für einen versöhnlichen Abschluss Ihres Aufenthalts im *Le Petit Hôtel* sorgen.« Sie drehte sich um die eigene Achse, damit alle sie sehen und hören konnten. »Gustave wird Sie heute Abend mit einem weihnachtlichen Menü verwöhnen. Und nach dem Essen wollen wir spielen. Ich bin überzeugt, dass jeder von Ihnen auf seine Kosten kommt, meine lieben Gäste!«

Ein Spieleabend also. Kasimir war gespannt darauf, wer die Rolle des Spielverderbers übernehmen würde.

MARISA

Sie stand unter Beobachtung. Mehrfach sogar. Das wusste Marisa, weil diejenigen, die sie nicht aus den Augen ließen, sich dabei nicht besonders geschickt anstellten. Damit war nicht der unbeholfene Assistent von Lefèvre gemeint, der sich ständig vorm Hotel herumdrückte, sondern die lieben Kollegen. Hugo Martin schien ihr nicht über den Weg zu trauen, wahrscheinlich hatte er das von Anfang an nicht getan. Auch Claire, die doch so große Stücke auf sie gehalten und sie fast wie ein Familienmitglied aufgenommen hatte, war auf Abstand gegangen, seit Marisas Herkunft bekannt war: die Tochter eines Drogenbarons. Das musste ja gefährlich sein. Mit so einer durfte man sich nicht anlegen.

Marisa kannte diese Haltung leider nur zu gut. Die meisten Menschen waren ihr während ihrer Jugend so argwöhnisch und vorsichtig gegenübergetreten, viele hatten einen Bogen um sie und ihre Mutter gemacht. Als Kind und Jugendliche hatte Marisa kaum Freunde gehabt, und wenn sich doch einmal jemand mit ihr abgab, gingen meistens die Eltern dazwischen und beendeten es. Das änderte sich erst, als Marisa ihr Heimatdorf nahe Neapel verließ, um im Norden Italiens ihr Studium zu beginnen. Obwohl ihre Mutter protestierte, zog sie eine Studenten-WG der Penthouse-Wohnung vor, die für Marisa vorgesehen war. Auch auf den Bodyguard verzichtete sie, womit sie ihre Mutter vollends auf die Palme brachte. Aber anders ging es nun mal nicht, wenn Marisa sich abnabeln und ihr eigenes Leben führen wollte, weit weg vom Einflussbereich des gefürchteten Ferraro-Clans. Marisa wollte doch einfach nur eine ganz normale junge Frau sein.

Was ihr während des Studiums gelungen war, büßte sie jetzt wieder ein. Hugos und Claires Misstrauen ließ sich mit Händen greifen. Und auch Gustave, dem sie gerade mal wieder in der Küche half, benahm sich seltsam. Er sprach es nicht aus, aber man sah ihm an, dass er Marisa gegenüber jede Menge Vorbehalte hatte. Wovor fürchtete er sich? Dass sie ihn packte und in den Schwitzkasten nahm? Ausgerechnet Gustave, dieser schrankbreite Mann mit martialischen Tattoos auf den Oberarmen und Augen kalt wie Eiswürfel? Wenn überhaupt, dann müsste Marisa vor ihm zittern.

Die mehr oder weniger versteckten Aversionen ärgerten sie in diesem Moment so sehr, dass sie Gustave darauf ansprach: »Starrst du mir auf die Finger, weil du glaubst, dass ich Gift ins Essen mische?«

Ein leichtes Zucken durchfuhr den kräftigen Körper ihres Kollegen. Gustave machte große Augen und öffnete den Mund, aber es kam kein Ton heraus.

»Pardon«, sagte Marisa, die ihre Äußerung sofort bereute. Eigentlich kam es ihr doch darauf an, Konfrontationen unter allen Umständen zu vermeiden. Sie wollte ihre Mission, endlich die Frage der Schuld ihres Vaters zu klären, nicht gefährden.

»Du brauchst dich nicht zu entschuldigen«, sagte Gustave und legte den Rührlöffel beiseite. »Es stimmt. Ich habe wirklich darüber nachgedacht, ob du so etwas tun würdest.«

Marisa konnte es kaum glauben. Sie wusste nicht, welches Gefühl überwog, Überraschung oder Zorn. »Warum?«, fragte sie. »Warum denkst du so etwas über mich?«

Gustave drehte seine Handflächen nach oben. »Weil so was vorkommt bei der Mafia.«

»Mafia?« Marisa stand kurz davor, ihm ins Gesicht zu springen, konnte sich aber gerade noch zügeln. »Was habe ich denn mit der Mafia zu schaffen? Du denkst wohl, jede italienische Verbrecherorganisation gehört zwangsläufig der Cosa Nostra an. Dann lass dir sagen, dass mein Vater sein eigenes Kartell aufgezogen hat. Die Betonung liegt auf ›mein Vater‹. Ich habe damit nämlich nicht das Geringste zu tun.«

Gustave wirkte nicht überzeugt. »Na ja, ich kenne dich nicht besonders lange, und man sollte es nicht darauf ankommen lassen, oder?«

Marisa ging zu ihm und fasste nach seiner Hand. »Hör mir mal gut zu: Ich mag ja aus einer Gangsterfamilie stammen, aber im Gegensatz zu mir bist du mal einer gewesen. Wäre es dann nicht sinnvoller, wenn ich dich kontrolliere und aufpasse, dass du nichts Falsches in den Kochtopf wirfst?«

Gustave runzelte die Stirn, dann lächelte er erleichtert. »Ich glaube, du bist okay«, beschied er und nahm den Rührlöffel wieder auf. »Machen wir weiter? Das Festessen muss pünktlich fertig sein.« Damit schien die Sache für ihn geklärt zu sein.

Marisa machte sich sofort wieder an die Arbeit. Einen ihrer Skeptiker hatte sie überzeugen können. Die anderen wären heute Abend an der Reihe – und würden erfahren, auf welcher Seite Marisa wirklich stand.

GERALDINE

Mit dem Smartphone stand Geraldine schon immer auf Kriegsfuß. Obwohl sie ihres nur zum Telefonieren brauchte und auf den ganzen Social-Media-Quatsch verzichtete, kam sie selbst mit dieser einfachen Grundfunktion nicht zurecht, weil dieses Ding – verdammt noch mal! – keine Tasten besaß. Ihre Töchter hatten ihr das Gerät geschenkt, wohl in dem Glauben, ihr etwas Gutes zu tun. Das Gegenteil war der Fall. Nach ein paar Versuchen gab sie auf, verließ ihr Zimmer und lief die Treppe ins Foyer hinunter. Dort war hinter einem Paravent ein Münztelefon installiert, ganz klassisch mit Ziffernfeld und einem Hörer, der sogar noch eine Schnur besaß. Sehr vertrauenerweckend, wie Geraldine fand.

Sie war gerade im Begriff zu wählen, als sie Schritte hinter sich hörte. Es war Hugo Martin, der ihr unverbindlich zunickte. Geraldine nickte zurück und wartete, dass er weiterging. Doch das tat er nicht. Hugo blieb neben dem Postkartenkarussell an der Rezeption stehen und begann, die Karten zu sortieren und umzustecken. Musste das ausgerechnet jetzt sein? Geraldine wippte ungeduldig mit dem Fuß.

Hugo ließ sich Zeit. In aller Seelenruhe ordnete er die Postkarten neu, ließ den Ständer eine halbe Umdrehung kreisen und setzte sein überflüssiges Unterfangen fort. Das tat er in einer Langsamkeit, die Geraldines Ungeduld stark strapazierte. Sie war drauf und dran, den Anruf auf später zu verschieben, da ließ der Hotelchef endlich von dem Kartengestell ab. Er strich gemächlich durchs Foyer und kam bei Geraldine zum Stehen.

»Kann ich Ihnen behilflich sein?«, erkundigte er sich. »Funktioniert der Apparat nicht, oder suchen Sie nach einer bestimmten Nummer?«

»Nein danke, alles okay, ich komme zurecht«, wimmelte sie ihn ab.

Hugo nickte abermals und wandte sich um. Statt aber den Empfangsbereich zu verlassen, ging er zu einem zweiten Ständer, der mit Prospekten und Ausflugstipps bestückt war. Ich werde noch wahnsinnig!, dachte Geraldine und überlegte, ob sie es nicht doch noch einmal mit dem Handy auf ihrem Zimmer versuchen sollte.

Rettung kam in Gestalt von Claire Martin, die sehr geschäftig wirkte, die Arme in die Hüften stemmte und im Befehlston auf ihren Mann einredete. Viel verstand Geraldine von der französisch geführten Unterhaltung nicht, aber allein Claires Gestik zeigte, dass sie ihren Mann dazu aufforderte, anderswo zu helfen, statt sich mit dem dämlichen Prospekthalter zu befassen. Kurz darauf hatten beide das Foyer verlassen, sodass Geraldine sich endlich ihrem Vorhaben widmen konnte.

Die Nummer, die sie wählen wollte, hatte sie in ihrem kleinen Notizbüchlein vermerkt. Ein handliches Hilfsmittel, eingebunden in krokodilgrünem Leder, ebenfalls ein Geschenk von einem ihrer Kinder. Ein weitaus sinnvolleres als das Smartphone.

»Hier spricht Mrs Walker«, meldete sie sich, als die Leitung stand. »Ich möchte Capitaine Lefèvre sprechen. – Wieso ist er nicht da? Wie lange dauert die Mittagspause denn bei Ihnen? Oder geht sie nahtlos in den Feierabend über? – Was? Ob ich keinen Respekt habe? Sicher habe ich Respekt, den sollten Sie aber auch haben. Und zwar, indem Sie dem Capitaine etwas ausrichten. Haben Sie einen Stift und einen Block parat? Dann schreiben Sie Folgendes für ihn auf …«

LE GRAND FINAL

RUBEN

Seinen Smoking trug Ruben nur zu sehr außergewöhnlichen Anlässen. Zum Beispiel, als ihm das niederländische Verdienstkreuz überreicht wurde. Ursprünglich von Königin Wilhelmina gestiftet, erhielten es Zivil- und Militärpersonen, die sich in besonderem Maße durch mutiges und entschlossenes Auftreten für ihr Vaterland verdient gemacht und eine Gefahr abgewehrt hatten. In seinem Fall bestand die Gefahr in Tonnen von Rauschgift, das über Ferraros Verteilernetz nach Holland gelangt wäre, was dank Rubens Einsatz verhindert wurde. Seitdem hielt er das bronzene Kreuz mit der gekrönten Initiale »W« für Wilhelmina in Ehren und nahm es sogar mit auf Reisen, wie auch diesmal.

Heute hatte er sich dazu entschieden, den Smoking anzulegen, weil er fand, dass ein ähnlich gewichtiger Anlass auf ihn wartete. Einer, der es wert war, sich dafür in Schale zu werfen. Heute Abend würden sie den Höhepunkt ihrer gemeinsamen Urlaubswoche erleben, ja wahrscheinlich sogar den Höhepunkt all ihrer bisherigen Treffen. Sozusagen *le grand final*, um es in der Sprache ihres Gastgeberlandes auszudrücken. Es würde heute um weit Bedeutenderes gehen als nur um ein festliches Essen, und zwar um nicht weniger als darum, den Schlussstrich unter die Causa Ferraro zu ziehen.

Einer von ihnen würde heute den Namen nennen, hinter dem alle her waren. Den Namen, der für den Tod ihres Freundes Alexandros stand. Sobald dieser Name ausgesprochen wurde, könnten auch die vielen noch offenen Fragen beantwortet und die Geheimnisse, die sie so lange Zeit voreinander verborgen hatten, gelüftet werden. Auch die von Ruben selbst. Er war gewillt, es darauf ankommen zu lassen. Die Wahrheit musste endlich ausgesprochen werden. Wenn nicht heute, wann dann?

Als Ruben sich im Spiegel seines Zimmers betrachtete, erwog er, auch den Verdienstorden anzulegen, ließ ihn dann aber doch in der Schatulle. Womöglich kam heute Abend ans Licht, dass er ihn zu Unrecht trug.

GERALDINE

Schon der Duft war betörend! Als Geraldine den Salon betrat – sie trug zur Feier des Abends einen *Fascinator*, einen festlichen Kopfschmuck in den Farben des Union Jack –, kam bei ihr auf Anhieb Weihnachtsstimmung auf. Endlich!

Kerzen und beleuchtete Girlanden tauchten den Saal in ein warmes Licht, adventliche Musik tönte dezent aus unsichtbaren Lautsprechern, und darüber lag dieser unbeschreibliche Geruch nach allem, was sie mit dem Weihnachtsfest verband: Zimt, geschmolzenes Wachs, Tannennadeln, heiße Maronen. Und die Aromen von gebratenem Geflügel. Ob Gustave einen gefüllten Truthahn auffahren würde?

Umgehend reichte ihr Marisa einen Becher, in dem heißer Punsch schwappte. Marisa hatte ihren Zimmermädchendress gegen ein eng anliegendes schwarzes Kleid getauscht, über ihrem Ausschnitt lag eine Perlenkette. Sie trug lackschwarze Stilettos, das Gesicht war gekonnt geschminkt. Eine Frau mit Geschmack, die sich nicht länger unter Wert verkaufte, wie Geraldine wohlwollend zur Kenntnis nahm.

Mit dem wärmenden Becher in der Hand durchquerte sie den Raum, winkte den Gastgebern Claire und Hugo Martin zu, auch sie dem Anlass entsprechend gekleidet.

Geraldine entdeckte Kim und Kasimir, die bereits in Startposition vor dem Büfett standen, und stellte sich zu ihnen.

»Was gibt es denn Feines?«, fragte sie.

Kim, dessen Magen so laut knurrte, dass es Geraldine kaum überhören konnte, spitzte die Lippen: »Das französische Weihnachtsessen besteht traditionell aus sieben Gängen, wusstest du das? Ich kann es kaum abwarten, mich durch all die Köstlichkeiten zu schlemmen.«

Bevor er weiterreden und alle Gänge aufzählen konnte, trat Gustave hinter der Theke hervor. In seinem gesteiften weißen Kittel und der hohen Kochmütze gab er eine gute Figur ab. »Den Anfang macht ein Apéritif«, erklärte er. »Normalerweise ein leichter Martini oder ein Pastis, wir haben ihn durch den Punsch ersetzt. *Santé!*«

»Zum Wohl!«, stimmte Kim mit ein und trank aus seinem Becher, sicher nicht dem ersten.

»Wir sind direkt am Meer, also eröffnen wir mit Austern und Räucherlachs«, fuhr Gustave fort und hob eine der silbernen Hauben an, die sich auf der langen Tafel reihten. »Als Nächstes kommt *Foie gras*, die berühmte Gänsestopfleber, mit einer pikanten Zwiebelkonfitüre.«

»Schmeckt köstlich auf geröstetem Weißbrot.« Das war Kim.

»Der gefüllte Truthahn ist der eigentliche Höhepunkt des Abends«, verkündete der Koch. »Dazu haben wir diverse Gemüsebeilagen vorbereitet.«

»Dann hatte ich also recht«, freute sich Geraldine. »Auf meine Nase ist Verlass.« Sie wandte sich ab. »Danke für die Auflistung, vom Rest lasse ich mich überraschen.«

»Bist du denn gar nicht neugierig auf das Dessert?«, fragte Kim verwundert. »Was wäre ein Weihnachten in der

Provence ohne die dreizehn Süßigkeiten, eine Anspielung auf Christus und seine Apostel.«

»Waren das nicht nur zwölf?« Geraldine sah ihn zweifelnd an.

Kim redete einfach weiter: »Feigen und Rosinen gehören dazu, außerdem Mandeln und Walnüsse, Datteln, weißer und schwarzer Nougat und das süße Hefebrot *Gibassié*. Dazu gibt's *Calissons d'Aix-en-Provence*: kandierte Früchte und Quittenbrot.«

»Das waren jetzt aber nur zehn Nachspeisen«, monierte Geraldine. »Außerdem sind Mandeln und Nüsse ja so ziemlich das Gleiche.«

»Soll ich dir den Rest aufzählen?«, bot Kim an.

»Langsam, langsam! So weit sind wir noch lange nicht«, bremste Gustave Kims Elan. »Bevor es richtig losgeht, reichen wir ein *amuse-bouche* als Appetitmacher. Dafür habe ich mir etwas ganz Besonderes einfallen lassen.«

Geraldine schmunzelte. Dass die Franzosen so viel Zeit und Mühe auf die kleinen Vorspeisenhäppchen verschwendeten, hatte sie nie so ganz begriffen. All dieser Firlefanz hatte mit der einfachen und schnörkellosen englischen Küche rein gar nichts gemein.

Ruben betrat gemeinsam mit Louanne den Salon. Im Schummerlicht und aus der Entfernung meinte Geraldine, eine um zwanzig Jahre jüngere Version der beiden zu sehen. Louanne im langen Kleid hatte sich bei Ruben, der Smoking und Fliege trug, untergehakt. Die beiden gaben ein ebenso elegantes wie harmonisches Bild ab und wirkten wie füreinander geschaffen. Auch wenn es Geraldine natürlich besser wusste.

Hugo Martin drehte die Musik noch leiser und schlug

mit einem Löffel gegen seinen Becher. Alle Augen richteten sich auf ihn. »Da wir nun vollzählig sind, möchte ich Sie ganz herzlich zu unserem festlichen *dîner* begrüßen«, erklärte er so laut, dass es selbst Kim verstehen musste. »Claire und ich freuen uns sehr, dass Sie uns nun schon seit so langer Zeit die Treue halten, und dafür möchten wir uns mit dem heutigen Abschiedsabend erkenntlich zeigen.« Höflicher Beifall. »Wir bedauern den tragischen Tod Ihres gemeinsamen Freundes und des von uns hochgeschätzten Monsieur Dimitriadis und die Unannehmlichkeiten, denen Sie durch die polizeilichen Ermittlungen ausgesetzt waren. Obwohl ich wahrscheinlich nicht ganz falschliege mit meiner Annahme, dass es für Sie auch eine willkommene Herausforderung war, unserer Gendarmerie durch Ihre Expertise unter die Arme zu greifen. In diesem Zusammenhang möchte ich nicht versäumen zu erwähnen, wie sehr wir es schätzen, dass auch Marisa – trotz allem – wieder bei uns ist und uns unterstützt. Wie froh können wir doch über diesen versöhnlichen Abschluss dieser Woche sein, selbst wenn der Fall leider nicht aufgeklärt werden konnte.«

Was nicht ist, kann noch werden, dachte sich Geraldine und ließ sich auf die friedvolle Stimmung ein. Auch wenn ihr klar war, dass es nicht so bleiben würde.

RUBEN

Das war die Ruhe vor dem Sturm, dachte Ruben und richtete die Fliege. Heute Abend sollten die Karten auf den Tisch gelegt werden. Darüber herrschte stilles Einvernehmen. Sie hatten sich ja oft genug ausgetauscht, jeder mit jedem, mal länger, mal kürzer, und bei allen diesen Unterhaltungen waren Details und Beobachtungen preisgegeben worden, die sich teils widersprachen, im Großen und Ganzen aber ein schlüssiges Gesamtbild ergaben. Vielleicht zu schlüssig, wie Ruben schwante, weil es doch allmählich eng für ihn wurde – er war sich seiner Rolle als Schlüsselfigur sehr wohl bewusst.

Das Essen, das Gustave aufgetragen hatte, war gelungen. Ruben schmeckte es, und doch bekam er kaum mit, was genau er gerade verspeiste. Hätte Louanne ihn nicht immer wieder auf diese und jene besondere Geschmacksnote hingewiesen und die Vorzüge der französischen Küche in den Himmel gelobt, wäre Gustaves *Haute Cuisine* an Ruben vollständig verschwendet gewesen. Im Grunde genommen hätte ihm heute Fast Food vollkommen gereicht.

Wie sollte er auch auf das Essen achten, wenn die Gedanken in seinem Hirn Karussell fuhren? Louanne wusste doch genau, was bald kommen würde – und was sie ihm abverlangte. Stattdessen piesackte sie ihn weiter.

»Das *musst* du probieren!«, sagte sie und hielt ihre Gabel direkt unter seinen Mund.

Irgendeine schaumige Crème, die nach provenzalischen Kräutern roch. Ruben tat ihr den Gefallen.

»Und? Was sagst du?« Erwartungsfroh sah sie ihn an.

»Was ich sage?« Er schluckte hinunter. »Ich sage, dass ich es bald nicht mehr aushalte. Wann geht es endlich los?«

»Wenn es so weit ist. Wir Franzosen sind eben keine Schnellesser, du musst dich den Gepflogenheiten anpassen.«

Leichter gesagt als getan, dachte Ruben. Unruhig wippte er unter dem Tischtuch mit den Beinen auf und ab. Seine Nervosität stieg von Minute zu Minute, und immer wieder kamen ihm Louannes Worte in den Sinn: Auf dem Weg hierher, im Treppenhaus, hatte sie ihm ins Gewissen geredet. Hatte an sein Verantwortungsgefühl appelliert und ihn gedrängt, heute Abend die Hosen herunterzulassen. Nicht im Wortsinn natürlich. Was sie meinte, war unmissverständlich und eine direkte Aufforderung, mit einem Mythos aufzuräumen – nämlich mit seinem eigenen.

»Bist du sicher, dass wir das durchziehen wollen?«, tuschelte er ihr zu.

Louanne nickte bestimmt. »Absolut sicher. Wenn du nicht redest, werden das andere tun. Ich glaube nicht, dass dir das recht wäre. Steh endlich zu dem, was du getan hast.«

Ruben schluckte. »Wie bist du überhaupt darauf gekommen? Weißt du es schon länger?«

»Nein. Ich habe es höchstens geahnt. Aber inzwischen ist mir klar geworden, dass es für alles nur diese eine Erklärung geben kann. Und die anderen wissen das ganz sicher auch.«

Ja, dachte Ruben und fühlte, wie der Druck in ihm stieg. Er konnte die Wahrheit nicht länger unter Verschluss halten.

GERALDINE

Der Truthahn war herrlich, die Haut kross und das Fleisch schön zart. Zum Nachtisch genoss Geraldine ein sämiges Fruchtsorbet und plauderte mit Louanne. Es ging um Belanglosigkeiten, denn in Gedanken waren Geraldine und sicher auch Louanne schon einen Schritt weiter. Sie warteten nur auf den passenden Moment, um den Schalter umzulegen.

Dieser schien gekommen, als sich Claire wieder in die Mitte des Saals stellte, um den versprochenen Spieleabend einzuläuten. Da es alle so gern mochten, schlug sie zum Auftakt Bingo vor. Hugo rollte schon die Trommel in den Saal.

Geraldine merkte, wie Louanne unruhig wurde, die Hand hob und rief: »Hieß es nicht, wir würden puzzeln?«

Claire sah sie ein wenig ratlos an. »Aber ein Puzzle mit so vielen Teilnehmern …«

»Es muss ja kein Bilderpuzzle sein«, sprang Kasimir Louanne bei. »Wir puzzeln mit Worten.«

Jetzt verstand Claire offenbar gar nichts mehr. »Wie soll das funktionieren?«

»Indem jeder von uns seine Puzzlestücke zusammenfügt und erzählt, welche Schlüsse er im Fall Alexandros Dimitriadis bislang gezogen hat. Zum Ende ergänzen sich – mit etwas Glück – alle Redebeiträge zu einem einheitlichen Bild und damit zu einer überzeugenden Lösung.«

»Ich weiß nicht, ob das hier der richtige Rahmen ist«, sagte Hugo, ließ die Drehtrommel stehen und trat neben seine Frau.

»Der Rahmen passt ausgezeichnet!«, widersprach Ruben, nachdem Louanne ihn mit dem Ellenbogen angestoßen hatte. »Wer möchte beginnen?«

»Ich!«, meldete sich Kasimir. »Lasst mich als Ersten reden, bitte.«

Claire hob noch einmal dazu an, ihre Gäste umzustimmen, doch dann sah sie wohl ein, dass es keinen Zweck hatte. Gemeinsam mit Hugo zog sie sich zu Gustave und Marisa an die Getränketheke zurück.

»Wie ihr wisst, ist mein Erinnerungsvermögen nicht mehr das beste«, begann Kasimir mutig und offen. »Ich vergesse oft etwas und bin dann verwirrt, das habt ihr ja gemerkt. Aber zumindest mein Langzeitgedächtnis arbeitet tadellos. Deshalb möchte ich in der Vergangenheit beginnen, am Tag von Marcello Ferraros Festnahme. Denn ich bin sehr sicher, dass es da einen Zusammenhang mit dem Tod von Alexandros gibt.«

Richtig, dachte sich Geraldine und hörte aufmerksam zu.

»Es herrschte ein ziemliches Durcheinander, als wir das erste Mal hierherkamen. Heute kennen wir jeden Winkel dieses schönen Hotels, aber damals war es uns völlig fremd. Wir wussten nicht, was uns erwartete. Klar war nur, dass einer unserer Leute in Lebensgefahr schwebte, wir keinen Kontakt zu ihm hatten und das mobile Einsatzkommando noch nicht bereitstand. Also ergriffen wir selbst die Initiative: Ruben machte den Anfang, er rannte in das Gebäude. Kim folgte ihm, und dann kam ich. Auch

Alexandros, der den zweiten Wagen fuhr, schaute sich in dem Hotel um. Jeder von uns Männern war allein unterwegs und handelte auf eigene Faust, während Geraldine und Louanne mehr oder weniger die ganze Zeit zusammenblieben. Richtig?«

Einvernehmliches Nicken.

»Wie es weiterging, kann jeder in den alten Protokollen nachlesen: Ruben spürte als Erster das Zimmer auf, in dem Ferraro und unser Mann sich aufhielten. Beide hatten bereits die Unruhe auf den Fluren bemerkt, weswegen Ferraro seine Leibwächter zum Ausgang geschickt hatte, um nachzusehen. Im Hotelzimmer befanden sich also nur noch er selbst und der Strohmann. Bevor Ruben den Raum betrat, war unser Mann bereits aufgeflogen. Wodurch er sich verraten hatte, wissen wir nicht, aber Ferraro war auf ihn losgegangen und rang mit ihm. Als Ruben dazukam, verlor Ferraro vollends die Nerven, zog eine Pistole und schoss auf den V-Mann. Anschließend stieß er Ruben beiseite, um zu fliehen. Ruben verfolgte ihn zunächst, kehrte dann jedoch um, um dem Verletzten zu helfen. Doch dafür war es zu spät, inzwischen war auch ich eingetroffen und konnte nur noch den Tod unseres Kollegen feststellen.« Kasimir legte eine Pause ein, die von weihnachtlichen Klängen aus den Lautsprechern gefüllt wurde.

»Eine runde Geschichte, sollte man meinen, doch an zwei Stellen weist sie fundamentale Schwächen auf. Schwächen, über die alle Beteiligten jahrelang hinweggesehen haben, um ihre Leistung von Ferraros Verhaftung nicht zu schmälern. Die erste Schwachstelle ist die Tatwaffe, die nie gefunden wurde. Wie hatte es Ferraro auf seiner kurzen Flucht geschafft, sie so gut zu verstecken, dass selbst die intensivste Suche nicht zum Erfolg führte? Eine unserer Vermutungen damals: Er musste sie einem seiner Leibwächter zugesteckt haben, der mitsamt der Pistole unerkannt verschwinden konnte. Bewiesen werden konnte das nicht. Die zweite Schwäche, die sich aus den verschiedenen Zeugenaussagen ergibt, wiegt schwerer: Auf unseren Strohmann wurden zwei Schüsse aus ein und derselben Waffe abgegeben, ich selbst habe die beiden Eintrittswunden an der Leiche untersucht. Mehrere Ohrenzeugen gaben aber an, dass zwischen dem ersten und dem zweiten Knall mindestens eine Minute lag. Das lässt sich kaum mit der Schilderung des Tatablaufs übereinbringen, wie wir sie von Ruben kennen. Unsere Erklärung damals: Die Ohrenzeugen haben sich geirrt.«

»Über diese beiden Aspekte habe ich mir ebenfalls viele Gedanken gemacht«, meldete sich überraschend Marisa zu Wort. »Um es gleich vorwegzunehmen: Ich war ein kleines Kind und habe kaum etwas mitbekommen von dem, was sich um mich herum abspielte. Ich erinnere mich nur, wie sehr es mich schmerzte, dass mir der Vater genommen wurde. Er war ein Familienmensch, liebevoll und gütig. Inzwischen weiß ich natürlich, womit er sein Vermögen gemacht hat. Ich engagiere mich in der Drogenhilfe und spende für die Suchtprävention, aber das macht die Taten meines Vaters nicht ungeschehen. Dennoch: Ein Killer ist er nicht! Den Mord an dem verdeckten Polizisten hat man ihm untergeschoben. Eine Falle, ein Trick.«

Geraldine sah sich um und merkte, wie sich die Aufmerksamkeit aller Anwesenden auf Marisa verlagerte.

»Dank meines Studiums habe ich inzwischen die nötigen Kenntnisse und Werkzeuge, kurzum die Expertise, um einen Fall wie diesen zu untersuchen«, fuhr Marisa fort. »Und nach meiner Überzeugung liegt der springende Punkt tatsächlich in der Zeitdifferenz zwischen beiden Schüssen. In einer Minute kann viel passieren.«

»Beispielsweise könnte eine zweite Person das Hotelzimmer betreten haben, während Ruben Ferraro verfolgte«, warf Kim ein. »Und diese zweite Person führte dann zu Ende, was Ferraro begonnen hatte.«

»Dafür müsste Ferraro seine Waffe im Zimmer zurückgelassen haben«, folgerte Louanne.

»Ja, und anschließend verschwand der unbekannte zweite Schütze mit der Pistole«, führte Kasimir den Gedanken weiter. »Da stellt sich die Frage, um wen es sich bei dieser zweiten Person gehandelt haben könnte. Einer von Ferraros Wachmännern, der sich gegen den eigenen Chef stellte? Oder etwa einer von uns?«

Geraldine, die bis eben gebannt zugehört hatte, räusperte sich und schlug vor: »Lasst uns die Zeit noch einmal ein bisschen zurückdrehen. Wenn wir der Wahrheit auf den Grund gehen wollen, müssen wir in dem Moment ansetzen, in dem Ruben das Hotelzimmer betrat.«

»Ganz genau«, pflichtete Marisa ihr bei. »Monsieur van Dijk hörte schon im Flur Kampfgeräusche, stieß die Tür auf und fand meinen Vater in der Auseinandersetzung mit dem verdeckten Ermittler vor. So weit das offizielle Protokoll. Aber wie es wirklich weiterging, ist in keiner Akte vermerkt.«

Mit entschlossenen Schritten ging sie auf den Tisch zu, an dem Louanne und Ruben saßen, und sagte ihm auf den Kopf zu: »Sie sind ein Mann, der nicht lange fackelt, richtig? Voller Testosteron, damals noch mehr als heute. Sie wollten die beiden auseinanderbringen und haben sich in den Kampf geworfen. Das Ganze eskalierte, niemand gewann die Oberhand. Und dann war plötzlich die Pistole im Spiel. Sie wollten sie meinem Vater abringen, als sich ein Schuss löste. Die Patrone drang in den Bauchraum des V-Manns ein. Wie ich aus den gerichtsmedizinischen Berichten weiß, wurde der Schuss aus sehr kurzer Distanz abgegeben, das spricht für meine Theorie.«

»Interessant. Und weiter?«, fragte Ruben angespannt.

»Als Sie erkannten, was passiert war, lösten Sie sich von meinem Vater, der die Waffe losließ und sofort wegrannte. Nach einem Schreckmoment liefen Sie ihm nach, doch dann fiel Ihnen ein, was Ihnen da für eine Möglichkeit geboten wurde: Der Strohmann war von einer Kugel aus der Pistole meines Vaters getroffen worden, und diese trug sicher noch dessen Fingerabdrücke. Damit konnten Sie ihn wegen Mordes drankriegen. Sie wollten die Waffe als Beweismittel sicherstellen und behaupten, mein Vater hätte den Schuss gezielt und vorsätzlich abgegeben, obwohl Sie genau wussten, dass es ein Unfall war. Ein nahezu perfekter Plan, ausgedacht binnen weniger Sekunden. Doch was passierte dann?«

Louanne stupste Ruben an die Schulter. »Sag es ihr«, forderte sie ihn auf. »Du hast es mir versprochen.«

Mit belegter Stimme begann Ruben zu sprechen: »Alles, was Sie gesagt haben, stimmt. Genauso ist es gewesen. Nach all den Monaten der Erfolglosigkeit und des Frustes sah ich endlich eine Chance, diesen Verbrecher vor Gericht zu bringen.« Er schluckte. »Ja, der Schuss hat sich unabsichtlich im Kampfgeschehen gelöst. Und ja, ich habe die Verfolgung abgebrochen und wollte zurück, um die Pistole als Beweismittel zu sichern. Ich wusste ja, dass das Hotel umstellt war und Ferraro ohnehin nicht weit kommen würde. Auf dem Rückweg hörte ich den zweiten Knall. Erst dachte ich, einer unserer Leute hätte einen Warnschuss abgegeben. Aber im Zimmer sah ich dann unseren Mann am Boden liegen, mit einer zweiten Schusswunde mitten in der Brust. Kasimir kauerte neben ihm, aber der Kollege war bereits tot. Und die Pistole – sie war einfach verschwunden!«

»Kasimir saß neben der Leiche«, nahm Geraldine den Faden auf. »Was dafürsprechen könnte, dass er den zweiten Schuss abgegeben und die Pistole danach eingesteckt hat. Aber so ist es nicht gewesen, denn Kasimir ist kein Taktiker und Karrierist wie Ruben. Für die Festnahme von Ferraro sprichwörtlich über Leichen zu gehen wäre ihm nie in den Sinn gekommen.«

»Danke, Geraldine«, sagte Kasimir mit dünnem Lächeln.

»Demnach bliebe noch Kim ...«, setzte sie an.

»Na, hör mal!«, begehrte dieser auf. »Welchen Grund sollte ich gehabt haben, dem armen Mann in die Brust zu schießen?«

»Vielleicht, um Ferraro zu erpressen?«, warf Louanne ein. »Bares gegen die Wahrheit. Es gab Momente, in denen ich ernsthaft eine solche Möglichkeit erwogen habe, denn dein kostspieliges Hobby, das Spielen und Wetten um Geld, muss dich im Laufe der Jahre um ein kleines Vermögen gebracht haben.«

»Moment, Moment! Damals habe ich überhaupt noch nicht gezockt! Das hätte meine Heidrun nie zugelassen.«

»Trotzdem hast du Geld schon immer gut gebrauchen können, oder?«, entgegnete Louanne. »Aber natürlich ist diese Hypothese Unsinn, weil das nicht funktioniert hätte, ohne dass deine Täterschaft aufgeflogen wäre. Außerdem hat Geraldine dich damals im Treppenhaus gesehen, als der zweite Schuss fiel. Du bist also aus dem Schneider.«

»Sehr gnädig, euer Ehren«, ätzte Kim und drehte beleidigt den Kopf weg.

»Da sich Mrs Walker und Madame Chevalier gegenseitig ein Alibi geben können, bliebe am Ende nur eine Person übrig«, fasste Marisa zusammen.

»Monsieur Dimitriadis!«, sprach Claire Martin aus, was alle dachten. »Aber weshalb sollte ausgerechnet er …?«

Weiter kam sie nicht, denn Kim unterbrach sie. »Nicht so hastig!«, sagte er und hob beide Hände. »Das viele Denken ist anstrengend und macht hungrig. Zeit für eine Unterbrechung und die Käseplatte!«

Widerstand regte sich nicht gegen diesen Vorschlag, im Gegenteil. Geraldine sah, wie sich die Gesichtszüge der anderen lösten und sie in guter Stimmung zum Büfett schlenderten. Lediglich Claire und Hugo wirkten etwas angespannt, auch wenn sie das mit freundlichen Gesten zu kaschieren versuchten.

Ein Stückchen vom Bleu d'Auvergne, einem Blauschimmelkäse, eine kleine Portion vom Brie und dazu jeweils fingerdicke Scheiben Comté und Gruyère, garniert mit einem Strunk Weintrauben. Mit dieser Beute zog sich Geraldine an einen Stehtisch nahe dem Terrassenfenster zurück, wo bereits Kasimir wartete.

»Geht es dir gut?«, erkundigte sie sich.

»Ich denke schon«, antwortete Kasimir und schob seine Brille gerade. »Noch habe ich nicht vergessen, worum es sich heute Abend dreht.«

»Das wirst du auch nicht, denn du bist gleich wieder

gefordert.« Sie zwinkerte ihm zu. »Nämlich dann, wenn es um den Ohrclip geht, den du gefunden hast. Ein sehr wichtiges Indiz.«

»Ohrclip?« Kasimir zog die Augenbrauen nach oben. Dann kicherte er. »Keine Sorge, ich weiß Bescheid. Es gibt bei mir nicht nur dunkle Momente, sondern glücklicherweise auch noch viele helle.«

»Fein, dass du heute Abend zu den ›Erleuchteten‹ zählst«, sagte Geraldine und zog mit ihrem Käseteller weiter zum nächsten Tisch.

Louanne und Ruben nickten ihr zu und machten Platz.

»Mutig von dir, Ruben«, sprach Geraldine ihn an. »Dich nach all der Zeit zu outen, das hat meinen Respekt verdient.«

»›Outen‹ ist wohl kaum das richtige Wort«, entgegnete Ruben. »So weit kommt's noch!«

»Du weißt, was ich meine.«

»Ja, dass ich in aller Öffentlichkeit zugebe, eine Falschaussage unter Eid geleistet zu haben. Zumindest teilweise. Dieser Straftatbestand dürfte mittlerweile verjährt sein, aber mein Ansehen bei euch ist wohl dahin, und das Königshaus wird seinen Orden zurückverlangen.«

Louanne knuffte ihn an den Arm. »Im Gegenteil, dein Ansehen ist gewachsen. Endlich bist du von deinem hohen Ross gestiegen und machst uns nichts mehr vor.«

»Wobei wir das, was du getan hast, natürlich nicht gutheißen können«, schränkte Geraldine sogleich ein. »Dein Ehrgeiz muss dir damals den Verstand vernebelt haben. Ich hoffe, du hast daraus gelernt und es bereut.«

»O ja, das habe ich«, beteuerte Ruben.

Kim hatte sich den Teller zwar besonders vollgeladen,

war aber als Erster fertig mit dem Essen. Nun drängte er darauf, dass es weiterging. So lösten sie sich aus ihren Gesprächen und kehrten an ihre Sitzplätze zurück. Claire und Marisa gingen herum und nahmen Bestellungen für Espresso oder Spirituosen auf. Geraldine fand es bemerkenswert, wie Marisa ihre beiden Rollen unter einen Hut brachte: die der Kellnerin und die der Ermittlerin in eigener Sache.

Kaum waren die Getränke verteilt, richtete Claire das Wort an die Gäste: »Sie haben heute Abend Erstaunliches geleistet und bewiesen, dass Sie immer noch Meister Ihres Fachs sind. Doch es ist spät geworden, und ich finde, es wäre an der Zeit für einen besinnlichen Ausklang.« Als wollte er ihren Appell für den allmählichen Abschluss der Veranstaltung unterstreichen, knipste Hugo das Deckenlicht an.

»Die Besinnung muss noch ein bisschen warten!«, erklärte Kim und knüpfte dort an, wo sie vor dem Käse stehen geblieben waren. »Wenn es wirklich Alexandros gewesen ist, der den zweiten Schuss abgegeben hat, stellt sich die Frage nach seinem Motiv. Wollte er nur das zu Ende führen, was Ruben begonnen hatte? Oder verfolgte er andere Absichten?«

Louanne stieß einen Seufzer aus, die Antwort auf diese Frage zu geben fiel ihr offensichtlich nicht leicht. »Ich habe mich mit genau dieser Frage lange aufgehalten«, sagte sie. »Alexandros war ja einer von uns und nahm eine Schlüsselposition bei den Ermittlungen ein. Über jeden Schritt, den wir gegen Ferraro planten, war er im Bilde. Immer bestens informiert. Und genau das war, fürchte ich, der springende Punkt.«

»Darf ich an dieser Stelle fortsetzen?«, bat Marisa, und Louanne nickte. »Monsieur Dimitriadis stand auf der Payroll meines Vaters. Er hat sich von ihm schmieren lassen und über Monate hinweg alles eins zu eins weitergegeben, was er aus der Ermittlungsgruppe erfuhr. Auf diese Weise war es meinem Vater gelungen, Ihnen immer ein Stück weit voraus zu sein, sodass Sie ihn nie auf frischer Tat ertappen konnten. Er wusste auch, dass das Luxushotel in Marseille, in dem er eine Suite angemietet hatte, überwacht wurde, und wich daher auf dieses Hotel hier aus. Nur die Identität des V-Manns kannte er nicht. Wohl, weil Monsieur Dimitriadis den Namen selbst nicht rechtzeitig erfahren hatte und ihn deshalb nicht weiterleiten konnte.«

Ein Raunen ging durch den Salon. Alexandros ein Verräter! Einige hatten es wohl schon geahnt, für andere war diese Enthüllung neu, stellte Geraldine fest und lauschte gespannt, was Marisa noch zu sagen hatte.

»So lässt sich auch sein Verhalten erklären«, fuhr die junge Frau fort. »Als Monsieur Dimitriadis in das Hotelzimmer kam und den angeschossenen, jedoch nicht tödlich verletzten Kollegen am Boden liegen sah, muss er davon ausgegangen sein, dass dieser inzwischen von seiner Doppelrolle wusste. Um nicht aufzufliegen, beschloss Monsieur Dimitriadis, den verdeckten Ermittler zu opfern. Er hob meines Vaters Pistole vom Boden auf und schoss dem Verletzten mitten ins Herz. Danach verließ er das Zimmer und nahm die Waffe mit, da sie ja jetzt seine Fingerabdrücke trug. Als Fahnder bestand für ihn keine Gefahr, dass ihn jemand durchsuchen würde.«

Es entstand eine Pause, die wiederum nur durch die

Weihnachtsmusik ausgefüllt wurde. Dann fragte Ruben: »Hat Ihnen Marcello Ferraro das alles so bestätigt?«

Marisa neigte den Kopf. »Ich besuche meinen Vater regelmäßig, aber er schweigt zu allem, was mit seiner Vergangenheit zu tun hat. Er will das hinter sich lassen und zugleich niemanden verraten, aus Angst, dass sich jemand an seiner Familie rächen könnte. Sicher kein ganz abwegiger Gedanke. Doch als ich ihm neulich meine neue Version erzählt habe, schüttelte er nicht den Kopf wie bei allen meinen früheren Erklärungsversuchen.«

»So weit, so schlecht«, resümierte Kim. »Da haben wir uns wohl alle nicht mit Ruhm bekleckert, wenn es niemandem von uns aufgefallen ist, dass wir einen Spitzel in unserer Mitte hatten. Alexandros, ausgerechnet Alexandros! Jetzt ist mir auch klar, woher er das Startkapital für seine Immobiliendeals hatte. So fiel ihm der Einstieg in dieses Business logischerweise leicht.«

»Doch irgendjemand hat es wohl gewusst«, vermutete Geraldine. »Und dieser Jemand ist wahrscheinlich Alexandros' Mörder.«

»Womit wir beim zweiten Fall angelangt sind«, leitete Louanne über. »Noch kniffliger als der erste. Und wieder steht die Tatwaffe im Mittelpunkt. Die Pistole, die damals unseren V-Mann tötete, wurde auch für den Mord an Alexandros benutzt.«

»Eine Phantomwaffe«, merkte Kasimir an. »Mal taucht sie auf, dann verschwindet sie wieder. Wie ein Geist. Wo war sie bloß all die Jahre?«

»Wenn Alexandros sie damals an sich genommen hat, wird er sie anschließend versteckt haben«, spekulierte Ruben. »Denn im Flieger zurück nach Griechenland hätte er das Ding nicht mitnehmen können, das wäre bei der Gepäckkontrolle aufgefallen.«

Kim stellte fest: »Dann hat er sie vermutlich im oder in der Nähe des Hotels zurückgelassen.«

»Aber man hat das ganze Haus auf den Kopf gestellt und nichts gefunden«, wandte Kasimir ein.

»Weil sie inzwischen erneut den Besitzer gewechselt hatte«, gab Louanne ihre jüngste Überlegung preis und löste damit ein weiteres Raunen aus. »Ich gehe davon aus, dass jemand damals Alexandros dabei beobachtet hat, wie er die Pistole in eine Nische, einen Hohlraum oder wohin auch immer stopfte. Anschließend nahm dieser Jemand die Waffe an sich und versteckte sie seinerseits. Und zwar so gut, dass niemand außer ihm selbst sie finden konnte. Ich vermute, dieses letzte Versteck befand sich im Weinkeller von *Le Petit Hôtel*.« Sie ließ die Worte wirken und wartete auf Reaktionen.

Wieder war es Kim, der sich als Erster zu Wort meldete: »Das kann doch nur jemand getan haben, der sich etwas davon versprochen hat.«

»Geld zum Beispiel«, meinte Ruben. »Mit der Pistole als Faustpfand konnte er Alexandros unter Druck setzen. Wahrscheinlich hat er ihn jahrelang gemolken und ihm wohl auch mindestens ein Grundstück in Griechenland zu einem Supersonderpreis abgerungen. Die klassische Erpressung.«

»Davon gehe ich auch aus«, fuhr Louanne fort. »Alexandros musste zahlen, wenn er nicht ins Gefängnis wandern wollte. Und das tat er wohl auch, doch irgendwann wurde unser Erpresser zu gierig. Bei einem heimlichen Treffen im Weinkeller überspannte er den Bogen, worauf Alexandros sich sträubte und nicht länger zahlen wollte. Entweder weil er selbst nicht mehr genug besaß oder weil ihn das Gewissen zuletzt doch zu sehr plagte. Wie auch immer, das Ergebnis kennen wir: Der Erpresser benutzte die Pistole, wegen der Alexandros so lange Zeit gezahlt hatte, um ihn damit zu töten. Wahrscheinlich war es eine impulsive Tat, weil sich diese Person nicht mehr anders zu helfen wusste. Denn sie steht finanziell selbst mit dem Rücken an der Wand. Sie braucht das Geld, weil ...«

Geraldine erhob sich, um den entscheidenden Satz zu vollenden: »Sie braucht das Geld, um ihren Betrieb zu retten und nicht Konkurs anmelden zu müssen. Sie braucht das Geld für *Le Petit Hôtel.*«

Wieder herrschte Stille. Allerdings lag eine knisternde Spannung in der Luft. Geraldine hielt den Atem an, weil sie nicht abschätzen konnte, was als Nächstes passieren würde.

Einige Sekunden verstrichen, ohne dass sich jemand rührte. Dann machte Hugo Martin unvermittelt einen Satz nach vorn. Mit glühenden Wangen baute er sich mitten im Saal auf, in der Hand hielt er plötzlich eine Pistole.

»Ihr haltet euch für sehr schlau, was? Aber es wird euch nichts nutzen!«, brüllte er.

»Hugo!« Claire, die an der Theke stehen geblieben war, riss hilflos die Arme nach oben, das Gesicht voll ungläubigem Staunen. »Das ist doch nicht wahr, oder? Das kann nicht sein!«

»Du hältst den Mund!«, befahl Hugo und fuchtelte mit der Waffe. »Jetzt habe ich einmal das Sagen.«

»Haben Sie es wirklich nicht gewusst, Madame Martin?«, fragte Geraldine. »Aber ahnen konnten Sie es, nicht wahr?«

An Kasimir gerichtet fuhr sie fort: »Du hast etwas im Keller gefunden, etwas Entscheidendes.«

»Einen Perlenohrring«, sagte Kasimir.

»Nicht irgendeinen, sondern Ihren, Madame Martin«, setzte Geraldine fort. »Als Sie Alexandros' Leiche fanden und so erschraken, dass Sie dabei den Clip verloren, haben Sie Ihre Entdeckung niemandem gemeldet. Doch nicht wegen des Schocks, wie Sie uns weismachen wollten, sondern um Ihren Mann zu schützen. Denn da schwante Ihnen bereits, dass er dahinterstecken könnte.«

»Schluss jetzt!«, befahl Hugo. »Genug geredet. Das Spiel ist vorbei. *Rien ne va plus.*«

»Wollen Sie uns etwa alle töten?«, fragte Geraldine gelassen. »Anders werden Sie uns nämlich nicht zum Schweigen bringen.«

Hugo sah sie mit grimmiger Entschlossenheit an. »Sie stehen doch sowieso mit einem Bein im Grab, ich beschleunige es nur etwas.«

»Oho, ein Zyniker«, sagte Ruben, auch er äußerlich ungerührt. »Die Pistole, die Sie da leichtsinnigerweise herumschwenken, ist dieselbe, die vor zwanzig Jahren verschwand, richtig? Ich erkenne sie nämlich wieder.«

»Richtig, Sie Schlaumeier!«

»Dieser Pistolentyp fasst sechs Patronen Munition«, sagte Ruben. »Zwei Kugeln haben damals unseren V-Mann getroffen, zwei weitere brachten Alexandros um. Nach Adam Riese bleiben Ihnen noch zwei übrig – wir sind aber zu fünft. Gustave, Marisa und Ihre Frau nicht mit eingerechnet.«

»Wer sagt denn, dass ich nicht nachgeladen habe?«, blaffte Hugo ihn an.

Ruben sah ihn beinahe mitleidig an. »Die Hülse im Weinkeller war alt, die Waffe selbst sieht aus, als wäre sie seit einer Ewigkeit nicht gereinigt und geölt worden. Sie haben keine Patronen nachgelegt, woher hätten Sie die auch bekommen sollen? Sie kennen sich mit Schusswaffen ja nicht aus. Das sieht man schon daran, wie Sie sie halten.«

»Lassen Sie es nicht darauf ankommen!«, brüllte Hugo und richtete die Pistole auf ihn. »Für Ihren Freund Alexandros hat es jedenfalls gereicht!«

»Hugo!«, rief Claire und starrte ihn fassungslos an. »Du hast unseren Gast wirklich erschossen? Wie konntest du nur?«

»Du sollst den Mund halten! Ich habe jahrelang alles getan, damit dein Traum vom eigenen Hotelbetrieb nicht zerplatzt. Habe geackert und Geld herangeschafft. Sogar ein zweites Hotel wollte ich für dich bauen, in Griechenland, und habe dafür mein letztes Hemd geopfert. Denn auch wenn mir Dimitriadis das Grundstück fast umsonst gegeben hat, musste ich doch in den Bau investieren. Und was war der Dank für all meine Mühen? Dass du dich beschwert hast. Ständig hast du dich beschwert. Ich sei kein guter Geschäftsmann, wisse nicht mit Finanzen umzugehen. Nichts habe ich dir recht machen können. Du hast immer auf mich herabgeblickt.«

»Jetzt wird es theatralisch«, lästerte Kim – und riskierte damit sein Leben!

Hugo riss die Waffe herum. Drückte den Auslöser. Ein Knall! Alle zuckten zusammen. Claire und Louanne schrien auf. Geraldine sah sich besorgt nach Kim um, doch dem war offensichtlich nichts passiert. Das Projektil musste irgendwo in der Wandvertäfelung eingeschlagen sein.

»Jetzt ist es nur noch eine Kugel«, stellte Ruben fest und machte sich damit ebenfalls zum Ziel.

Hugo richtete die Mündung auf Rubens Brustkorb, dann aber traf er eine andere Entscheidung. Er machte ein paar schnelle Schritte auf Louanne zu, packte sie und presste ihr den Pistolenlauf an den Kopf.

Geraldine meinte, ihr Herzschlag würde aussetzen. Louanne! Das arme Kind!

»So, ihr Superdetektive«, zischte er. »Ich habe jetzt eine Geisel, und wenn ihr nicht genau das tut, was ich euch sage, stirbt diese Frau! Ich werde von hier verschwinden und Ihre Freundin mitnehmen. Machen Sie Platz! Lassen Sie uns durch, sonst …«

Hugo kam nicht weiter, denn die gusseiserne Bratpfanne, die Gustave ihm von hinten über den Schädel zog, traf ihn mit der Wucht eines Vorschlaghammers. Hugo verdrehte die Augen, ließ die Pistole fallen und sank kraftlos in sich zusammen.

Nahezu gleichzeitig wurde die Flügeltür aufgestoßen. Capitaine Lefèvre platzte mit gezogener Dienstwaffe herein. Ihm folgte sein Adjutant, der sich verschüchtert umsah.

»Schön, dass Sie auch mal vorbeischauen«, rief Geraldine Lefèvre zu. »Ein bisschen spät, Capitaine. Hatten wir am Telefon nicht vereinbart, dass Sie sich bereithalten und eingreifen, wenn es brenzlig wird?«

Lefèvre steckte die Waffe wieder weg und schritt ohne übertriebene Eile durch den Saal. Nachdem er sich ein Bild der Lage gemacht hatte, sagte er: »Sie sind bisher hervorragend ohne meine Hilfe ausgekommen, deshalb wollte ich Ihnen auch das Finale überlassen.«

DER LETZTE TAG

KASIMIR

Marisa war wirklich ein guter Mensch. Von wegen, der Apfel fällt nicht weit vom Stamm. Auf sie traf das ganz sicher nicht zu, fand Kasimir. Nachdem Hugo Martin noch in der Nacht verhaftet und abgeführt worden war und seine Frau Claire mit einem Nervenzusammenbruch ins Krankenhaus eingeliefert werden musste, erklärte sich Marisa spontan bereit, bis zu ihrer Rückkehr den Hotelbetrieb weiterzuführen, unterstützt von Koch Gustave.

So war es Kasimir und den anderen möglich, vor der Abreise noch einmal im *Le Petit Hôtel* zu übernachten, sogar für ein Frühstück hatten die beiden gesorgt. Wirklich nett!

In die Aufbruchsstimmung mischte sich Wehmut. Als Kasimir die Freunde umarmte, sah er Tränen, hörte Seufzer und gewann den Eindruck, dass manche ihn gar nicht mehr loslassen wollten.

»Was wirst du in dieser Sache jetzt unternehmen?«, erkundigte er sich, nachdem Ruben ihm fest die Hand geschüttelt und wiederholt auf die Schultern geklopft hatte.

»Abbitte leisten«, lautete die offene Antwort des hoch gewachsenen Niederländers. »Wie gesagt: Das, was ich getan habe, ist verjährt, trotzdem muss jetzt natürlich geprüft werden, wie sich das Ganze auf die Haftgründe von Marcello Ferraro auswirkt. Möglich, dass er auf freien Fuß gesetzt wird. Ich kann nur hoffen, er macht nicht dort weiter, wo er vor zwanzig Jahren aufgehört hat.«

»Selbst wenn: Dann machen wir eben noch einmal Jagd auf ihn«, scherzte Kim. »Ich hätte nichts dagegen, das hält einen auf Trab. So fit wie gerade habe ich mich seit Ewigkeiten nicht gefühlt.«

»Das wird wohl nicht nötig sein«, vermutete Geraldine. »Ferraro ist mittlerweile selbst in den Siebzigern und hat seine Schäflein ins Trockene gebracht. Außerdem kann er seine Tochter nicht enttäuschen, die ja strikt gegen Drogen ist.«

Als Nächstes verabschiedete sich Kasimir von Louanne, die etwas abseits stand. Sie war noch immer eine Schönheit, fand Kasimir, auf ewig seine heimliche Liebe. Doch ihr Blick verriet ihm, dass sie nicht glücklich war. Die Aussicht, zurück nach Hause auf ihren Gutshof zu fahren und sich um den kranken Mann zu kümmern, füllte sie mit wenig Freude. Denn ihr Herz schlug seit Langem für einen anderen. Nicht für Kasimir natürlich. Leider …

»Wann geht dein Flugzeug?«, erkundigte sich Louanne bei ihm.

»Erst am späten Nachmittag, ich habe es nicht eilig.«

»Wird deine Nichte dich am Flughafen in Krakau abholen?«, wollte Louanne wissen.

Wahrscheinlich wollte sie sichergehen, dass ihn jemand zurück ins Pflegeheim begleitete.

»Ja, sie kommt zum Flughafen«, antwortete Kasimir, und das entsprach der Wahrheit. Seine Nichte Ludwina würde in der Ankunftshalle auf ihn warten, das hatte sie ihm mehrfach am Telefon gesagt, damit er es nur ja nicht vergaß.

Nur er selbst würde nicht in Krakau landen. Denn er hatte ein anderes Ticket gebucht, das ihn via Paris-Orly auf die Karibikinsel Guadeloupe bringen würde. Weihnachten unter Kokospalmen – davon hatte er schon immer geträumt.

DANKSAGUNG

Danke für eure Unterstützung, die vielen Tipps, eure Kritik und das Lob. Danke an Dr. Uwe Meier, Oliver Grill, Christiane und Karsten Naumann, Marie-Anne Tan, Regine Schmitt, Uta Rupprecht, Sabine Gräwe, Werner Hellwig, Peter und Dietlind Beinßen und an Susanna und die ganze Familie!